산속의 가을 저녁 山居秋暝

빈산, 새로 내린 비막 갠뒤
날 저물자 가을이 깊어졌다
밝은 달 소나무 사이로 비치고
맑은 샘물은 돌 위로 흐른다
대나무숲 시끄럽게 빨래 하는 아낙네들 돌아가고
연꽃 요동치게 고깃배가 내려가네
봄날의 향기로운 꽃 없어진들 어떠리
은자만 절로 머물만 한 것을

空山新雨後 天氣晚來秋 明月松間照 清泉石上流
竹喧歸浣女 蓮動下漁丹 隨意春芳歇 王孫自可留

검선지로 1

사우 新무협 판타지소설

초판 1쇄 찍은 날 § 2005년 8월 18일
초판 1쇄 펴낸 날 § 2005년 8월 29일

지은이 § 사우
펴낸이 § 서경석

편집장 § 문혜영
편집책임 § 서지현
편집 § 장상수 · 최하나

펴낸곳 § 도서출판 청어람
등록번호 § 제1081-1-89호
등록일자 § 1999. 5. 31
어람번호 § 제2-0676호

주소 § 경기도 부천시 원미구 심곡1동 350-1 남성B/D 3F (우) 420-011
전화 § 032-656-4452 팩스 § 032-656-4453
http://www.chungeoram.com
E-mail § eoram99@chollian.net

ⓒ 사우, 2005

ISBN 89-5831-682-9 04810
ISBN 89-5831-681-0 (SET)

사우 新무협 판타지 소설

검선지로

Fantastic Oriental Heroes

1

劍仙之路

인연유하(因緣流河)

도서출판 청어람

목차

서장

밤새 내린 눈에 천지(天地)가 온통 새하얗다.

감숙에서도 척박하기로 유명한 기련산(祁連山).

일 년 중 절반 이상이 이런 풍경을 이루고 있는지라 그다지 특이한 일은 아니라 할 수 있지만 오늘만큼은 천운봉(天雲峯) 전체를 아우르는 분위기가 여느 때와는 사뭇 다르다.

푸드드득!

산새들도 그러한 분위기를 눈치챈 것일까? 지저귐 소리와 함께 날갯짓이 부산스럽다.

"이런……!"

스승인 운산 도인(雲散道人)이 위독하다는 전갈을 받은 연운비는 약초를 캐는 일을 멈추고 급히 발걸음을 돌렸다.

퍽! 퍼퍽!

걸음을 내디딜 때마다 발이 한 치는 눈 속으로 파묻혔다. 가쁜 숨을 몰아쉬며 신법을 펼쳐 보지만 워낙에 높이 쌓인 눈에 속도를 내기가 여의치 않다.

"하아!"

숨이 가슴패기까지 차오르며 단내나 흘러나왔다. 수십, 수백 번도 더 오르내린 길이지만 이 길이 이토록 험하고 가파르다는 것을 오늘에서야 느낄 수 있었다.

"후으읍……."

연운비는 숨을 깊게 들이쉬며 마음을 진정시켰다.

너무 조급했다.

전갈의 내용을 생각한다면 응당 그러지 않을 수 없는 일이지만 그럴수록 마음을 가라앉혀야만 했다.

우우웅……!

운기를 시작하자 단전에서부터 태청진기가 몸 구석구석을 돌며 호흡의 강약을 조절했다.

눈 속에 파묻히기만 했던 그의 신형이 단단한 땅을 차듯 눈밭을 가볍게 도약하며 비조처럼 날아올랐다.

"스승님……!"

멀리 한 채의 묘옥이 시야에 들어왔다.

예전과는 달리 중병을 앓고 있는 운산 도인을 위해 연운비가 만든 처소였다. 병풍처럼 겹겹이 둘러싸여 있는 싸리가 찬바람을 막아주었다.

"쿨럭! 이제 왔느냐?"

방 안에 들어서자 파리한 안색의 운산 도인이 연신 잔기침을 토해내며 가슴을 부여잡고 있었다.

"좀 어떠십니까?"

"견딜 만하다."

입가에 묻어 있는 선혈의 흔적.

누가 보아도 믿지 않을 말이었지만 연운비는 아무런 내색도 하지 않았다.

그의 표정 하나가 운산 도인의 마음을 아프게 할 수도 있다는 이유에서였다.

"천 의원님은 어딜 가셨습니까?"

"내가 내려가시라 하였다."

"왜 그러셨습니까?"

"허허, 내 몸 상태는 누구보다 내가 더 잘 알고 있다. 나를 돌볼 시간에 차라리 다른 병자 한 명을 치료하는 것이 더 나은 일이지 않겠느냐?"

무어라 반박이라도 하고 싶었지만 운산 도인의 입가에 맺힌 부드러운 미소에 연운비는 조용히 입을 다물었다.

"이제 시간이 얼마 남지 않은 듯싶구나."

"스승님……."

연운비는 순간적으로 울컥 치밀어 오르는 눈물을 보이지 않기 위해 고개를 숙였다.

그는 본능적으로 느낄 수 있었다. 이제 운산 도인이 돌아올 수 없는 강을 건너려 하고 있다는 사실을.

"비록 선인지로(仙人之路)를 이루지는 못했다지만, 일말의 아쉬움도 없으니 그런 표정을 지을 필요는 없다. 너와 만난 것은 내 일생일대의 홍복(洪福)이었다."

운산 도인은 자상한 미소를 지으며 이제는 뼈만 남아 앙상해진 손으로 연운비의 얼굴을 쓰다듬었다.

"마지막으로 너에게 당부하고 싶은 것이 있다."

"말씀하시지요."

연운비는 스승의 두 손을 부여잡으며 대답했다.

"사제들을 돌봐주거라. 녀석들이 비록 잘못한 점이 있다 하나 대사형으로서 너그러운 마음으로 포용하거라. 이것을 내 유언으로 생각해도 좋다."

말을 마친 운산 도인의 눈이 스르륵 감겼다.

더 이상의 미련은 없다는 듯 눈을 감은 운산 도인의 얼굴에는 희미한 미소가 감돌고 있다.

청명검(靑明劍)!

곤륜파 장로이자 천하삼검(天下三劍) 중 일인으로 추앙받았던 운산 도인. 세상을 밝게 비추던 하나의 커다란 별이 지는 순간이었다.

第1章

세상에 나서다

제1장

화르르르르…….

눈발을 맞으며 타오르는 묘옥을 보고 있는 연운비의 눈가에 이슬이 맺혀 있다.

십오 년.

만물의 이치에 따라 이루어지는 세상의 조율에서 보자면 순간에 지나지 않는 짧은 시간이지만 백 년이라는 허락된 시간만을 살아가는 사람의 입장에서는 긴 시간이다.

열두 살이라는 어린 나이에 맺게 된 사제지간(師弟之間)은 그 이후 연운비에게 전부가 되었다.

"스승님, 이제 저는 무엇을 해야 합니까……."

수그러들기 시작하는 불길을 향해 연운비는 천천히 걸음을 옮겼다. 불길과 지척에 이름에 따라 화마(火魔)가 엄습해 들지만 태청진기의 기운을 넘어서기에는 그 힘이 미치지 못했다.

휘이이잉!

서북녘에서 불어온 바람에 눈보라가 일어났다.

다시 한차례의 눈발이 날리면…

이제 운산 도인과 연운비가 이곳에 머물렀다는 모든 흔적은 사라질 것이리라.

"하아……."

아쉬움이 없다면 그것이 거짓이겠지만 운산 도인이 원한 일이기에 행한 것이다.

"이제 이 모습을 보는 것도 마지막이겠구나."

천운봉 정상에 올라선 연운비의 입가에 씁쓸한 미소가 감돌았다.

"휴우……."

막상 떠나려고 하니 마음 한구석이 아련했다. 마음을 다잡아보지만 그래도 허전한 것은 어쩔 수 없다.

스르릉!

연운비는 아쉬운 마음을 달래기 위해 허리춤에 차고 있는 검을 빼 들었다.

우우우우웅!

내력을 끌어올리자 곤륜의 삼대신공 중 하나인 태청신공(太淸神功)의 기운이 연운비의 전신을 감쌌다.

아직 칠성에 불과한 경지지만 그토록 추앙받았던 운산 도인조차 불혹(不惑)이 넘어서야 이룬 경지라는 것을 감안한다면 실로 놀라운 일이 아닐 수 없다.

"파하!"

힘찬 기합성과 함께 뻗어나간 검의 울림이 메아리를 통해 되돌아왔다.

어울리지 않게도 그런 기합성과 함께 뻗어나가는 검의 움직임은 아직

랑이처럼 부드럽다.

슈슈슈슉!

하늘을 뒤덮는 눈발 속에서 검이 그려내는 곡선의 오묘함과 아름다움
은 그 빛을 더해갔다.

파릿! 파르르르르!

호흡이 이어짐에 따라 검끝이 살아 움직였다. 그것을 만들고 있는 것
은 검의 의지도, 그렇다고 연운비의 의지도 아닌 긴 시간 동안 내려온 곤
륜의 숨결이다.

상청무상검도(上淸無上劍道)!

초식에서 벗어나 대자연의 웅장함을 그리고자 했지만 아직은 미치지
못하는 성취에 연운비는 마음만을 담아 검을 움직였다.

대지를 포용할 듯 장중한 검세도 은하를 뒤흔들 듯 웅혼한 검세도 배
움이 있었기에 가능한 일이었고, 이제 그 배움을 발전시키는 것은 연운
비의 몫이었다.

"훅! 후욱!"

초식의 깊이가 더해갈수록 차츰 연운의 숨결이 거칠어졌다.

운산 도인에게 배운 그 모든 것을 펼쳐 보이기에는 아직 연운비의 성
취가 미치지 못하였기 때문이다.

파르르릇!

검끝에 진동이 오기 시작했다.

무리가 뒤따르니 검도, 연운비의 몸도 그것을 견디지 못하는 것이다.
검끝의 진동이 어느새 검신 전체를 감싸고 있었다. 검을 놓아야 했다.
이대로 계속된다면 자칫 돌이킬 수 없는 상황에 이를 수도 있었다.

"크윽!"

무슨 이유에서일까?

좀처럼 고집을 부리지 않는 연운비이지만 이 순간만큼은 이를 악물며 손에서 검을 놓을 기미를 보이지 않았다.

그것은 아마도 운산 도인에 대한 그리움이 다른 방향으로 터져 나온 것이리라.

주르륵.

턱을 타고 무엇인가가 흘러내렸다. 연운비의 입가에서 흘러나오는 건 피였다.

주화입마(走火入魔)의 현상. 내기가 요동을 쳤다.

'그래, 이대로 놓아버리자. 스승님조차 떠나가신 마당에 이까짓 철검 한 자루가 무엇이 중요하더냐!'

모든 것을 포기한 듯 검을 잡은 연운비의 손에서 힘이 빠져나가기 시작했다.

─이놈! 내가 너를 그리 가르쳤더냐!

그 순간 연운비의 귓가에 운산 도인의 불호령 같은 호통 소리가 울려퍼졌다.

'스승님!'

어떻게 이 음성을 잊을 수 있단 말인가?

머리에 찬물을 끼얹은 듯 정신이 들며 늘어진 손가락에 힘이 들어갔다.

'제가 어찌하면 좋겠습니까?'

어리석기 그지없는 질문이었지만 그만큼 연운비가 느끼는 허탈감이 크다는 증거였다.

─네가 이루고자 하던 것을 잊어버렸느냐?

'아……!'
일순간 연운비의 얼굴에 화색이 감돈다.
검선지로(劍仙之路).
운산 도인이 추구한 것은 선인지로이지만 연운비가 추구한 것은 검선의 길이다.
종결점이 있다면 세상 그 모든 뜻은 그곳에서 하나가 되리라.
무수히 많은 길은 차이점이라기보다 그 종결점에 가는 또 다른 방법일 뿐이다.
파리리리리릿!
처졌던 검끝이 고갯짓을 하며 용트림을 했다.
찰나지간이지만 몇 달 전부터 막혀 있던 길이 희미하게 모습을 드러냈다.
무아지경(無我之境)!
지금 연운비의 머리 속은 백지처럼 하얗다. 그 백지를 채우는 것은 거미줄 같은 무수한 검로(劍路)들이다.
연운비의 움직임은 끝도 없이 계속되었다.
쩌엉!
웅장한 곤륜의 기백이 천운봉을 뒤흔들었다.
거대한 떨림이 잔잔한 파도가 될 때까지 연운비의 검은 멈추지 않았다.
"이것이었던가……."
어느 순간 연운비의 눈이 감기고 입가에 허탈한 미소가 감돌았다.
"하아!"
뜻을 이루었으되 미련을 두지 않았기에 한없이 공허하기만 하다.

털썩!

마지막 한 줌의 진기까지 짜낸 연운비의 신형이 힘없이 무너져 내렸다.

"스승님……."

망망대해(茫茫大海)를 연상케 하듯 끝없이 펼쳐져 있는 하늘을 올려다보는 연운비의 눈에 맺혀 있는 것은 그리움에 찬 눈물, 그리고 그것에 담겨 있는 것은 지난 십오 년의 시간이었다.

기련산 남부에 위치한 천운봉(天雲峯)은 높지 않은 봉우리였지만 험준하기가 이를 데 없다. 그 덕분인지 수많은 약초와 영물들의 터전이기도 하다.

아직 봄이 오기 위해서는 적지 않은 시간이 남았지만 성급한 마음에 동면에서 깨어난 동물들이 추위를 이기지 못하고 여기저기 쓰러져 있는 모습이 연운비의 눈에 들어왔다.

연운비는 그중에서 쓸 만하다고 생각되는 곰 가죽을 벗겨내어 손질했다. 부패가 진행되었다면 소용이 없겠지만 추운 날씨 때문인지 팔기에는 전혀 부족함이 없었다.

수중에 지닌 은자가 없으니 근처 마을에 들러 이것이라도 팔아 노잣돈을 마련해야 했다.

"천 의원님을 만나뵙고 내려가는 것이 도리이겠지."

천운봉을 내려와 기련산 중턱으로 이어지는 길에는 삼십여 채로 이루어진 마을이 있다. 간혹 연운비가 생필품을 구하기 위해 들르는 마을이었고, 천 의원이 머무는 곳이기도 했다.

마을의 외곽에 위치한 천 의원의 집은 변변한 마당조차 없을 정도로 초라하기 이를 데 없었다.

"계십니까?"

"어서 오게나."

천 의원은 찾아올 것을 알고 있었다는 듯 방문을 열며 연운비를 맞이했다.

"제가 올 것을 알고 계셨습니까?"

"허허, 그럼 자네가 아무 말 없이 떠날 사람인가?"

천 의원은 너털웃음을 흘리며 미소를 머금었다.

"일단 안으로 들게나."

"예."

방으로 들어서자 시큼한 탕약 냄새가 코를 찔렀다.

마땅히 앉을 자리가 없자 천 의원은 바닥에 널려져 있는 물건들을 한쪽으로 밀어놓고 자리를 마련했다.

"그래, 떠나려 하는가?"

"그렇습니다."

"허허, 그렇구먼."

삼 년 전 천운봉에 정착한 이유로 유일하게 친분을 맺게 된 천 의원은 연운비에게 있어 더할 나위 없이 고마운 은인이다. 만약 천 의원이 아니었다면 운산 도인은 벌써 오래전에 세상을 떠났을 터이다.

"갈 곳은 정해두었는가?"

"그렇습니다."

"그렇군. 이제 자네도 떠나는군."

지천명을 바라보는 천 의원의 얼굴에 주름살이 접혔다. 아쉬움이 가득한 얼굴이다.

"허허, 이제 약초는 내가 직접 캐야겠구먼."

"죄송합니다."

"자네가 죄송할 것이 무에 있는가."

천 의원은 당치도 않다는 듯 고개를 설레설레 내저었다.

"그동안 정말 감사했습니다."

"당치도 않은 말을 하는군. 도움을 받았어도 내가 더 받았거늘."

"언제까지 이곳에 머무를 생각이십니까?"

연운비가 느끼기에 천 의원은 결코 평범한 의원이 아니었다.

일신에서 느껴지는 기도도 기도였지만 그에 앞서 현기가 넘치는 깊은 눈빛은 연운비조차 감당할 수 없을 정도였다.

어째서 정체를 숨기고 이런 궁벽한 산골에 묻혀 사는지 그 이유까지야 알 수 없었지만 언제까지 이곳에 머물 것이라고는 생각되지 않았다.

"원래대로라면 진작에 떠났어야 하지만 도인과의 만남이 나를 이곳에 잡아놓았지."

"그럼……?"

"자네마저 떠난다면 내가 무슨 이유로 이곳에 머물겠나."

천 의원은 담담한 미소를 지으며 연운비를 바라보았다.

"다시 만날 수 있을는지요."

"인연이란 그리 쉽게 끝나는 것이 아닐세."

"제가 쓸데없는 것을 물어보았군요."

연운비가 공손히 고개를 숙였다.

"이것을 받게."

천 의원은 품 안에서 하나의 목갑을 꺼내놓았다.

"이것이 무엇입니까?"

"소환단(小環丹)일세."

"소환단이라면……?"

"소림의 것이지. 내 예전 소림과 잠시 인연을 맺게 되어 받은 것일세."

"왜 저에게 이 귀한 것을……?"

연운비는 감당하지 못하겠다는 듯 고개를 저었다.

세상 물정에 어두운 연운비였지만 그래도 소환단에 대해서는 들어보았다. 비록 대환단만큼은 아니었지만 무공을 익힌 무인들에게는 실로 무가지보라 할 수 있는 것이 바로 소환단이었다.

"허허, 다 늙어가는 내가 무슨 필요가 있겠나? 강호는 험난한 곳이니 도움이 될 것일세."

"하지만……."

"어허, 집어넣으래도. 나 같은 늙은이가 무슨 욕심이 있어 이런 것을 사용하겠나?"

"휴… 감사히 받겠습니다."

천 의원의 강경한 태도에 연운비는 더 이상 거절하지 못하고 소환단을 받아 품 안에 넣었다. 받지 않는다면 당장에라도 화톳불에 던져 넣을 기세였다.

"이제 그만 가보게. 해가 떨어지기 전에 산을 내려가야 하지 않겠나?"

뒤로 돌아앉는 천 의원의 모습에 연운비는 깊게 숨을 들이키고 자리에서 일어났다.

명백한 축객령이었다.

마음 같아서는 조금 더 이야기를 나누고 싶었지만 쓸데없는 미련만 남게 될 것이라는 사실을 알고 있었다. 천 의원 역시 그것을 알고 있기에 매정히 돌아선 것이리라.

"보중하십시오."

천 의원을 향해 정중한 태도로 한 번의 절을 마친 연운비는 방을 나섰다.

"허허, 떠났군."

연운비의 기척이 완전히 사라진 것을 느낀 천 의원이 자리에서 일어나서 방문을 열었다. 산중턱 아래로 희미해져 가는 연운비의 뒷모습이 눈에 들어왔다.

"도인만 아니셨다면 어떻게 해서든 붙잡았을 터인데… 참으로 세상일이란 것이 알 수 없는 것이로구나."

천 의원은 알 수 없는 말을 중얼거리며 고개를 주억거렸다.

"강호… 자네와는 어울리지 않는 곳일 테지만… 그곳 또한 사람이 살아가는 곳, 많은 것을 배우고 돌아오게."

오늘따라 유난히도 푸른 하늘이 대지를 밝게 비추고 있었다.

터벅터벅.

관도를 따라 길을 걷고 있는 연운비의 얼굴에는 피곤함이 묻어 있었다.

변변한 도구조차 없이 열흘째 노숙으로 밤을 지새운 것이 그 까닭이다. 운기조식으로 피로를 날린다 하더라도 마음까지 개운할 수는 없는 일이었다.

"멀긴 멀군."

연운비는 이마에서 흐르는 땀을 닦으며 좌우로 길게 늘어선 평야를 바라보았다.

장액(張掖)을 거쳐 조금 있으면 고랑(古浪)에 도착한다. 이제 난주(蘭州)까지 불과 사나흘 정도가 남았을 뿐이다. 본시 응당 사문인 곤륜(崑崙)에 이 사실을 먼저 알려야 하겠지만 그보다 앞서 찾아가야 할 곳이 있었다.

"무악(武岳), 이명(理明)……."

연운비는 쓸쓸한 미소를 감추지 못하며 사제들의 이름을 중얼거렸다.

그중 한 명은 허락도 없이 무작정 산을 내려가 파문이라는 돌이킬 수 없는 형벌을 받았기에 명실상 사제라고는 할 수 없었지만 연운비의 마음은 달랐다.

"잘 지내고 있겠지……."

연운비의 머리 속에 옛 기억들이 주마등처럼 스치고 지나갔다.

드넓은 곤륜산을 활보하며 사제들과 함께 무공을 배우던 일, 선식(仙食)에 괴로워하는 막내 사제를 위해 익숙지 않던 사냥을 하던 일, 마음껏 취해 온 산이 떠나가라 노래를 부르던 일. 그 어느 것 하나 결코 잊을 수 없는 소중한 추억들이었다.

"사천당가(四川唐家)라……."

두 사제 중 막내 사제인 유이명이 머물고 있는 곳이 바로 당문이었다.

지금으로부터 오 년 전.

사천당가의 새로운 가주 취임식에 운학 도인을 따라갔던 유이명은 그곳에서 한 여인을 만난 후 도인의 길을 포기하고 속세로 내려갔다.

오봉 중 일인이자 당 가주의 금지옥엽(金枝玉葉)인 유빙화 당비연이 그녀였다.

곤륜의 법도가 그리 엄하지 않아 파문에까지 이르지는 않았지만 그 일로 인해 운산 도인이 받은 충격은 적지 않았다.

"얼마 전 혼인을 했다고 들었는데 가보지 못한 것이 마음에 걸리는구나."

그다지 성대한 혼인식은 아니었을 것이다. 물론 사천당가의 입장에서야 많은 하객들을 부르고 싶었겠지만 곤륜의 눈치를 보지 않을 수 없는 일이었다.

"할아버지, 다리 아파요."

사제들을 보고 싶은 생각에 길을 재촉하던 연운비는 정답게 손을 잡고 걸어가는 일노일소를 볼 수 있었다.

"허허, 조금만 더 가면 된단다."

"히잉, 정말 힘들단 말이에요."

이제 열 살이 조금 넘었을까, 머리를 양 갈래로 딴 청의소녀가 칭얼거리며 입술을 삐죽였다.

"그러기에 할아버지가 마차를 한 대 구입하자고 하지 않았느냐. 이제 난주까지 가기 전엔 마차를 구할 만한 곳도 없단다."

"마차를 타고 가고 싶다는 게 아니에요. 그냥 조금 쉬었다 가자는 거지요. 에이, 몰라요."

청의소녀는 더 이상 가지 못하겠다는 듯 근처 큼직한 바위에 털썩 주저앉았다.

"쯧쯧, 이제 조금 있으면 시집갈 처녀가……."

그 모습을 본 백의노인이 수염을 매만지며 고개를 설레설레 내저었다.

"알았다. 힘들다면 어쩔 수 없지. 쉬었다 가자꾸나."

"헤헤."

청의소녀는 냉큼 자리에서 일어나 백의노인의 팔을 잡아끌며 바위로 향했다.

"이보게, 젊은이."

"부르셨습니까?"

그들의 모습을 지켜보며 미소를 머금고 있던 연운비는 자신을 부르르 소리에 공손히 대답했다.

"물 한 잔 얻어먹을 수 있겠는가?"

"물론입니다."

백의노인의 시선이 자신의 허리춤에 매달려 있는 호로병에 가 있는 것을 본 연운비는 웃으며 호로병을 내밀었다.

"할아버지, 저도 목말라요."

"허허, 알았다."

백의노인은 은근슬쩍 연운비를 쳐다보았다. 연운비의 의사를 묻는 것이다.

"얼마든지 드십시오."

"허허, 고맙네."

백의노인은 들고 있던 호로병을 손녀에게 건넸다.

"아닙니다. 한데 급하게 오셨나 봅니다. 물도 챙겨오지 않으신 걸 보니."

"급한 건 아니었는데 그만 깜박했지 뭔가. 이래서 늙으면 죽어야 한다는 소릴 듣는 건가 보네."

"무슨 그럴 소릴 하십니까. 아직 정정하신 것 같은데요."

연운비는 천부당한 소리라는 듯 급히 손을 내저었다.

"어쨌거나 잘 마셨네. 한데 자넨 어딜 가는 길인가?"

"난주에 갑니다."

연운비는 호리병을 받아 들며 대답했다.

"난주에?"

"그렇습니다."

"흠, 보아하니 도인인 것 같은데 무슨 용무인가?"

"난주에 목적이 있는 것이 아니라 사천 성도에 볼일이 있습니다."

"아, 그저 지나쳐 가는 길이로군."

"예."

"나와 손녀 아이는 하남(河南) 사람일세. 오랜만에 친우를 만나러 청해에 다녀오는 길이지."

"그러시군요."

생면부지의 사람에게 시시콜콜 사정을 늘어놓는 백의노인이 조금은 이상해 보이기도 하건만 연운비는 담담히 노인의 이야기를 들어주었다.

"허허, 이거 그러고 보니 내가 괜히 바쁜 사람을 붙잡고 이런 저런 이야기를 한 것 같구먼."

"아닙니다. 저도 마침 쉬어가려던 참이었습니다. 오히려 덕분에 심심하지 않아 좋았습니다."

"어쨌든 물은 얻어먹었고, 뭔가 보답이라도 해야 할 터인데……."

"보답이라니요, 당치도 않습니다. 오가는 길손끼리 그깟 물 한 모금에 어찌 보답을 받을 수 있겠습니까."

연운비는 당치도 않은 소리라는 듯 고개를 저었다.

"이 사람, 언제 내가 황금이라도 한 덩이 준다 했던가? 그리고 자네는 어떻게 생각할지 모르겠지만 이런 오지에서 물 한 모금은 때론 무엇보다 값어치 나가는 것일 수도 있다네."

잠시 고개를 내저은 노인이 말을 이었다.

"말했듯이 나는 하남 사람일세. 성은 양이요, 하남 양가장이 내가 사는 곳이지. 훗날 하남 개봉(開封)에 볼일이 있거든 양가장을 찾아오게. 내가 가꾸는 차밭이 있는데 들러서 차나 한잔하고 가게나."

"알겠습니다."

하남까지 갈 일이 있을지 모르겠지만 백의노인이 지나가는 말로만 권한 것이 아니라는 사실을 알았기에 연운비는 공손히 대답했다.

"그럼 저는 이만 가보도록 하겠습니다. 손녀 분과 좋은 여행길이 되시길 빌겠습니다."

"허허, 만나서 반가웠네."

"도인 오라버니, 나중에 또 봐요!"

백의노인과 손녀가 미소를 지으며 떠나는 연운비에게 손을 흔들었다.

*   *   *

"이제 얼마 남지 않았구나."

조손과 헤어지고 길을 재촉한 연운비는 이제 넓어지기 시작하는 관도를 보고 난주가 얼마 남지 않았다는 것을 느낄 수 있었다.

물론 아직 난주에 도착하기 위해서는 적지 않은 거리가 남아 있었지만 마음만큼은 벌써 난주에 도착한 듯싶었다.

그 순간이었다.

두두두두두!

어디선가 들려오는 말발굽 소리에 연운비는 귀를 기울였다.

관도에서 말을 몰고 가는 것이 흔하지 않은 일은 아니었지만 연운비가 귀를 기울인 데에는 다른 사정이 있었다.

'무슨 일일까?'

들려오는 말발굽 소리는 어딘지 모르게 상당히 거칠고 급해 보였다.

'급한 용무라도 있는 건가?'

연운비도 말을 이용해 난주까지 갈 생각을 하지 않은 것은 아니었다. 하지만 마땅히 말을 구입할 곳도 없었을뿐더러 설령 있었다 해도 그만한 은자를 지니고 있지도 못했다.

잠시 후 말을 탄 일남일녀가 연운비의 시야에 들어왔다.

연운비가 생각했던 대로 그들은 마치 누군가에게 쫓기기라도 하는 듯 다급히 말을 몰고 있었다.

"비키시오!"

그중 조금 앞서 달리고 있는 백의청년이 큰 목소리로 외치며 손을 내저었다.

연운비는 가장자리로 걸음을 옮겼다.

'피다.'

그렇게 걸음을 옮기던 연운비는 그들의 의복에 묻은 피를 보고는 눈살을 찌푸렸다.

언뜻 보기에도 상처가 심상치 않아 보였다.

저런 상처를 입었으면서 치료도 하지 않고 흔들리는 말 위에 있는 것은 상당히 위험한 행동이었다.

"아아악!"

아니나 다를까, 간신히 말 등에 매달려 달려가던 청의여인이 휘청거리다 말에서 굴러 떨어졌다.

"영 매! 괜찮으냐?"

백의청년이 다급히 말에서 내려 청의여인에게 달려갔다.

의식을 잃었는지 청의여인은 신음성만 내뱉을 뿐 아무런 대답도 하지 않았다. 백의청년이 그 모습을 보며 안절부절못하며 주위를 서성였다.

"제가 좀 살펴봐도 되겠습니까?"

어느새 다가온 연운비가 조심스런 태도로 물었다.

"누구십니까?"

백의청년은 경계하는 눈빛으로 연운비를 흘어보았다.

"길을 가던 사람입니다. 어깨너머로나마 의술을 배운 것이 있어서 혹시 도움이 될까 하고 왔습니다."

"혹시… 도인이십니까?"

한참을 살펴보던 백의청년은 뒤늦게야 연운비가 도복을 입고 있다는 사실을 확인하고 입을 열었다.

"그렇습니다."

"휴, 죄송합니다. 보다시피 저희가 쫓기는 중인지라 잠시나마 의심을 했습니다. 의술을 아신다니 부탁드리겠습니다."

"괜찮습니다. 그럴 수도 있지요."

연운비는 담담한 표정으로 고개를 끄덕이며 조심스럽게 청의여인을 살폈다.

"어떻습니까?"

연운비가 미처 제대로 살펴보기도 전 백의청년이 긴장한 목소리로 청의여인의 상세를 물었다.

그만큼 걱정하고 있다는 뜻이다.

그 마음을 누구보다 잘 알고 있는 연운비이기에 걱정하지 말라는 표정으로 미소를 지어 보였다.

연운비는 조심스럽게 청의여인의 맥을 짚었다.

남녀가 유별하다 하지만 지금은 그런 것을 따질 경황이 없었다. 아니, 설령 있다 하더라도 사람의 생명이 달린 일이라면 그것을 따질 연운비가 아니었다.

충격이 제법 컸던지 청의여인은 아직까지 정신을 차리지 못하고 있었다.

"괜찮겠지요?"

"말에서 떨어질 때의 충격으로 잠시 정신을 잃은 듯합니다. 정신은 곧 차리실 수 있을 겁니다. 그보다 부상이 심한 것 같습니다. 마침 제가 금창약을 가지고 있으니 이것을 사용하면 되겠군요."

연운비는 품 안에서 천 의원에게 받은 금창약을 꺼냈다.

"고, 고맙습니다."

백의청년은 금창약을 받아 들고 상처에 그것을 발랐다.

"아차!"

그렇게 상처에 금창약을 발라주던 백의청년이 돌연 탄식을 흘리며 자리에서 벌떡 일어났다.

"이런 일이……."

백의청년의 표정에는 난감한 기색이 가득했다.

그의 시선이 향한 곳.

그곳에서는 말 한 필이 울음을 토하며 내달리고 있었다. 급히 구입한 말이다 보니 훈련이 되어 있지 않아 주인이 없음에도 계속해서 달려나간 것이다.

"하하, 결국 이렇게 될 것을……."

백의청년은 허탈한 웃음을 흘리며 멍하니 허공을 응시했다.

"아윽……!"

그 순간 청의여인이 정신을 차리며 힘겹게 눈꺼풀을 움직였다.

"정신이 좀 드느냐?"

"이곳은……?"

"말에서 떨어졌다. 크게 다치지 않았으니 참으로 다행이구나."

"그렇군요……."

청의여인은 고통에 겨운 표정을 지으며 간신히 상체를 일으켰다.

"이분은 누구신가요?"

"우연히 길을 가다 도움을 주신 분이다."

"그렇군요. 정말 감사합니다."

청의여인은 연운비를 향해 정중히 고개를 숙였다.

"응당 해야 할 일을 했을 뿐입니다."

연운비는 별것 아니라는 태도로 담담히 대답했다.

"아차! 사형, 지금 이러고 있을 때가 아니잖아요."

무슨 생각이 들었는지 청의여인이 아픈 몸을 이끌고 자리에서 벌떡 일어났다.

　"어서 가도록 해요. 이러고 있을 시간에도 그들은 우리를 추격하고 있을지 몰라요."

　"영 매……."

　백의청년이 말없이 그런 청의여인을 바라보며 나지막이 한숨을 내쉬었다.

　"설마……."

　이상한 기분에 주위를 확인하던 청의여인이 허탈한 표정을 감추지 못하고 탄식을 흘렸다. 그녀의 말이 어디에도 보이지 않고 있었다.

　"휴, 어쩔 수 없네요."

　청의여인이 긴 탄식을 흘리며 말을 이었다.

　"이렇게 된 이상 사형이라도 도망치도록 하세요. 둘 중 하나라도 살아남아 이 사실을 알려야지요."

　"그게 무슨 소리냐? 내가 어찌 너를 버리고 갈 수 있단 말이냐?"

　백의청년이 어림도 없는 소리라는 듯 버럭 소리를 내질렀다.

　"그럼 이대로 같이 죽자는 말인가요?"

　"차라리 네가 도망치도록 해라."

　"그건 어리석은 짓이에요! 저는 부상이 심해 빠져나갈 가망이 없어요!"

　"그렇지 않다. 누가 도망치나 마찬가지이다. 차라리 내가 여기서 저들을 막는 것이 더 시간을 오래 끌 수 있을 것이다."

　백의청년이 단호한 목소리로 말했다. 하지만 어딘지 모르게 그 단호함에는 힘이 깃들어 있지 않았다.

　"사형이 이토록 어리석은 사람이었나요? 제가 이 몸으로 도망을 치면

얼마나 도망칠 수 있을 것이라 생각하시나요? 추격자들이 아니라 실력이
떨어져 포위망을 구축하고 있는 자들 중 몇을 만난다 하더라도 저는 그
들을 떨쳐 낼 수 없어요."

"하지만……."

"사형, 제발 부탁이에요. 나중에 저를 구하러 오시면 되잖아요. 저들
도 감히 저를 어찌하지는 못할 거예요."

"영 매……."

청의여인의 애절한 권고에도 백의청년은 발이 떨어지지 않는 듯 움직
일 기미를 보이지 않았다.

"가세요. 어서요!"

"휴! 그래, 알았다. 가겠다. 그렇지만 이것 하나만은 약속해라, 무슨
일을 당하든 살아 있겠다고. 반드시 너를 데리러 오겠다."

"약속할게요."

청의여인이 고개를 끄덕이며 대답했다. 그 모습을 바라보고 있던 백의
청년이 이를 악물고 말 등에 올라탔다.

"형장도 어서 이곳을 피하시오. 자칫 우리를 쫓는 무리들에게 피해를
입을지도 모르니."

히이이이잉!

그 순간 장내에 우렁찬 말 울음소리가 울려 퍼졌다.

"벌써!"

"이렇게 빨리……!"

누가 먼저랄 것도 없이 백의청년과 청의여인의 입에서 경악성이 흘러
나왔다.

불과 오십여 장도 되지 않는 거리에서 흑의중년인을 태운 한 필의 말
이 달려오고 있었다.

"제가 막겠어요! 사형은 어서 가도록 하세요!"

청의여인은 백의청년을 재촉하며 검을 뽑아 들었다.

두두두두!

순간도 지나지 않아 이십여 장의 거리가 줄어들었다. 울음소리로 미루어보아 평범한 말이 아니라는 사실 정도는 알아차릴 수 있었지만 실로 놀라운 속도였다.

"반드시… 살아 있거라!"

청의여인을 한차례 바라본 백의청년은 이를 악물고 고개를 돌렸다.

"이랴!"

백의청년은 세차게 말고삐를 잡아채며 말을 몰았다. 말이 투레질을 하며 힘차게 땅을 박찼다.

"으힝!"

쐐애애애액!

그와 동시에 멀리서 그 모습을 지켜본 흑의중년인이 들고 있던 창을 던졌다. 창은 그대로 파공음을 터뜨리며 백의청년을 향해 빠르게 날아갔다.

"조심!"

그것을 본 청의여인이 다급히 검으로 창을 후려쳤다. 하지만 창은 마치 청의여인의 행동을 짐작하기라도 한 것처럼 교묘히 방향을 선회하며 날아들었다.

"이런!"

뒤를 돌아본 백의청년의 안색이 창백하게 굳어졌다. 날아오고 있는 창의 기세가 그만큼 심상치 않아 보였다.

콰쾅!

백의청년은 다급히 진력을 모아 날아오는 창을 후려쳤다. 하지만 피하기에는 이미 늦은 상황이었다. 창의 위력은 백의청년의 생각을 넘어서는 것이었다.

검을 튕겨낸 창은 그대로 말의 대퇴부를 관통하고 지나갔다. 실로 무시무시한 파괴력이었다.

"크윽! 이런."

백의청년은 어쩔 수 없이 말을 포기하고 땅으로 내려섰다.

"겨우 여기까지냐?"

어느새 지척까지 다가온 흑의중년인이 말 위에서 오만한 태도로 두 남녀를 내려다보았다.

"혁련필……."

흑의중년인이 누군지 알아본 백의청년의 얼굴이 일그러질 대로 일그러졌다.

단혼마창(斷魂魔槍) 혁련필.

흑의중년인은 바로 공동파와 함께 감숙(甘肅)을 양분하고 있다는 흑사방의 삼방주 혁련필이었다. 감숙에서 창으로는 상대할 자가 없다는 무인이었다.

"장학조! 네가 감히 흑사방을 기만하고도 살아남을 수 있다고 생각했느냐?"

"으득!"

장학조는 이렇다 할 반박을 하지 못하고 매서운 눈길로 혁련필을 노려볼 뿐이었다.

'장학조라…….'

조금 떨어진 곳에서 상황을 지켜보고 있던 연운비의 눈에 이채가 스치고 지나갔다. 장학조라는 결코 낯설지 않은 이름 때문이었다.

오래된 일이었지만 연운비가 곤륜에 머물 당시 정파에서 가장 뛰어난 후기지수인 구룡에 대한 이야기를 들은 적이 있었다. 그중 하나가 바로 종남일검(終南一劍) 장학조였다.

'그렇다면 저 여인은 그의 사매 종남일화(終南一花) 설운영 소저이겠군.'

백의청년의 신분이 확인되자 자연히 청의여인의 신분도 알아낼 수 있었다. 적어도 장학조가 사매라고 부르는 여인은 종남에서 그녀가 유일했다.

"하하하! 기만이라……. 혁련 선배, 언제부터 흑사방이 그렇게 오만해졌소?"

장학조가 결코 기죽지 않은 모습으로 당당히 대꾸했다.

"무슨 소리냐?"

"대명천지(大明天地)에 부녀자를 음해하고 돈을 강탈하는 것을 제지하는 것도 죄가 된단 말이오?"

"갈! 어디서 같잖은 변명을 댄단 말이냐!"

혁련필은 어처구니가 없다는 표정으로 일갈을 내질렀다.

"저곳이다!"

"삼방주님께서 놈들을 붙잡으셨다!"

그 순간 멀리서부터 십여 명에 달하는 흑의인들이 말을 몰고 다가왔다.

"드디어 잡혔구나."

"감히 우리 형제들을 해하다니!"

말에서 내려 혁련필에게 예를 취한 흑의인들은 강한 살기를 뿜어내며 장학조와 설운영을 포위했다.

"지켜주겠다는 약속을 지키지 못해 미안하구나."

장학조는 뒤편에 서 있는 설운영을 쳐다본 뒤 씁쓸한 미소를 머금었다.

"아니에요. 오히려 무리한 부탁을 해서 이런 상황에까지 오게 만든 제가 더 미안하지요."

"그런 소리 하지 말아라. 그것은 무리한 부탁이 아니라 무인으로서 당연히 해야 할 행동이었다. 오히려 잠시나마 흑사방이라는 이름 앞에 위축된 내가 부끄러울 따름이다."

장학조는 세차게 고개를 저었다.

"애송이들아, 어줍잖은 신파극 따위는 그만 집어치우고 죽을 준비나 하거라!"

혁련필은 가볍게 코웃음을 치며 뒤로 물러섰다. 체면을 생각해서 직접 손을 쓰지는 않겠다는 뜻이다.

"오라! 비록 내가 이곳에서 죽는다 할지라도 종남의 혼은 꺾이지 않는다!"

장학조는 기염을 토하며 검을 치켜들었다.

"뒈져라!"

"살려두지 않겠다!"

흑의인들이 일제히 병장기를 뽑아 들며 쇄도해 들었다.

챙! 채채채챙!

검과 도가 부딪치고 거센 파공음이 터져 나왔다.

"파하!"

장학조의 검은 빠르고 날카로웠다.

기세등등하던 흑의인들이 그런 장학조의 검에 속수무책으로 물러섰다.

문제는 장학조 역시 워낙 많은 적의 숫자에 아무래도 공격보다는 수비에 치중할 수밖에 없다는 사실이었다. 더구나 부상이 심한 설운영의 존재가 운신의 폭을 더욱 좁히고 있었다.

"언제까지 버티나 보자!"

흑의인들 중 제법 노련해 보이는 자들이 이내 상황을 파악하고 설운영을 집중적으로 노리기 시작했다.

"비겁하다!"

장학조는 일갈을 내지르며 그들을 향해 검을 휘둘렀다. 흑의인들이 기겁을 하며 물러섰다. 하지만 그것뿐이었다. 계속해서 날아드는 병장기를 홀로 감당하기에는 한계가 있었다.

촤아악!

"크윽!"

멀리서 날아든 유성추 하나가 장학조의 허벅지를 스치고 지나갔다. 마지막 순간 몸을 비틀어 치명적인 급소는 피했지만 흘러내리는 피가 적지 않았다.

"사형, 제 걱정은 마시고 놈들을 공격하세요!"

보다 못한 설운영이 이를 악물며 말했다.

"사매……."

설운영의 비장한 표정을 본 장학조의 손에 힘이 들어갔다.

그녀의 말처럼 어차피 이곳에서 벗어나지 못할 바에야 무엇이 두렵단 말인가!

"종남의 검은 당당하다!"

지금까지 소극적이기만 하던 장학조의 검세가 달라졌다. 쾌속하면서도 웅장한 검세가 사방을 점하며 폭풍우처럼 적들을 몰아치기 시작했다.

순식간에 두 명의 흑의인이 부상을 입고 뒤로 물러섰다. 그중 한 명은 상당히 부상이 심한 듯 연신 고통에 겨운 신음성을 토해냈다. 장학조의 몸에도 자잘한 상처가 생겼지만 대부분 피부를 스친 것에 불과했다.

"훌륭하다!"

연운비의 입에서 자신도 모르게 절로 탄성이 흘러나왔다.

그만큼 장학조가 보여주는 검법은 연운비의 마음을 뒤흔들기에 충분했다.

"저것이 천하삼십육검(天河三十六劍)이로구나!"

장학조가 지금 펼치고 있는 것은 바로 종남의 절기 중 하나인 천하삼십육검.

비록 종남의 신화라는 태을검법(太乙劍法)을 보지는 못했지만 천하삼십육검을 본 것만으로도 연운비는 만족했다. 이전 비무대회에서 종남의 불참으로 얼마나 아쉬워했던가!

"네놈은 누구냐?"

그제야 연운비의 존재를 알아차린 혁련필이 굳은 낯빛으로 입을 열었다.

"저놈들과는 어떤 관계냐?"

혁련필이 처음 연운비를 발견했을 때만 하더라도 지나가던 말코도사려니 생각했다. 남루한 차림의 도복과 내공을 익혔다면 느껴져야 할 무언가가 없다는 것이 그것을 증명했다.

하지만 지금은 아니었다. 천하삼십육검을 알아보았다는 것만으로도 연운비가 무림인이라는 사실이 입증되었고, 도복에 가려 보이지 않았던 철검 한 자루가 눈에 들어왔다.

"처음 뵙겠습니다. 연운비라 합니다."

연운비는 시선을 돌리며 담담한 표정으로 대답했다.

"나는 네가 저놈들과 어떤 관계인지를 물었다."

"이곳에서 우연히 마주쳤을 뿐입니다."

"그 말을 나보고 믿으라는 것이냐?"

혁련필은 눈을 낮게 내리깔며 연운비를 찬찬히 훑어보았다.

만약 강호인이 아니라고 판단했다면 어째서 이 자리를 떠나지 않는지 이상하다는 생각이 들었어야 했다.

한데 그러지 않았다. 그 점이 무엇보다 혁련필의 마음을 불안하게 만들고 있었다.

"곤륜의 제자이더냐?"

혁련필은 낡은 도복에 희미하게 새겨진 곤륜의 표식을 찾을 수 있었다. 워낙에 희미해져 혁련필 정도 되는 무인조차 집중하지 않는다면 발견할 수 없을 정도였다.

"그렇습니다."

"너는 저들을 도와줄 생각이냐?"

평소 혁련필의 성격이라면 이런 말을 묻지도 않았을 테지만 지금은 달랐다. 그만큼 연운비의 존재가 그의 마음을 부담스럽게 만들고 있었다.

"사해가 동도라 하였으니 비록 친분이 없다 하나 어려움에 처한 사람을 어찌 그냥 보고 지나칠 수 있겠습니까?"

단혼마창 혁련필을 앞에 두고 하는 말치고는 광오하다 할 수 있었지만 연운비의 표정은 담담하기만 했다.

"한데 어째서 아직도 그러고 있느냐?"

"아직은 제가 도움을 주지 않아도 될 듯 보입니다. 그리고 혁련 대협께서 이곳에 계신데 제가 어떻게 함부로 움직일 생각을 하겠습니까?"

"흥!"

혁련필은 코웃음을 치며 고개를 돌려 장학조를 바라보았다.

확실히 자잘한 부상은 많이 입었지만 큰 부상은 없었다. 그에 비해 흑의인들은 벌써 반수나 전장에서 이탈해 있었다. 구룡이라는 이름이 부끄럽지 않은 상황이었다.

"내가 나선다면 어쩔 것이냐?"

"막아야겠지요."

"가능하다 생각하느냐?"

"최선을 다할 생각입니다."

혁련필에게서 막강한 기세가 뿜어져 나오자 연운비는 가볍게 포권을 취하며 철검을 빼 들었다.

"백 년 전 곤륜의 검이 천하를 위진시켰다 한들 파검(破劍)의 도움이 있지 않았다면 어찌 가능했을까! 나 혁련필, 오늘 곤륜의 검을 견식하겠다! 오라! 선배로서 선수를 양보하마!"

혁련필은 나이가 어리다고는 하나 상대를 호적수(好敵手)로 인정했다.

그것은 검을 손에 쥔 이후, 아니, 그 이전부터 연운비에게서 흘러나오는 기세를 느꼈기 때문이다. 저 정도의 기세를 자연스럽게 뿜어내는 무인이라면 상대로서 부족함이 없었다.

휘이이잉!

연운비의 검이 바람을 가르며 날아들었다.

혁련필은 창을 비스듬히 치켜세워 교묘하게 검의 진로를 방해하며 발을 차 올렸다.

전혀 대비하고 있지 않았던 연운비는 절묘한 각법(脚法)에 급히 몸을 뒤로 물리며 검을 휘둘러 상대의 추격을 제지했다. 하지만 덕분에 선수의 이점은 사라지고 주도권은 상대에게 넘어간 뒤였다.

'아직 경험이 없다.'

혁련필은 생각했던 것보다 쉽게 공세를 잡자 연운비가 실전 경험이 전무하다는 것을 알아차렸다.

"내 차례다!"

창이 바람을 가르며 날아들었다.

진동이 일어날 정도로 위력적인 공격이었다. 연운비가 그에 맞서 검을 마주쳐 갔다.

허공을 가르던 창끝이 선회하며 중앙이 아닌 하단을 후려쳤다. 응당 정면으로 한 번 정도는 부딪쳐 올 것이라 생각했던 연운비는 낭패를 당하며 속절없이 뒤로 물러섰다.

변초와 허초가 뒤섞였다.

그것을 구분해 낼 능력이 연운비에게는 있었지만 혁련필은 그럴 시간을 주지 않았다.

"파하!"

연이은 역련필의 파상적인 공세에 차츰 연운비의 손발이 어지러워지며 궁지에 몰리기 시작했다.

하나 그런 상황에서도 혁련필은 좀처럼 결정적인 기회를 잡을 수 없었다.

위험한 순간마다 검에서 흘러나오는 웅혼한 기도가 혁련필의 간담을 서늘하게 만들었기 때문이다.

"이 공격도 받아낼 수 있는지 보겠다!"

혁련필의 입에서 기합성이 터져 나오며 창끝이 미묘한 변화를 일으켰다.

연운비는 이번 공격이 그동안과는 다르다는 것을 본능적으로 알아차렸다.

창이 쇄도해 오는 곡선이 시야에 들어왔기에 마음만 먹는다면 어렵지 않게 막을 수 있었지만 창끝에 흔들리는 변화가 마음을 불안하게 만들었다.

'침착하자. 승패가 중요한 것이 아니라 내 뜻을 펼쳐 보이면 되는 것이 아닌가?

깊게 숨을 들이키자 마음이 한결 가벼워졌다.

이 순간 천운봉(天雲峯) 정상에서 눈앞에 펼쳐졌던 무수한 검로(劍路) 중 하나가 떠오른 것은 무엇 때문일까?

연운비는 특유의 담담한 미소를 지으며 검을 내뻗었다.

캉! 카카카캉!

검과 창이 부딪쳤다. 초식은 하나였지만 그 안에 담긴 수십 가지의 변화가 무수한 격돌을 빚어냈다.

"대단하다!"

충돌로 인해 몇 걸음 뒤로 물러난 혁련필은 탄성을 토해내지 않을 수 없었다.

일창막천(一槍幕天). 한 번의 휘두름으로 하늘을 메운다는 초식이다.

경험이 많은 노련한 강호인들이라면 혁련필의 창에 담긴 변화를 눈치채고 물러서거나 길을 방해했을 것이다. 하지만 연운비는 물러서지 않고 부딪쳐 왔다. 그것은 이미 연운비의 순수한 경지가 혁련필의 아래가 아니라는 사실을 뜻하고 있었다.

'대체 저 사람은 누구인가?'

한편에서 흑의인들을 맞아 악전고투(惡戰苦鬪)를 벌이고 있던 장학조는 내심 감탄을 흘리며 두 사람의 싸움에서 눈을 떼지 못하고 있었다.

혁련필이라면 감숙에서 알아주는 무인. 이제 이십대 후반으로 보이는 연운비가 그런 혁련필을 맞이하여 호각지세(互角之勢)로 싸우고 있다는 사실은 놀랍지 않을 수 없었다.

"어딜 한눈을 파는 것이냐!"

"우리가 그토록 만만하게 보이더냐!"

그렇지 않아도 동료를 잃고 복수심에 불타 있던 흑의인들이 매섭게 공격을 퍼부어왔다.

'이런!'

그제야 자신의 실책을 알아차린 장학조는 급히 검을 휘둘렀지만 이미 하나의 창날이 옆구리를 관통하고 지나간 후였다.

"윽!"

"사형!"

설운영이 급히 상대하던 적을 밀치고 달려오려 했지만 흑의인들은 그리 호락호락한 상대가 아니었다.

더구나 설운영이 강호에 널리 알려진 것은 그 외모 덕분이었지 결코 무공 때문이 아니었다. 실제로 설운영은 단 두 명의 흑의인을 상대하면서도 반격조차 하지 못하고 있었다.

"어헝!"

장학조가 사자후를 터뜨리며 흑의인들을 위협해 보지만 허장성세(虛張聲勢)가 통할 상대가 아니었다.

촤아아악!

다시 한차례 혈선이 그어지며 장학조의 신형이 크게 비틀거렸다. 반수에 달하는 흑의인들을 쓰러뜨렸다지만 아직도 남아 있는 흑의인들의 수는 적지 않았고, 더구나 상당한 부상을 입고 있는 장학조에게 더 이상은 무리였다.

'시간을 끌어서는 안 된다.'

한편, 연운비와 싸움을 벌이고 있는 혁련필은 차츰 초조해지기 시작했다.

결정적인 우세를 잡지 못하는 가운데 연운비의 반격이 늘어나고 있었고, 그것은 곧 연운비의 실전 경험이 혁련필과의 비무 가운데 채워지고 있다는 것을 의미했다.

캉! 카카카캉!

언제부터인가 차츰 상대를 몰아붙이고 있는 것은 혁련필이 아닌 연운비였다.

연운비의 검이 허공을 가를 때마다 혁련필의 창은 땅 끝으로 처졌다.

결국 혁련필은 마지막 패를 빼 들었다.

시간을 끈다면 한편에서 장학조를 공격하고 있는 수하들이 곧 합류할 테지만 혁련필의 자존심은 그것을 허락하지 않았다.

우우웅!

창끝에 기이한 기운이 어리기 시작했다. 잘 다듬어진 칼날 같은 시퍼런 빛을 내는 그것은 창기였다.

혁련필은 이번 공격만큼은 상대가 막아내지 못할 것이라고 생각했다. 하지만 그 생각이 산산조각으로 부수어지는 데에는 그리 오랜 시간이 걸리지 않았다.

쏴아아악!

어느새 검기를 모은 연운비의 입에서 한줄기 사자후가 터져 나오며 검기의 파도가 몰아쳤다.

상청무상검도(上淸無上劍道)!

곤륜의 웅장함 속에 잠자고 있던 하나의 검이 연운비의 손에서 펼쳐졌다.

콰쾅!

검과 창이 부딪쳤다. 벼락이라도 맞은 것처럼 혁련필의 신형이 크게 휘청이며 뒤로 주르륵 밀려났다.

밀려나는 혁련필의 입가에서 검붉은 피가 끊임없이 흘러나오고 있었다. 실패하지 않을 것이라 생각했기에 입은 피해도 그만큼 컸다.

"으허헝!"

상처 입은 맹수의 포효가 이러할 것인가!

결코 가볍지 않은 부상을 입었음에도 불구하고 혁련필의 전신에서는 막강한 기세가 뿜어져 나왔다. 결코 이대로 싸움을 끝내지는 않겠다는 뜻이었다.

그렇다고 연운비로서도 상대의 사정을 봐줄 수는 없는 노릇이었다. 상대는 사정을 봐주고도 무사할 그런 무인이 아니었다.

"거기까지!"

"킬킬, 삼방주는 물러서시게!"

그 순간 어디선가 날아든 괴이한 외침 소리와 함께 두 인영이 연운비와 혁련필 사이를 가로막았다.

"두 분 호법을 뵙습니다."

눈살을 찌푸리며 일갈을 토하려던 혁련필은 두 인영을 보고 이내 공손히 예를 갖추었다.

"너희들도 그만 멈추도록 해라!"

그들의 말에 장학조와 설운영을 포위하고 있던 흑의인들이 썰물처럼 물러나며 혁련필의 뒤에 시립했다.

'누군가, 이들은.'

나타난 자들의 뒷모습을 바라보고 있던 연운비는 답답한 마음에 마음속으로 한숨을 내쉬었다. 혁련필조차 상대하기 쉽지 않은 마당에 그보다 무공이 낮아 보이지 않는 상대가 두 명이나 나타났다. 좋지 않은 상황이었다.

"이 길을 택하지 않고 다른 길로 왔다면 큰일날 뻔했어."

"킬킬, 그러게 말입니다."

하지만 두 인영이 뒤를 돌아보는 순간 연운비의 얼굴에는 평안함이 깃들었다.

"두 분 어르신……."

"오랜만일세."

"킬킬, 그리고 보니 벌써 일 년이라는 세월이 흘렀어."

반백의 머리카락을 가진 두 인영의 신분은 다름 아닌 기련쌍괴(祁連雙怪). 기련산에 머물면서 맺게 된 그들과의 인연은 천 의원만큼이나 그 교분이 적지 않았다.

"그간 평안하셨습니까?"

"우리야 늘 그렇지."

"킬킬, 자네는 어땠는가?"

기련쌍괴가 얼굴 가득 미소를 머금으며 연운비를 바라보았다.

"아시는 놈입니까?"

어느새 다가온 혁련필이 조심스런 태도로 물었다.

공식적으로는 호법의 지위라 하지만 배분으로 치자면 일방주 혈우검(血雨劍) 막충의 사숙이 바로 기련쌍괴였다. 막충조차 쩔쩔매는 상대가 바로 기련쌍괴였으니 혁련필로서는 공손하지 않을 수 없었다.

더구나 본신 무공으로 기련쌍괴는 흑사방에서 가장 강했다. 강호를 통틀어 기련쌍괴보다 강한 무인은 이패(二覇)와 삼검(三劍), 오왕(五王)을 제외하고는 열을 넘지 못했다.

"알 것 없다."

"킬킬, 삼방주는 수하들이나 잘 간수하고 있으시게."

돌아오는 싸늘한 빈축에 혁련필은 멋쩍은 듯 머리를 긁적이며 한 발 뒤로 물러섰다.

"우리, 손 한번 잡아보세나."

"킬킬, 형님만 잡을 생각이우?"

누가 먼저랄 것도 없이 다가온 기련쌍괴가 덥석 연운비의 손을 잡았다.

"그래, 어떻게 지냈나?"

"킬킬, 계속 기련산에 머무른 건가?"

"그렇습니다."

"한 번 찾아가려 했는데 여의치 않더군. 도인께서는 어떠신가? 여전히 잘 지내고 계시겠지?"

"그것이……."

연운비는 한숨을 내쉬며 차마 대답을 하지 못했다.

"설마……."

기련쌍괴 중 형인 타루하의 표정이 딱딱하게 굳어졌다.

"어서 말해 보게. 도인께서 어떻게 되시기라도 한 것인가?"

"스승님께선… 보름 전 입적하셨습니다."

연운비는 차마 기련쌍괴의 얼굴을 보지 못하고 고개를 수그리며 대답했다.

'저런 순진한…….'

그 순간 멀리서 세 사람의 대화를 듣고 있던 장학조는 연운비의 어리석음을 탓했다.

자세한 사정까지는 알 수 없었지만 기련쌍괴가 무슨 이유에서이든 간에 연운비의 스승을 상당히 어려워하는 듯싶었고, 그렇다면 그것을 이용한다면 이 자리를 벗어날 수도 있다고 생각했다. 하지만 이 세상에 없는 사람은 방패막이가 될 수 없었다.

"도인께서 입적하시다니……."

"어떻게 이런 일이……."

하나 기련쌍괴의 반응은 장학조의 생각과는 전혀 달랐다. 기련쌍괴의 얼굴에서 보이는 것은 가식이 아닌 마음속에서 우러나오는 탄식이었다.

"어디를 가는 중이었나?"

경험 많은 타루하가 분위기를 눈치채고 재빨리 다른 곳으로 화제를 돌렸다.

"사제를 만나러 가는 길이었습니다."

"사제라면……."

"당문에 머무르고 있습니다."

"난주를 들르겠군."

"그렇습니다."

"잘되었네. 난주에 도착하면 천운장(天雲莊)에 들르도록 하게. 당분간 우리는 그곳에 머물 터이니."

"킬킬, 꼭 들러야 하네."

"알겠습니다."

연운비는 담담한 미소를 지으며 대답했다.

'대체 무슨 관계이기에…….'

상황을 지켜보고 있던 혁련필의 얼굴에 궁금함이 가득 묻어 나왔다.

괴(怪)라는 호칭이 붙을 정도로 멋대로 행동하며 천하가 좁다고 설치는 두 기인. 그들이 저토록 정중히 대하는 상대가 있을 것이라고 그 누가 짐작이나 할 수 있었겠는가?

"한데 큰 성취가 있었던 것 같으이."

혁련필의 모습을 본 타루하가 조금은 뜻밖이라는 표정을 지으며 고개를 갸웃거렸다.

승패가 결정난 것은 아니었지만 저 정도라면 사실 혁련필이 패했다 해도 과언이 아니었다. 기련쌍괴가 알기에 연운비의 무공은 잘해야 혁련필과 비슷한 정도였지 결코 그 이상은 아니었다.

"잘 모르겠습니다."

"모른다라……."

타루하의 표정에 동요가 일었다. 그만큼 그 말에 담긴 의미는 가볍지 않았다.

"좋군. 축하하네."

"킬킬, 강호에 신성이 출현했군. 재미있게 되었어."

기련쌍괴 중 아우인 타박라가 특유의 웃음을 흘렸다.

"그럼 우리는 이만 가도록 하지."

"킬킬, 삼방주. 가도록 하자고."

"하지만 저들은……."

아무리 친분이 있다지만 순순히 보내주겠다는 기련쌍괴의 태도에 혁련필은 못마땅한 듯 눈살을 찌푸렸다. 더구나 친분이 있는 것은 연운비였지 다른 두 사람이 아니었다.

"문제가 있느냐?"

타루하가 형형한 눈빛을 빛내며 혁련필의 두 눈을 직시했다.

"저 말코도사야 그냥 넘어갈 수 있지만 다른 두 연놈은 아닙니다. 그들은 큰형님의 하나밖에 없는 아들이자 제 조카를 반병신으로 만들어놓은 놈들입니다."

"두평을 말하는 것이냐?"

"킬킬, 그 망나니가 무슨 사고를 쳤나 보군."

"그것이 아니라……."

"보나마나 그 개잡종 같은 녀석이 길 가던 규수를 희롱하다 생긴 일이겠지. 멍청한 너희 떨거지들이 그 망나니를 보호하기 위해 저들과 싸움이 일어났고."

"제가 듣기로 이번만큼은 그런 이유가 아니었습니다."

"확신할 수 있느냐?"

타루하의 눈빛이 매섭게 빛났다.

"그, 그것이……."

혁련필이 머뭇거리며 고개를 수그렸다.

분명 전서에는 사소한 다툼 끝에 일어난 싸움이라 적혀 있었다. 하지만 평소 두평의 행실을 본다면 전서의 내용이 사실이라 확신할 수 없었다.

"그렇지 않다면 오늘은 이만 돌아간다. 만약 네 말이 사실이라면 내 이름을 걸고 종남에 이 일을 따질 것이다."

"킬킬. 삼방주, 그만 하시게. 괜히 형님이 진노하는 것을 보고 싶은가?"

"알겠습니다. 두 분의 뜻이 정 그러하시다면 돌아가도록 하지요."

혁련필은 어쩔 수 없다는 듯 매서운 눈빛으로 장학조와 설운영을 노려본 후 창을 거두었다.

"돌아간다!"

혁련필이 명령을 내리자 흑의인들은 일제히 부상당한 동료들을 부축하고 기련쌍괴와 혁련필의 뒤를 따랐다.

"도움을 받았습니다."

"정말 감사드려요."

장학조와 설운영은 적들이 돌아가자 안도의 한숨을 내쉬며 고마움을 표시했다.

"응당 처음부터 도와드렸어야 했는데 그러지 못한 것이 오히려 미안할 따름입니다."

연운비는 담담히 웃으며 고개를 저었다.

"곤륜 문하라 들었는데 혹시 비영검(飛影劍) 유광 도인이 아니신지?"

장학조는 혹시나 하는 마음에 상대의 신분이 구룡의 일원인 유광(流

光) 도인이 아닌지를 물어보았다. 하지만 이내 그럴 리 없다는 것을 깨닫고는 쓴웃음을 머금었다.

비영검 유광 도인의 무공은 단혼마창(斷魂魔槍) 혁련필을 압도할 정도로 강하지 못했다.

구룡 중 광도(狂刀) 무하태와 천수신검(千手神劍) 막이랑을 제외한다면 나머지 칠 인 사이의 격차는 그다지 큰 차이가 없다고 알려져 있었다. 하지만 눈앞에 보이는 연운비의 무위는 무하태나 막이랑과 비교해도 전혀 손색이 없어 보였다.

"아닙니다. 유광과는 동문 사형제이지요."

연운비는 슬쩍 고개를 저었다.

"정식으로 인사드리겠습니다. 저는 연운비라 합니다. 이렇게 만나게 되어 반갑군요."

"장학조라 합니다."

"설운영이에요."

"한데 두 분께서는 이 먼 곳까지는 웬일이십니까?"

"사실 저희는 이번 사천당가에서 열리는 비무대회에 참가하기 위해 가는 중이었습니다. 처음에는 사숙님과 몇 명의 동문 사형제들과 행보를 함께했지만 제 사매가 이번 기회에 감숙도 둘러보고 싶다고 하여 시간도 넉넉하고 해서 저희 둘만 진로를 바꿔 이리로 향했지요."

"그렇군요."

"연 대협께서는 어디로 가시는 중이셨습니까?"

"대협이라니요? 과분한 말씀입니다."

연운비는 자신을 치켜세우는 말에 얼굴을 붉히며 다급히 손을 내저었다.

"저 역시 사천당가로 가는 중이었습니다."

"혹시 비무대회에?"

"아닙니다. 제 사제가 그곳에 머물고 있어 가는 중이었지요."

장학조는 비무대회에 참가하지 않는다는 연운비의 말에 내심 의아했다.

이번 비무대회는 그동안 참가에 의의만을 두었던 다른 대회와는 그 격이 달랐다.

각파에서 후기지수는 물론이요 배분이 그리 높지만 않다면 나이가 많더라도 참가시키려 할 정도였다. 그런 비무대회에 연운비 같은 고수가 나서지 않는다니 아무리 활동을 하지 않는 곤륜이라도 이해가 가지 않는 일이었다.

예로 구룡만 하더라도 이미 비무대회에 참가하기에는 적지 않은 나이라 할 수 있었지만 대다수가 이번 비무대회에 참여했다.

"그럼 저희와 함께 가시지요."

"그래요. 마침 잘되었네요. 같이 가도록 하세요."

"아닙니다. 저는 난주에 들러야 해서 어려울 것 같습니다."

연운비는 정중히 그들의 제안을 거절했다.

"이런……."

장학조가 안타깝다는 듯 탄식을 흘렸다.

난주라면 흑사방의 총단과 그리 멀지 않은 곳이었다. 당장에야 기련쌍괴의 명령에 어쩔 수 없이 혁련필이 물러갔다 하지만 언제, 어디서 다시 문제가 불거질지 모르는 일이었다. 가능한 한 흑사방과 연관된 곳은 피하는 것이 최선이었다.

"휴, 아쉽게 되었군요. 그럼 저희는 이만… 사천에서 다시 뵙도록 하겠습니다."

"다음에 뵙도록 해요."

장학조는 아쉬운 표정으로 포권을 하며 설운영을 부축해 말에 태웠다.

"조심하십시오."

그들의 뒷모습을 잠시 지켜보고 있던 설무위도 천천히 발걸음을 옮겼다.

第2章

인연은 시작되고

감숙성 중부에 위치한 성도(省都) 난주(蘭州)는 돈황을 가기 위해서는 반드시 지나쳐야 하는 길목 중 하나이다.

대부분의 성도가 그렇듯 난주 역시 문물이 번화하고 수많은 사람들이 몰려들어 가지각색의 인파를 이룬다. 난주에 들어서 성문을 통과해 길을 따라 걷다 보면 세 갈래 길이 나오는 대로가 펼쳐져 있다. 이제부터가 진정한 난주의 모습이라 할 수 있다.

"어서 오십시오!"

"자자, 저희 집으로 오세요! 이곳에서 가장 유명한 곳입니다!"

"둘이 먹다 하나가 죽어도 모르는 맛이 이곳에 있습니다!"

상인들이 저마다 물건을 팔기 위해 목소리를 높였다. 그들 중에서는 조용히 하라며 서로에게 옥박지르는 사람도 있었다.

"이봐, 조금 옆으로 가라고!"

"무슨 소리야? 내 구역이 여기까지라는 걸 모르나?"

두 상인이 자리를 두고 다투자 주위에서 서성이던 몇 명의 장한이 그들에게 다가가 구역을 정해주며 소란을 가라앉혔다.

"이곳이 난주인가?"

연운비는 주변을 구경하며 난생처음 보는 것들에 놀라운 표정을 감추지 못했다.

높이 솟아오른 전각들과 산속에서는 구경조차 할 수 없었던 것들이 줄줄이 늘어서 있었다.

"빙당호로 있어요!"

"잘 구운 감자 맛 좀 보고 가세요!"

시장 골목에 들어서자 여기저기에 수많은 노점상들과 허름하게 지어진 집들이 줄지어 늘어서 있었다. 난주라고 해서 호화찬란한 전각들만 있는 것은 아니었다.

"엄마, 나 배고파."

"조금만 참으렴. 엄마가 집에 가서 금방 밥 차려줄게."

"에이, 싫단 말이야. 나 저거 먹고 싶어."

"얘가 정말!"

머리를 곱게 빗어 넘긴 아이가 엄마로 보이는 아낙의 팔을 붙잡고 빙당호로 앞에서 도무지 움직일 생각을 하지 않고 있었다. 아낙이 달래기도 하고 화를 내보기도 하지만 요지부동이었다. 결국 지친 아낙이 빙당호로를 사주고 나서야 아이는 발걸음을 떼었다.

터벅터벅.

이런 저런 모습을 구경하며 연운비는 정처없이 한참을 걸어갔다.

그렇게 일각 정도 지났을까?

허름한 대장간 하나가 눈에 들어왔다.

그렇지 않아도 검을 수리할 때가 되었다고 생각하고 있던 연운비는 대장간 안으로 들어섰다.

캉! 카캉!

겉으로 보기에는 그다지 크지 않은 대장간이었지만 안으로 들어서자 꽤 넓어 보이는 진열대와 깊숙이 자리잡고 있는 화로에서는 한 노인이 담금질을 하고 있었다.

"뉘시우?"

걸쭉한 음성의 노인은 힐끗 뒤를 돌아본 후 담금질을 계속했다.

"수리를 할까 해서 왔습니다."

"잠시만 기다리시게."

"알겠습니다."

무성의한 노인의 대답에도 연운비는 표정의 변화 없이 공손히 대답했다.

"하아!"

노인에게서 시선을 돌린 연운비는 진열대에 걸려 있는 수많은 철기들을 보며 감탄을 금치 못했다.

수가 많지는 않았지만 하나같이 예기가 느껴지는, 모두 범상치 않은 것들이었다.

"그래, 무엇을 수리하러 왔는가?"

시간 가는 줄도 모르고 구경에 정신이 팔려 있던 연운비는 등 뒤에서 들리는 목소리에 황급히 뒤를 돌아보았다.

"이런, 제가 실례를 했습니다."

"실례는 무슨. 그런 고리타분한 소리는 집어치우고 무엇을 수리할 생각인가?"

"이 검입니다."

"어디 보세."

연운비는 차고 있던 검을 노인에게 넘겼다.

"수리할 수 있겠습니까?"

"음……."

검을 보는 노인의 이마에 주름이 잡혔다.

"웬만해서는 하나 구입하는 것이 좋을 듯한데… 무슨 사연이라도 있는 검인가?"

오래된 검이었지만 손질을 잘 해서인지 외관상 큰 무리는 없었다. 하지만 내부는 그렇지 못했다. 더욱이 혁련필과의 비무 이후 고철이나 다름없이 변해 버렸다.

"스승님이 쓰시던 유품입니다."

"유품이라……."

"부탁드리겠습니다."

연운비가 간곡한 어조로 말했다.

운산 도인이 남긴 것이라고는 지금 연운비가 입고 다니는 남루한 도복과 철검 한 자루가 전부였다. 연운비의 입장에서는 어떻게 해서든 철검을 수리하고 싶었다.

"알겠네. 내일 오후 중으로 오도록 하시게."

"감사합니다. 이 은혜는 잊지 않겠습니다."

"무슨 은혜까지야……."

속사정을 모르고 있는 노인은 연운비의 과분한 인사에 오히려 당황한 표정으로 머리를 긁적였다.

"그럼 가보겠습니다."

연운비는 다시 한차례 정중히 고개를 숙인 뒤 대장간을 벗어났다.

"이제 천운장만 찾으면 되겠구나."

연운비는 대장간을 나서며 얼굴 가득 미소를 머금었다.

혹시나 수리가 되지 않을까 하는 우려 때문에 노심초사하고 있었는데 다행히 일이 잘 해결되었다. 기쁘지 않을 수 없는 일이었다.

"말씀 좀 물어도 되겠습니까?"

연운비는 국수 노점상을 하고 있는 후덕한 인상의 아주머니에게 다가 갔다.

"뉘시우?"

국수 삶기에 정신이 없던 노점상 아주머니는 귀찮은 표정으로 연운비에게 시선을 돌렸다. 하지만 이내 연운비가 도복을 입고 있다는 것을 확인하고는 환한 미소를 지으며 대답했다.

"도사님이시군요. 길을 물어보시려구요?"

"그렇습니다. 혹시 천운장으로 가는 길을 알고 계시면 가르쳐 주실 수 있겠습니까?"

"천운장이라……."

잠시 고개를 갸우뚱거린 노점상 아주머니는 기억이 난 듯 손바닥을 탁 치며 입을 열었다.

"얼마 전 이름을 바꾼 장원을 말하는 것 같네요. 저 길로 쭉 가다 세 번째 골목에서 오른쪽으로 간 후 다시 왼쪽으로 방향을 트시면 된답니다."

노점상 아주머니는 친절히 천운장으로 가는 길을 설명해 주었다.

"감사합니다."

연운비는 가볍게 고개를 숙인 뒤 여전히 느릿한 걸음으로 천운장으로 향했다.

처음에야 무리없이 일러준 대로 길을 찾아갔지만 몇 번 방향을 틀자 사방이 분간이 가지 않았다.

결국 몇 차례나 더 길을 물은 후에야 연운비는 천운장이라는 간판이 보이는 제법 큰 장원을 찾을 수 있었다.

"무슨 일이오?"

연운비가 정문으로 걸어오자 경계를 서고 있던 보초 무사가 연운비를 이리저리 훑어보며 물었다. 도복을 입고 있었기에 그리 경계하는 표정은 아니었지만 그렇다고 좋은 표정도 아니었다.

"이곳이 천운장이 맞는지요?"

"맞소."

"그럼 들어가서 유운(流雲)이 왔다고 전해주시겠습니까? 이곳에 오면 기련쌍괴 어르신들을 만날 수 있다고 하여 이렇게 찾아왔습니다."

유운은 연운비의 도명이었다. 비록 운산 도인의 뜻에 따라 정식으로 받지는 못했지만 곤륜파 일대제자로서 부족함이 없기에 장문인이 쓰는 것을 허락했다.

"두 호법님의 손님이신지 모르고 실례했습니다. 잠시만 기다리시지요. 제가 연락을 넣겠습니다."

연운비가 기련쌍괴를 입에 담자 보초 무사의 안색이 확연히 달라지며 태도가 공손해졌다.

보초 무사는 옆에 있던 동료와 귓속말을 주고받은 후 장원 안으로 들어갔다.

평소 같았다면 연운비의 남루한 차림에 의심부터 했겠지만 이미 기련쌍괴가 도인 복장 차림을 한 손님이 올 것이라 말해 놓았기에 지체없이 뛰어들어 간 것이다.

"어서 오게."

"킬킬, 그렇지 않아도 도착할 시간이 되었는데 왜 오지 않나 하고 있었다네."

얼마 지나지 않아 기련쌍괴가 장원 안에서 나오며 연운비를 맞이했다.

"찾는 데 조금 애를 먹었습니다."

"자, 들어가세."

"킬킬, 뭐 하고 있나. 어서 오게나."

연운비는 기련쌍괴를 따라 장원 안으로 들어갔다.

밖에서 보기에는 작아 보였지만 막상 들어서자 장원의 규모는 작지 않았다. 이 정도라면 난주에서도 열 손가락 안에 들어가는 장원일 터였다.

"제법 그럴싸하지 않나?"

"킬킬, 상당히 공을 들였지."

기련쌍괴는 연신 주위를 두리번거리는 연운비의 모습에 흐뭇한 듯 미소를 머금었다.

"왜 이 장원의 이름을 천운장이라고 했는지 아는가?"

"처음부터 천운장이 아니었습니까?"

"물론일세. 원래 이름은 부평장이었는데 우리가 육 개월 정도 전에 천운장으로 개명했지."

"킬킬, 정확히는 오 개월하고 보름이라네."

"무슨 이유가 있습니까?"

연운비가 궁금한 표정으로 물었다.

"천운(天雲)이라는 이름을 듣고도 알지 못하겠나?"

"아⋯⋯!"

그제야 연운비는 장원의 이름이 연운비와 운산 도인이 머물렀던 천운봉과 일치한다는 것을 알아차렸다.

"이 장원의 이름은 천운봉의 이름을 따 지은 것이라네. 그곳에서 우리가 새로운 인생을 시작하게 되었다는 의미를 담아서 말일세."

"킬킬, 아직도 당시의 일을 생각하면 감회가 새롭네."

기련쌍괴는 환한 미소를 지으며 연운비의 어깨를 부여잡았다.

연운비가 기련쌍괴와 인연을 맺게 된 것은 지금으로부터 이 년 전.

당시 기련쌍괴는 신강(新疆)의 패자 배교와 원한을 맺어 쫓기고 있던 중이었다.

기련쌍괴는 계속되는 배교의 추적에 험준한 기련산으로 몸을 피했지만 그만 흔적을 남기는 실수를 저질러 추격자들과 일전을 벌이게 되었다.

아무리 기련쌍괴의 무공이 뛰어나다 한들 수많은 고수가 밀집해 있는 배교의 끈질긴 공격 앞에서 버틸 수는 없었다.

결국 기련쌍괴의 목숨은 풍전등화(風前燈火)의 처지에 놓이게 되었고, 그때 마침 그곳을 지나가던 운산 도인과 연운비가 그 광경을 보았다.

평소 기련쌍괴의 행적이 제멋대로이기는 하나 인간의 도리를 벗어나는 일은 저지르지 않는다는 것을 알고 있던 운산 도인은 당시 좋지 않은 몸 상태에서도 무리하면서까지 무공을 사용했고, 심각한 부상을 입은 기련쌍괴를 위해 일 년 동안 움막에서 머물게 배려를 해주었다.

선인지로(仙人之路)라…….

이후 기련쌍괴는 운산 도인이 추구하는 길에 감복해 성정이 크게 변했다.

"당문으로 간다 들었는데 사제를 만나러 가는 것 이외에 다른 목적도 있는가?"

당문에서 비무대회가 열린다는 것을 알고 있던 타루하가 눈을 빛내며 물었다.

"아닙니다. 그저 사제를 만나러 가는 것뿐입니다."

"킬킬, 하긴 자네 같은 사람이 비무대회에 참가할 리 없겠지."

타박라가 그럼 그렇지 하는 표정으로 고개를 크게 끄덕였다.

"자, 이럴 것이 아니라 안채로 들어가세나. 어차피 아직 정식으로 도인이 된 것은 아니니 곡차 정도야 가능하겠지."

"킬킬, 형님께선 천운봉에서도 그렇게 마셔놓고 새삼스럽게 무슨 이야기이우."

기련쌍괴는 기분 좋은 미소를 흘리며 연운비와 함께 발걸음을 옮겼다.

다음날 아침 연운비는 식사를 마치고 장원에서 한적한 곳으로 발걸음을 향했다. 늦게까지 마신 술에 아직 기련쌍괴는 자리에서 일어나지 못했다.

내공으로 주기를 날려 버렸다면 지장이 없겠지만 애주가로서 할 짓이 아니라며 기련쌍괴는 그렇게 하지 않았다.

"후으으읍!"

깊게 숨을 들이키자 청량한 공기가 폐를 시원하게 훑고 지나갔다. 연운비는 숨을 들이키는 것을 반복하며 공력을 끌어올렸다.

우우우우웅!

짙푸른 호수를 연상케 하듯 연운비의 검에 푸른 검기가 어렸다. 칠성의 경지에 이른 태청신공(太淸神功)의 위력이었다.

쩌쩡!

검을 휘두르자 대지를 가를 듯 천지간에 검명이 울려 퍼졌다.

연운비 정도 되는 나이에 실전에서 검기를 운용할 정도의 무인은 흔치 않다.

그것을 가능하게 만든 것은 운산 도인의 세심한 가르침과 연운비의 끝없는 노력이었다.

슉! 슈슈슈슉!

연운비는 혁련필을 상대할 당시를 떠올리며 검로를 그려냈다.

거미줄 같은 무수한 검로들이 하나의 체계를 잡아가기 시작했다. 단한 번에 불과했지만 연운비가 혁련필과의 비무에서 얻은 것은 적지 않았다. 아쉬운 것은 마지막 순간 혁련필과 손속을 나누지 못한 것이었다.

'스승님…….'

지금 이 모습을 보았다면 운산 도인이 얼마나 좋아하였을까.

연운비는 안타까운 표정을 감추지 못하며 검을 회수했다. 연무는 이정도면 충분했다.

"이런, 그러고 보니 벌써……."

하늘을 올려다본 연운비가 쓴웃음을 흘렸다.

어느새 해가 중천까지 올라와 있었다. 시간 가는 줄도 모르고 수련에빠져 있었던 것이다.

"어서 검을 찾으러 가야겠군."

연운비는 연무장 한편에 마련되어 있던 검을 제자리에 놓고 대장간으로 향했다.

"계십니까?"

연운비는 가볍게 문을 두드린 후 조심스럽게 대장간 안으로 들어섰다.

"뉘시우?"

걸죽한 음성의 대장간 노인은 어제와 마찬가지로 담금질을 하며 뒤도돌아보지 않고 대답했다.

"어제 검을 맡긴 사람입니다."

"잠시만 기다리게."

"알겠습니다."

연운비는 공손히 대답하고 노인의 일에 방해가 되지 않도록 멀찌감치 떨어졌다.

캉! 카카캉!

일각, 다시 일각…….

잠시만이라는 말은 어디로 갔는지 반 시진이 가까이 되도록 노인은 일어설 생각도 하지 않은 채 담금질에 몰두했다.

"다 됐군."

잠시 후 마침내 노인이 허리를 펴고 자리에서 일어났다.

"오래 기다리진 않았나 모르겠군."

"아닙니다."

"자, 다 되었네. 한 번 휘둘러 보게나."

'이것이……?

검을 받아 든 연운비는 이전과는 전혀 달라진 검의 예기에 내심 놀라움을 금치 못했다.

"아……!"

연운비는 검을 한차례 휘두르고는 탄성을 금치 못했다.

무게는 같았지만 어딘지 모르게 힘이 실려 있었다. 내력도 운용하지 않았다는 것을 생각하면 실로 놀라운 일이었다.

"마음에 드는가?"

"예, 어르신. 정말 마음에 듭니다."

"다행이구먼."

"이런……."

문득 검을 휘두르던 연운비의 입에서 당혹스런 음성이 흘러나왔다.

"왜 그러는가? 뭔가 이상한 점이라도 있는가?"

"아닙니다."

연운비는 황급히 손사래를 쳤다.

'어찌해야 하나……'

연운비는 내심 한숨을 내쉬며 검을 바라보았다.

고철에 불과했던 검을 명검까지는 아니더라도 그에 준하는 검으로 손을 보았다.

검을 맡기기 이전에 주위에 걸려 있는 예기가 흘러나오는 수많은 철기들이 있었음에도 어째서 손님이 없었는가를 생각했어야 했다.

아마도 노인은 상당히 유명한 장인일 터였고, 웬만한 가격으로 이런 곳에서 검을 수리한다는 것은 어림도 없는 일일 터였다. 노인의 실력이 이 정도라고는 미처 생각하지 못한 것이 실수라면 실수였다.

'아, 그러고 보니 그것이 있었군.'

그 순간 연운비의 얼굴에 화색이 돌았다. 은자는 없을지 모르겠지만 그것을 대신할 다른 물건은 있었다.

"제가 세상 물정에 어두워 그만 실수를 한 것 같습니다."

"무슨 소리인가?"

노인은 이해가 가지 않는다는 듯 고개를 갸웃거렸다.

"사실 제 수중에 있는 돈은 많지 않습니다. 죄송한 말이지만 값을 치를 만한 능력이 되지 못하여 이것으로 대신할까 합니다."

"이것이 무엇인가?"

노인이 연운비가 꺼내놓은 목갑을 보며 물었다.

"제가 아는 분께 받은 것입니다."

"나는 이것이 무엇이냐고 물었네."

노인은 목갑을 열어보지도 않은 채 연운비를 주시했다.

"소환단(小環丹)입니다."

놀랍게도 연운비가 꺼내놓은 것은 천 의원에게 받았던 소환단이었다.

"소환단이라고?"

노인은 불신의 눈빛으로 연운비를 바라보았다.

아무리 무림과는 상관없는 곳에 살아가는 대장장이라 할지라도 소환단이라는 이름을 들어보지 못하였을 리는 없었다. 의심부터 가지는 것이 당연했다.

"그렇습니다."

"흠……."

노인은 연운비를 한참이나 주시했다.

"허허허."

어느 순간 노인은 헛웃음을 흘리며 고개를 주억거렸다.

육십 평생을 살아온 그의 육감이 말하고 있었다. 저런 눈빛을 가지고 있는 사람은 거짓을 말하지 못한다는 사실을.

"스스로가 세상 물정에 어둡다고 하더니 그 말이 틀린 말은 아니로군."

"죄송합니다. 가진 것이 이것밖에 없어서……."

"자네는 이 물건을 값어치를 알고 있는가?"

"알고 있습니다."

연운비는 조금도 망설이지 않은 채 대답했다.

"한데도 이것을 검 수리비로 내겠다는 말인가?"

"제가 생각하기에는 오히려 모자란 감이 있다고 생각합니다."

"어째서 그런가?"

노인은 이해할 수 없다는 듯 눈살을 찌푸렸다.

누가 보더라도 무가지보(無價之寶)인 소환단과 철검 한 자루의 가치의 차이는 크다.

"소환단 역시 귀중한 것이지만 저에게는 이 검이 더욱 중요합니다. 물건에 대한 가치는 세상이 정하는 것이지만 사람에 따라 다르기도 하지 않겠습니까?"

연운비는 철검을 허리춤에 차며 고마움을 표시하기 위해 다시 한 번 고개를 숙였다.

"재미있는 사람이로고."

노인은 입가에 미소를 머금은 채 소환단이 담긴 목합을 연운비에게 내밀었다.

"아무리 그렇다 해도 철검 한 자루를 손질해 준 것치고는 과분한 물건일세. 집어넣도록 하시게나."

"하지만……."

"그걸 받는다면 내 마음이 편하지 않을 걸세. 그 대신 수리비로 내 한 가지 부탁을 들어주는 것은 어떻겠나?"

"부탁이라면……?"

"그다지 어려운 일은 아닐 걸세."

잠시 한 호흡을 쉰 노인이 말을 이었다.

"나에게는 손녀가 한 명 있네. 어려서 아비, 어미를 잃고 내 손에서 자란 녀석이지. 녀석의 부모는 도적들에게 살해당했네. 나는 그 사실을 숨겼지만 어떻게 알게 된 녀석은 부모의 원수를 갚는다며 어느 날 갑자기 사라져 버렸네."

"제가 원수를 갚는 데 도움을 주라는 말씀이십니까?"

연운비는 곤란하다는 표정으로 노인을 바라보았다.

다른 부탁이라면 몰라도 사람을 상하게 하는 부탁이라면 승낙할 수 없었다.

"그것은 아니네."

노인이 고개를 저었다.

"그럼……?"

"다만 혹시라도 내 손녀를 만나게 되는 날이 있다면 내가 기다리고 있다는 사실을 전해달라는 것일세. 내 손녀의 이름은 단옥령이라고 하네."

"사람을 찾는 일이라면 표국이나 그런 일을 하는 단체에 의뢰를 하는 것이 더 낫지 않겠습니까?'

"허허, 나라고 왜 해보지 않았겠나? 그동안 몇 번이고 많은 돈을 들여 해보았지만 모두 허사였네."

"한데 그런 부탁을 저한테 하시는 것은……."

연운비는 이해할 수 없다는 듯 노인을 바라보았다.

이 넓은 중원에서 노인이 말하는 사람을 찾는 일이란 불가능에 가까운 것이었다. 물론 유명하거나 알려져 있는 사람이라면 가능하겠지만 노인의 말로 미루어보아 그것도 아닌 듯싶었다.

"왠지 자네라면 가능할 것 같아서 부탁하는 것일세. 나 같은 늙은이에게는 육감이라는 것이 있지."

"알겠습니다. 최선을 다하겠습니다."

연운비는 노인의 부탁을 받아들였다.

그것은 단순히 수리비를 대신한다는 것을 떠나 손녀딸을 생각하는 노인의 간절한 마음이 연운비의 가슴속에 와 닿았기 때문이다.

"이것은 집어넣게."

"그리하겠습니다."

연운비는 순순히 목갑을 집어넣었다.

자신에게 철검 한 자루가 소환단보다 소중하듯 노인 역시 소환단보다는 손녀딸의 안위가 더욱 소중할 수밖에 없었다.

"가보겠습니다."

"아, 잠시만 기다리게."

연운비가 인사를 하고 대장간을 벗어나려는 찰나 노인이 연운비를 불러 세웠다.

"다른 용무가 있으십니까?"

"이것을 가져가도록 하게."

노인이 급히 안으로 들어가 가지고 나온 것은 잿빛 검집이었다.

"맞으려나 모르겠군. 그 검집을 버리고 이것에 검을 넣도록 하게나."

그렇지 않아도 검집이 너무 낡아 바꿀 생각을 하고 있던 연운비는 순순히 노인이 내민 검집을 받아 들었다. 만약 검집이 비싸 보였다면 받지 않았겠지만 시중 어디에서나 구할 있는 검집 같았기에 거절하지 않았다.

"우연한 기회에 이곳으로 흘러 들어오게 된 물건인데 아무래도 이놈의 임자는 자네인 것 같군."

"감사히 받겠습니다."

연운비는 철검을 꺼내 검집에 넣었다. 마치 맞춘 것인 양 철검은 검집에 들어맞았다.

"흠……."

잠시 연운비의 반응을 지켜보던 노인은 무엇인가 말을 하려는 듯 입을 열었지만 이내 굳게 다물며 고개를 주억거렸다.

"이것이 잘하는 일인지 모르겠군. 어쨌든 내 부탁을 들어주어 고맙네. 그럼 가보도록 하게나."

"다시 들르도록 하겠습니다."

노인의 환대를 받으며 연운비는 대장간을 벗어났다.

"검을 찾으러 다녀오는 길인가?"

"일어나셨군요."

연운비가 볼일을 마치고 천운장에 들어서자 장원 마당에서 서성이고 있던 기련쌍괴가 다가왔다.

"그래, 수리한 것은 마음에 드는가?"

"아주 만족합니다."

"그거 잘된 일이군."

"다만 값을 치르지 못한 것이 마음에 좀 걸리는군요."

"킬킬, 값을 치르지 못했다니 그게 무슨 소린가?"

타박라가 고개를 갸웃거리며 이해가 가지 않는다는 얼굴로 물었다. 고작 철검 한 자루를 수리하는 데에 얼마나 든다고 값을 치르지 못했단 말인가?

"그것이……."

잠시 머뭇거리던 연운비는 대장간을 들르게 된 경위와 그곳에 있던 예기를 머금은 철기들을 이야기해 주었다.

"혹시 그 대장간이 남문 사거리에 있지 않았나? 주인의 얼굴에는 검버섯이 잔뜩 피어 있고."

"그런 것 같습니다."

"킬킬, 그 늙은이가 웬일로 선심을 썼군. 돈을 받지 않았다니 말이야."

"아시는 분입니까?"

대장간 노인을 아는 듯한 타박라의 말투에 연운비가 궁금한 표정으로 물었다.

"킬킬, 알다마다. 그 늙은이와는 어렸을 때부터 불알친구라고 해도 과언이 아닐 정도로 잘 알고 지내던 사이였지."

"그러셨군요."

"그곳에서 병장기를 사려면 아무리 못 줘도 은 열 냥은 주어야 하지. 그것도 질이 낮은 것이지. 웬만한 건 그 배는 넘게 주어야 한다네."

"아……!"

어느 정도 짐작은 하고 있었지만 생각 이상으로 대장간 노인은 유명한 장인인 듯싶었다.

"어디 한 번 검을 볼 수 있겠나?"

그 순간 유심히 검을 쳐다보고 있던 타루하가 입을 열었다.

"여기 있습니다."

연운비는 순순히 검을 건넸다.

강호인인 이상 자신의 병장기를 타인에게 함부로 건넨다는 것은 있을 수 없는 일이었지만 연운비에게 있어 기련쌍괴는 결코 남이 아니었다.

"좋군. 정말 잘 다듬었어. 그 늙은이가 신경을 좀 썼구먼."

날은 좀 무디어 보였지만 그것은 아마도 도복을 입고 있는 연운비를 생각해서 일부러 그렇게 만든 것일 터, 그 외엔 조금도 흠잡을 곳이 없을 정도로 잘 다듬어져 있었다.

"한데 이 검집은 어떻게 된 것인가? 예전에 쓰던 것과는 다른 것 같은데……."

"얻었습니다. 한 가지 부탁을 들어드리기로 약속했는데 아마도 그것 때문에 주신 것 같습니다."

"그렇군."

일순간 검집을 바라보던 타루하의 눈에 섬광이 스치고 지나갔지만 워낙에 찰나지간이었기에 연운비는 그것을 보지 못했다.

"어떤가? 검도 얻었겠다 오랜만에 한번 해보는 것이."

"무슨 말씀이십니까?"

"비무나 한번 하자는 말일세."

"저야 좋습니다."

한 수 배운다는 입장이었기에 연운비로서는 거절할 하등의 이유가 없었다.

천운봉에 머무를 때에도 기련쌍괴는 이런 식으로 가끔 연운비에게 가르침을 주었다.

　그것이 마음의 빚을 가지고 있던 기련쌍괴가 연운비에게 해줄 수 있는 유일한 것이었고, 연운비는 가르침이 아닌 기련쌍괴의 마음을 받았다.

　"그럼 연무장으로 가세나."

　"킬킬, 간만에 몸 한번 거하게 풀겠군."

　본시 천운장은 기련쌍괴가 머물기 전까지 흑사방 방도들을 가르치는 무관이었기에 연무장이 존재했다. 물론 장원을 개축하면서 없앨 수도 있었지만 필요한 공간이 많지 않았기에 굳이 그렇게 하지 않았다.

　"킬킬, 그럼 나하고 먼저 몸 좀 풀어보세나."

　연무장에 도착한 타박라가 몸을 가볍게 푼 후 연무장 중앙으로 걸어나왔다.

　처음 하는 비무가 아닌만큼 큰 긴장은 되지 않았다.

　이렇듯 기련쌍괴와 수많은 비무를 가졌음에도 연운비가 단혼마창 혁련필과의 싸움에서 허둥댄 것은 비무의 목적이 순수하게 수련에 있지 않은 때문이었다.

　"가르침을 받겠습니다."

　"킬킬, 양보는 없네."

　부웅!

　타박라는 삼 장이라는 거리를 도약하여 권을 내지르며 연운비를 압박해 들어갔다.

　연운비는 타박라의 공격을 가볍게 피하며 검을 뽑아 다가오는 길목을 저지한 후 곧장 반격에 들어갔다.

　"헛!"

　살초는 아니었지만 빈틈을 파고드는 매서운 연운비의 공격에 타박라는 헛바람을 들이키며 급히 사정권에서 물러났다.

그 기회를 놓칠세라 연운비는 곧장 검을 뻗어 타박라를 압박해 들어갔다.

쐐애애애액!

검이 호곡선을 그리며 타박라의 좌측 어깨로 짓쳐 들었다.

도무지 피할 구석이 보이지 않았다. 타박라는 어쩔 수 없이 허공으로 몸을 피하며 시간을 벌기 위해 권을 내질렀다.

쩡!

권풍의 힘은 대지를 뒤흔들 듯 강인했지만 그것에 맞서는 연운비의 검기 또한 부족함이 없었다.

한차례 검을 휘둘러 권풍을 흘려보낸 연운비는 재차 공격을 감행하기보다는 한걸음을 뒤로 물러나 다음을 기약했다. 박투술에 능한 무인과 자진해서 거리를 좁힌다는 것은 바람직한 일이 아니었다.

우우웅!

검의 진동이 메아리를 치며 타박라를 몰아붙였다.

"크윽!"

실제로 검이 쇄도한 것도 아니지만 그 기세만으로도 타박라는 숨이 막히는 압박감을 느껴야 했다. 그것도 무려 사오 장은 족히 되는 거리였다.

"어헝!"

타박라는 압박감을 해소시키기 위해 사자후를 터뜨렸다.

본시 많은 비무를 한 두 사람이었기에 서로의 장단점에 대해서는 누구보다 잘 안다고 자부할 수 있었다. 하지만 지금 타박라는 자신이 알고 있던 연운비가 동일인인지 의심을 할 정도로 당황하고 있었다.

'아우의 아래가 아니다.'

한편에서 두 사람의 대결을 지켜보고 있던 타루하는 몇 초 지나지도 않아서 궁지에 몰리는 타박라를 보며 믿을 수 없다는 표정을 지으며 침

음성을 흘렸다.

불과 일 년 전만 하더라도 연운비의 무공은 자신보다 몇 수 아래의 수준이었고 타박라보다도 조금 처지는 정도였다.

하나 지금 보이는 연운비의 경지는 타루하 자신보다도 결코 낮다고 치부할 수 없는 수준이었다.

물론 어디까지나 비무일 경우에 한해서 그런 것이지만 그렇다고 하더라도 실로 엄청난 발전이 아닐 수 없었다.

'농으로 생각했는데 도인께서 하신 말씀이 사실이었구나.'

타박라의 머리 속에 운산 도인과 담소를 나누며 주고받았던 말이 떠올랐다.

당시 운산 도인은 몇 년 지나지 않아 연운비의 경지가 상당한 지경에 이를 것이라 말했다. 어쩌면 십 년 안에 자신의 수준을 뛰어넘을지도 모른다고 말했다.

물론 기련쌍괴는 그 말을 믿지 않았다. 단순히 제자를 자랑하고 싶어한 농에 불과하다고 생각했다.

당금 강호에서는 흔히 이패(二霸)와 삼검(三劍), 오왕(五王)이 있다고 말한다.

모습을 드러내지 않고 심산유곡에서 칩거하고 있는 기인이사도 많겠지만 적어도 드러나 있는 고수들 중에서 이들 십 인보다 강한 무인이 없다는 뜻이다.

운산 도인이 바로 그 중 삼검(三劍)의 일인이었으니 기련쌍괴가 어찌 그 말을 믿을 수 있었겠는가!

"그만 하는 것이 좋겠군."

타박라는 두 사람이 비무를 멈추도록 했다. 본시 연운비에게 도움이 되고자 하는 것이 비무의 목적이었기에 더 이상 비무를 계속하는 것은 의미가 없었다.

"킬킬, 하마터면 망신을 당할 뻔했군."

고작해야 일각도 되지 않는 시간이었지만 타박라는 몹시 지친 듯 숨을 헉헉거리며 신형을 바로 세우지 못했다.

"운기조식을 취하게."

"예."

연운비는 지체없이 좌정한 후 운기조식에 들어갔다.

많은 내력을 소모한 것은 아니었지만, 다음 상대가 타루하라는 점을 생각했을 때 최선의 상태에서 비무를 하려는 것이다.

"이제 나하고 한번 해보세나."

운기조식이 끝나자 타루하가 중앙으로 걸어나왔다.

"부탁드리겠습니다."

"전력을 다해야 할 걸세!"

일갈을 내지르며 이번에도 먼저 공격을 시작한 것 연운비가 아닌 타루하였다.

타박라의 장기가 권이라면 타루하의 장기는 보법과 장법이었다.

패를 추구하는 타박라와는 다르게 타루하의 장법은 부드러우면서도 쾌속했다. 그에 맞서 연운비가 선택한 것은 중검이었다.

"훌륭하다!"

타루하는 미처 초식을 운용하기도 전에 맥을 잘라오는 연운비의 검에 감탄을 토했다.

단순히 경험에 의해 그랬다면 그리 놀라운 일도 아니지만 연운비가 그 정도의 경험을 가지고 있을 리 없었다. 그렇다면 이것은 경험보다는 상대의 공격 그 자체가 눈에 들어온다는 것을 의미했다.

쩌어엉!

가볍게 뻗어나간 검의 기세가 어느 순간 진동을 일으키며 급격한 변화를 보였다.

검끝에 무수한 떨림이 일며 중검의 형태는 어느새 환검으로 바뀌어 있었다.

'형식을 버렸다.'

일 년이라는 시간 동안 비무를 치르며 연운비가 환검을 사용한 적은 없었다. 하지만 지금 이 순간 연순비의 손에서 펼쳐지는 것은 분명한 환검이다.

그것은 연운비의 경지가 형식에 얽매이지 않는 수준에까지 이르렀다는 것을 의미하고 있었다.

"지금부터는 조심해야 할 걸세!"

타루하의 입에서 대성이 터져 나오는 것과 동시에 공격에 변화가 일었다.

틀에 박힌 정공법만으로는 승부가 나지 않는다고 생각한 것이다.

연운비도 지금까지와는 다른 분위기에 신경을 집중하며 타루하의 공격을 주의 깊게 주시했다.

우우우웅!

한차례 도약으로 몇 장의 거리를 좁힌 타루하의 신형이 좌우로 크게 흔들리며 쌍장으로 연운비를 위협했다.

연운비의 검세에 빈틈은 보이지 않았지만, 빈틈을 만들어낼 수 있는 것이 바로 타루하라는 무인이었다.

픽!

꺼지듯 사라진 타루하의 신형이 연운비의 등 뒤에서 나타나며 두 어깨를 짓눌러 갔다. 다급한 나머지 연운비는 검을 들고 있지 않은 왼손으로 타루하의 공격을 막았다.

공격은 거기서 끝이 아니었다.

물러날 듯하면서 이어지는 충격파. 노도와도 같은 공격이 연이어 퍼부어졌다.

"윽!"

한 번 수세에 몰리자 좀처럼 반격의 실마리를 잡을 수 없었다.

반평생을 강호에서 살아온 노강호의 가차없는 손속에 연운비는 속절없이 물러섰다.

퍼퍼퍼펑!

검세를 뚫고 날아든 장력이 연운비의 좌측 어깨를 강타했다. 비록 마지막 순간 몸을 비틀어 충격을 감소시켰다고는 하지만 시큰거리는 것이 적은 부상은 아니었다.

'길이 보이지 않는다.'

이전과는 다르게 실전을 방불케라도 하듯 어떤 술수도 마다하지 않는 타루하의 공격에 연운비는 당황했다.

틈틈이 반격을 시도해 보았지만 빠른 보법을 이용하고 수시로 치고 빠지는 타루하에게는 무용지물(無用之物)이나 다름없었다.

"어디, 이것도 한번 받아보겠나?"

타루하는 이번 기회에 끝장을 보려는 듯 공격의 강도를 높였다.

우우웅!

타루하의 두 손에 진기가 응축되며 강렬한 파공성이 터져 나왔다. 처음 보는 그 수법에 연운비는 신중을 기하며 조심스럽게 검기를 운용했다.

기는 원형을 유지하며 날아들었다.

피할 수도 있었지만 연운비는 그렇게 하지 않았다.

검이 가고자 하는 곳으로 진기를 실어보냈다.

쾌쾅!

강렬한 파동과 함께 연운비의 신형이 끊어진 실처럼 허공으로 튕겨져 나갔다.

"이런!"

옆에서 상황을 지켜보고 있던 타박라가 놀란 표정으로 연운비에게 달려갔다.

타루하가 사용한 것은 기를 밀집시킨 공격으로 비록 검환이나 도환에 비해 위력은 떨어지지만 일반 검기나 도기와는 비교조차 되지 않을 정도로 강한 위력을 지니고 있었다.

"아우, 괜찮네."

타루하가 달려가는 타박라를 제지했다.

"형님?"

"보게나."

"이, 이것이……?"

타박라는 놀라움을 금하지 못했다.

큰 부상을 당할 것이라 생각했던 연운비가 두 다리로 굳건히 서 있었다.

"일부러 물러선 것인가?"

"예, 위력이 강한 것 같아 물러서며 방어했습니다."

"허, 놀랍구먼."

타루하가 탄식을 흘렸다.

설령 타루하 본인이라 할지라도 방금과 같은 공격을 일반 검기나 도기로써 막으려면 쉽지 않았을 터였다.

"오늘은 이만 하도록 하지."

"왜 벌써……?"

"더 이상 나와의 비무는 무의미하네. 이제 자네에게 남아 있는 것은 좀 더 많은 실전 경험과 스스로의 깨달음뿐일세."

타루하는 희미한 미소를 흘리며 고개를 저었다.

오늘 상대해 본 연운비의 실력은 실로 놀라웠다.

아직 무공 수준에 있어서는 비교가 되지 않았지만 그것이 가르침을 줄 정도로 앞서 있지는 않았다. 한두 수 정도 우위에 있지만 그것이 단계의 차이는 아니라는 뜻이었다.

"오랜만에 몸을 움직여서 그런지 뼈마디가 쑤시는군. 이래서 늙으면 죽어야 한다니까. 허허."

타루하는 옷에 묻은 먼지를 털어내며 신형을 돌렸다.

"들어가세. 오랜만에 대국이나 한 번 하세나."

"킬킬, 그럼 나는 훈수나 두어야겠군."

"비무, 감사드립니다."

연운비는 앞서거니 뒤서거니 하며 저만큼 걸어가고 있는 기련쌍괴를 향해 공손히 허리를 굽혔다.

어느덧 연운비가 천운장에 머문 지도 열흘이라는 적지 않은 시간이 흘렀다.

본시 며칠 정도만 머물 생각이었지만 기련쌍괴의 간곡한 부탁에 떠나지 못한 것이다.

"벌써 가다니… 섭섭하네그려."

"킬킬, 그러지 말고 며칠 더 쉬었다 가게나."

"저도 그러고 싶지만 비무대회 때문에 오늘은 출발해야 할 듯싶습니다. 그렇지 않아도 비무대회 준비로 한창 바쁠 터인데 저까지 부담을 주고 싶진 않습니다."

오늘만큼은 마음을 단단히 먹었는지 연운비는 고개를 저으며 단호히 대답했다.

"휴, 정 그렇다면 어쩔 수 없지. 대신 다음에 난주를 지나게 되면 반드시 들러야 하네."

"킬킬, 반드시일세."

"그리하겠습니다."

연운비는 손까지 부여잡으며 부탁하는 기련쌍괴의 모습에 온정을 느끼며 눈시울을 붉혔다. 동문 사형제들을 제외한다면 이제 이 넓은 중원 천지에 친분이 있는 사람이고는 오직 천 의원과 기련쌍괴가 유일했다.

"이놈을 가지고 가게. 도움이 될 걸세."

장원 안으로 들어간 타루하가 한 필의 말을 끌고 나왔다.

"이것은……?"

"가지고 가네나. 명마는 아니지만 길을 가는 데는 도움이 될 걸세."

"킬킬, 그래도 제법 비싼 놈이라네."

"이런 것을 어떻게……."

연운비는 감당하지 못하겠다는 듯 고개를 저었다.

준마 한 필이라면 웬만한 집 일 년치 생활비에 달했다. 강호인들이 통이 크다지만 그래도 적지 않은 비용이었다.

"어서 받지 않고 뭐 하나."

"킬킬, 받지 않고는 떠나지 못할 줄 알게나."

"휴, 그럼 염치 불구하고 받겠습니다."

단호한 기련쌍괴의 모습에 연운비는 거절하지 못하고 말고삐를 받아 쥐었다.

연운비가 받은 것은 단순히 준마 한 필이 아니라 앞으로 먼 길을 떠나는 자신에 대한 기련쌍괴의 마음이었다.

"가보게나."

"킬킬, 몸조심하게."

"두 분도 보중하십시오."

연운비는 떨어지지 않는 발걸음을 옮기며 천운장을 벗어났다.

연운비의 뒷모습이 보이지 않을 때까지 기련쌍괴는 한참이고 그곳에 머물러 있었다.

第3章

일권으로 산악을 가른다

제3장

난주(蘭州)에서 사천의 성도(成都)까지는 상당히 먼 거리이다. 관도가 있다고는 하지만 길이 험하고 끊긴 곳이 많아 처음 오는 사람이라면 헤매기 쉽다.

감숙에서 관도를 따라가다 보면 청천(靑川)이라는 마을이 있는데 그곳에서 성도까지 가는 길은 두 갈래로 나뉘어진다.

연운비는 조금 험하기는 하지만 시간을 단축할 수 있는 길을 선택했다.

"녀석, 힘이 드나 보구나."

연운비는 뜨거운 콧김을 뿜어내고 있는 말 등을 쓰다듬어 주며 중얼거렸다.

벌써 쉬지 않고 달려온 지가 세 시진이 넘었으니 어찌 보면 이러는 것이 당연했다.

만약 연운비가 말에 대해 조금만 더 알고 있었다면 일정 속도를 유지

하며 달렸겠지만, 말안장에 붙어 있는 것만으로도 힘이 드는 상황에서 그것은 무리였다.

"휴, 그건 그렇고, 이 길이 맞는지 모르겠구나."

연운비는 사방으로 우거진 숲을 보며 짧은 한숨을 내쉬었다.

잘못 든 것 같지는 않았지만 당최 사람의 흔적이 보이질 않으니 마음이 불안했다.

"아! 저기 마을이 보이는군."

그 순간 연운비의 시야에 흐릿하게 인가가 들어왔다. 워낙에 먼 거리여서 마을의 규모까지는 알 수 없었지만 그래도 작은 마을은 아닌 듯싶었다.

"다행이로구나."

연운비는 안도의 한숨을 내쉬며 길을 재촉했다.

말은 조금 고달프겠지만 잠시 휴식을 취하고 다시 길을 가느니 이 편이 나을 듯했다.

"저, 말씀 좀 묻겠습니다."

마을에 들어선 연운비는 말에서 내려 한구석에서 조그마한 사내아이와 걸어가고 있는 젊은 아낙에게 다가갔다.

"무슨 일이신지……?"

아무리 도복을 입고 있다고는 하지만 낯선 남자가 다가오자 젊은 아낙은 조금은 경계하는 표정으로 몸을 움츠렸다.

"다름이 아니라 이곳이 어디인지를 알았으면 해서요."

"에이, 아저씨, 촌 동네 사람이구나? 이곳도 모르는 걸 보니."

아직 말문이 완전히 트이지 않았는지 사내아이가 부정확한 발음으로 조잘거렸다.

"이 녀석, 엄마가 아무한테나 그러지 말라고 했지?"

젊은 아낙은 함부로 말하는 사내아이를 혼쭐을 낸 뒤 연운비에게 고개를 숙였다.

"도사님, 죄송합니다. 이 녀석이 철이 없어서요."

"아닙니다. 그 나이 때는 다 그렇지요."

연운비는 사람 좋은 미소를 지으며 사내아이의 머리를 쓰다듬어 주었다.

"그래, 저녁은 먹었니?"

"혜혜, 아직이요. 오늘 우리 어무니가 고깃국을 끓여주신다 하셨어요."

"좋겠구나."

"그럼요. 우리 어무니가 끓여주시는 고깃국이 얼마나 맛있는데요."

사내아이는 신이 난 표정으로 말했다.

"이 녀석, 얌전히 있지 못하겠니? 도사님, 이곳은 덕양(德陽)입니다."

"덕양이라……. 그렇군요. 가르쳐 주셔서 감사합니다."

덕양이라면 성도와는 열흘 정도 거리에 있는 마을. 다행히 길을 헛갈리지 않고 제대로 온 것이다.

"일단 가까운 객잔에 짐을 풀어야겠군."

연운비는 말을 끌고 대로로 향했다.

지금에서야 느낀 것이지만 밖에서 보기와는 달리 마을 안으로 들어서자 그 규모가 상당했다. 이 정도라면 웬만한 현과 비교해도 차이가 없었다.

"어서 옵쇼! 저희 풍양객잔은 무려 십 년의 전통과 사천 최고라 자부할 수 있는 주방장님의 요리를 맛볼 수 있는 곳입니다, 절대 후회하지 않으실 겁니다!"

객잔 근처로 다가가자 점소이 한 명이 부리나케 달려나와 연운비를 맞이했다.

"헤헤, 식사만 하실 건가요? 아님 숙박도?"

"오늘 하루 묵어갈 생각입니다. 말도 많이 지쳤을 터이니 먹이를 주고 푹 쉬게 해주십시오."

"……."

다른 손님들하고는 다르게 공대를 사용하는 연운비를 보고 어리둥절 해하던 점소이는 한참을 훑어보고서야 연운비가 도복을 입고 있다는 사실을 알아차렸다. 말을 타고 검까지 차고 있었기에 미처 보지 못했던 것이다.

"도사님이셨군요? 말씀대로 해드리죠."

상대가 누구든 간에 항상 반말만 들어오던 점소이는 기분이 좋아졌다. 사실 도인이라 하더라도 점소이에게 공대를 하는 경우는 극히 드물었다.

점소이는 얼굴 가득 미소를 띠며 깍듯한 태도로 연운비를 객잔 안으로 안내했다.

"고기는 드시지 않으실 테고… 소면과 소채를 가져다 드릴까요?"

"소채면 충분합니다. 대신 양을 이 인분 정도로 넉넉히 가져다주십시오."

"알겠습니다!"

신나게 대답을 한 점소이는 부리나케 주방으로 뛰어들어 갔다.

아직 저녁을 먹기에는 이른 시간이라 그런지 객잔에는 손님이 몇 되지 않았다. 덕분에 얼마 지나지 않아 점소이가,

"여기 있습니다. 맛나게 드십쇼!"

소채 두 접시를 들고 왔다.

연운비는 소채를 조금씩 집어먹었다. 고기 국물만 아니라면 소면도 상당히 좋아하는 그였지만 사천 지방의 소면만큼은 매워서 그런지 도무지

입에 맞지 않았다.

"어서 옵쇼! 저희 풍양객잔은 무려 십 년의 전통과 사천 최고라 자부할 수 있는 주방장님의 요리를 맛볼 수 있는 곳입니다! 절대 후회하지 않으실 겁니다!"

그렇게 소채를 먹고 있을 때 객잔 안으로 몇 명의 사람들이 들어섰다.

연운비가 들어섰을 때와 같은 말을 토씨 하나 틀리지 않고 반복한 점소이는 일행을 가장 큰 탁자로 안내했다.

"창가 자리는 없나?"

일행 중 가장 나이가 많아 보이는 청삼중년인이 점소이에게 말했다.

"죄송하지만 보시다시피 창가에는 이미 손님이 있는지라……."

점소이는 고갯짓으로 연운비를 가리키며 머리를 긁적였다.

"그럼 자리를 바꾸면 되지 않겠나? 탁자에 소채만 있는 것을 보아하니 오래 있지도 않을 사람 같은데, 우리는 술도 마실 생각이니 그렇게 해주게."

"물어는 보겠습니다."

청삼중년인이 동전 몇 문을 건네자 점소이는 조금은 마지 못하는 표정으로 그리하겠다고 대답한 후 몸을 돌렸다.

솔직한 심정이야 이깟 동전 몇 문보다는 마음에 드는 손님에게 그 자리를 계속 내주고 싶었지만 이들 일행의 신분이 왠지 범상치 않아 보였고, 뒤편에서 노려보고 있는 주방장의 매서운 눈길도 어느 정도 부담이 되었다.

"저어… 손님."

"왜 그러십니까?"

"죄송하지만 다른 곳으로 자리를 옮겨주시면 안 되겠습니까? 대신 소채를 원하시면 더 가져다 드리도록 하겠습니다. 저분들께서 자리를 원하셔서……."

점소이가 고개를 조아리며 말했다.

"흠, 음식이 얼마 남지 않았으니 이 자리에서 마저 먹고 싶습니다. 어차피 저분들께서도 음식을 시키실 터이니 그것이 나올 때쯤 되면 저도 자리에서 일어날 것 같군요."

"예, 알겠습니다. 그럼 맛있게 드십쇼."

점소이는 두말없이 고개를 숙이고 청삼중년인 일행에게 향했다. 더 권하기는 마음이 내키지 않았다.

"손님들, 저 도사님께서도 다 드신 것 같은데 여기에서 조금만 앉아 있다가 저리로 가시는 것이 어떻겠습니까? 음식도 그때쯤이면 나올 것입니다."

"흥, 지금 그럼 우리보고 번거롭게 기다리다가 자리를 옮기라는 것인가요?"

일행 중 가장 어려 보이는 홍의소녀가 허리춤에 손은 얹고 코웃음을 치며 점소이를 노려보았다.

이제 열서너 살 정도 되었을까? 보조개와 긴 속눈썹이 무척이나 인상적인 소녀였다.

"뭐예요? 지금 내 말이 들리지 않나요?"

"그, 그것이 아니라……."

그 모습이 하도 깜찍해 보여 멍하니 쳐다보고 있던 점소이는 홍의소녀의 목소리에 정신을 차리고 급히 대답했다.

"유아야, 그게 무슨 뜻이냐. 그럼 다른 사람을 쫓아내기라도 하겠다는 말이니?"

그 옆에 서 있는 면사로 얼굴을 가린 여인이 가볍게 홍의소녀를 책망하며 말을 이었다.

"헌 숙부님, 점소이의 말대로 하는 것이 좋을 듯해요."

"저도 그것이 좋을 듯합니다. 답답한 곳을 싫어하시는 것은 알겠지만 그래도 강제로 자리를 뺏을 수는 없는 일 아닙니까?"

묵묵히 자리에 서 있던 백삼청년이 도리가 아니라는 듯 고개를 저으며 입을 열었다.

"험, 그럼 어쩔 수 없지. 일단 자리에 다들 앉게나."

"칫!"

두 사람이 나서서 반대하자 청삼중년인은 무안한 표정으로 슬그머니 점소이가 안내한 자리에 앉았다. 홍의소녀도 입술을 삐죽이며 자리로 향했다.

"이 집에서 가장 자신있는 요리 서너 가지와 분주 두 병을 가져다주게."

"저… 그럼 가격이 만만치 않을 텐데……."

"우리가 그깟 돈 몇 푼이나 아까워하는 사람들처럼 보이는가?"

그렇지 않아도 조금 전의 일 때문에 기분이 상해 있던 청삼중년인은 눈살을 찌푸리며 점소이에게 쏘아붙였다.

"죄, 죄송합니다. 전 다만……."

"가보게. 요리나 빨리 가져오도록 하고."

"알겠습니다."

점소이는 몇 번이고 연신 고개를 조아린 후 급히 주방으로 달려갔다.

"그건 그렇고, 아무리 사천이라 하여도 겨울은 겨울이구나. 이리 추운 걸 보니."

청삼중년인이 옷깃을 여미며 말했다.

"맞아요. 이곳까지 오면서 그 고생을 한 걸 생각하면 치가 떨린다니까요. 대체 매년 봄에 열리던 비무대회를 왜 겨울에 하는지 모르겠어요."

"이번에는 나름대로의 사정이 있지 않더냐? 그래서 헌 숙부님도 이렇게 참가하시는 것이고."

"아무리 그래두요."

홍의소녀는 마음에 들지 않는다는 표정으로 입술을 삐죽였다.

"하하, 홍 매가 그동안의 여정이 힘들었나 보구나."

"그런 것 같으이."

일행은 웃음꽃을 피우며 이런 저런 이야기를 주고받았다.

"일어나시려고요?"

"잘 먹었습니다. 소채가 정갈한 것이 맛있더군요."

"헤헤, 맛있게 드셨다니 다행입니다."

식사를 마친 연운비가 자리에서 일어나자 한편에서 눈치를 보고 있던 점소이가 부리나케 달려왔다.

"지금 짐을 풀려 하는데 괜찮겠습니까?"

"물론입지요. 이층으로 올라가시면 세 번째 방이 비어 있을 겁니다."

"알겠습니다."

점소이는 손가락으로 이층 난간 쪽에 보이는 한 방을 가리켰다.

보통 때라면 숙소까지 직접 안내했겠지만 마침 음식이 나오는 중인지라 그럴 수가 없었다.

"언니, 저 사람 좀 보세요. 점소이에게 공대를 하네요. 호호호."

연운비가 점소이에게 공대하는 것을 들은 홍의소녀가 웃음을 참지 못하고 실소를 흘렸다.

"이상한 사람이네요."

"유아야, 그게 무슨 소리니? 점소이에게 공대하는 것이 어떻다고."

면사여인은 급히 홍의소녀를 힐난하며 목소리를 낮추라고 눈짓을 주었다.

"그래도 신기하잖아요. 복장은 도복인데 정식으로 도문에 들어간 것 같지도 않고. 혹시 요즘 많이 돌아다닌다는 사기꾼이 아닐까요? 왜, 겉모습만 그럴듯한 자들 말이에요."

"소유야!"

듣다 못한 면사여인이 큰 소리로 홍의소녀를 꾸짖었다.

"죄송합니다. 아직 이 애가 철이 없어서."

면사여인은 가볍게 한숨을 내쉰 후 자리에서 일어나 연운비에게 다가가 사과의 말을 건넸다.

그 정도 거리에서 그렇게 큰 소리로 떠들었으니 상대가 귀머거리가 아닌 이상 듣지 못했을 리 없었다.

"아닙니다. 그럴 수도 있지요."

연운비가 담담히 웃으며 고개를 저었다.

기분이 나쁘다기보다는 오히려 그런 행동을 한 홍의소녀가 막내 동생처럼 귀여워 보였다.

"아직 식사 전이신 것 같은데 좋은 시간 되시기 바랍니다."

연운비는 가볍게 고개를 숙인 뒤 짐을 챙겨 들고 신형을 돌렸다.

'이제 나와 비슷한 나이인 듯싶은데 참으로 수양이 깊구나.'

멀어져 가는 연운비의 뒷모습을 바라보고 있던 면사여인은 감탄을 금치 못했다.

겉모습만 그런 것일 수도 있겠지만 어쨌든 다소 무례한 말에도 상대는 표정 하나 변하지 않았다. 나이라도 많다면 모를까, 이제 이립도 되어 보이지 않는 나이에 저만한 수양을 쌓기란 쉽지 않았다.

그렇게 연운비의 뒷모습을 바라보고 있던 면사여인은 묘하게 가슴이 두근거리는 것을 느낄 수 있었다. 얼굴조차 기억나지 않을 정도로 어디서나 흔히 볼 수 있는 평범한 얼굴이었지만 부드러운 그의 미소가 좀처럼 잊혀지지가 않았다.

'내가 무슨 생각을 하는 거지?'

면사여인은 실소를 흘리며 고개를 저었다.

최근의 일정이 고되긴 고됐나 보다, 이런 쓸데없는 생각이 들 정도라면.

"휴, 드디어 도착했구나."

"또 길을 잘못 들면 어쩌나 했어요."

연운비가 막 이층 난간으로 올라서려는 순간 일남 일녀가 객잔 안으로 들어섰다.

그들은 바로 연운비와 만난 적이 있는 종남일검 장학조와 그의 사매 설운영이었다.

"연 대협!"

비록 뒷모습이라고는 하나 처음 만났을 때와 하나도 달라진 것이 없는 연운비를 알아보고 장학조가 반가운 마음에 달려와 손을 덥석 잡았다.

"이곳에서 다시 만나다니요, 이런 인연이 다 있군요."

"그러네요. 정말 반가워요."

설운영도 미소를 지으며 연운비에게 다가왔다.

"두 분, 다시 만났군요. 별일없으신 것 같아 다행입니다."

"모두가 연 대협 덕분입니다."

"과분합니다. 그것보다 연 대협이라는 말은 좀……."

이미 한차례 그러지 말라고 말한 적이 있지만 장학조는 여전히 연운비를 대협으로 부르고 있었다.

"하하, 알겠습니다."

장학조는 연운비가 부담스러워하자 웃으며 머리를 긁적였다.

"한데 두 분께서 여긴 웬일이십니까?"

연운비는 문득 이상한 점을 느끼곤 고개를 갸웃거렸다.

곰곰이 생각해 보니 장학조와 설운영이 이곳에 나타난 것이 이해가 가지 않았다.

연운비가 난주에 머문 시간이 무려 열흘이었고 그 정도 시간이라면 차이가 나도 한참 나야 정상이었다.

"길을 헤맸습니다. 덕분에 지금쯤이면 성도에 도착해 있어야 하건만 아직도 이 모양이지요. 그래도 완전히 다른 방향으로 가지 않아 천만다행입니다."

장학조가 그간의 상황을 간략히 추려 설명했다.

"그렇군요."

"식사는 하셨습니까?"

"예, 조금 전에 마쳤습니다."

"이런, 그럼 차라도 함께 들고 올라가시지요. 너무 섭섭해서……."

아직 이른 시간이었기에 설마 벌써 식사를 끝마쳤을 것이라고는 짐작하지 못한 장학조가 조금 당황한 표정으로 말했다.

"그래요. 저희가 그때 제대로 감사의 인사도 드리지 못했는데 차라도 한잔하고 올라가세요."

"예, 그렇게 하도록 하지요."

비록 차 한 잔에 불과했지만 두 사람의 따뜻한 호의에 연운비는 거절하지 못하고 두 사람과 함께 자리에 가 앉았다.

"정말 당시의 일을 생각하면 아직도 아찔합니다."

만약 당시 운 좋게 연운비를 만나지 않았다면 장학조와 설운영은 지금 어떻게 되었을까? 장학조는 생각하기도 싫다는 듯 고개를 저으며 말을 이었다.

"한데 그분들하고는 어떻게 알게 된 사이이십니까?"

"그분들이라면……?"

"기련쌍괴 어르신들을 말하는 것입니다."

장학조가 조심스럽게 물었다.

평상시였다면 적대 관계인 사파의 무인 기련쌍괴에게 이렇게까지 정중하게 공대를 하지 않았겠지만 그들과 친분이 있어 보이는 연운비 앞에 서까지 그럴 수는 없는 일이었다.

"기련산에 머물 당시 알게 된 분들입니다. 좋은 분들이지요."

"허! 기련쌍괴가 좋은 사람들이라고? 내 오늘 별 소리를 다 듣겠구 나!"

연운비의 말이 끝나는 순간 얼마 떨어지지 않은 곳에서 그 이야기를 들은 청삼중년인이 못마땅한 표정으로 큰 소리로 외쳤다. 연운비가 큰 소리로 말한 것은 아니었지만 객잔에 손님이래 봐야 몇 되지 않았으니 자연 듣게 된 것이다.

"그 두 노독물이 끼친 해악이 얼마만큼인데 그런 소리를 하는지 모르 겠군!"

당장이라도 자리를 박차고 일어날 정도로 청삼중년인은 매서운 눈빛 으로 연운비를 노려보았다.

"죄송합니다. 제 말이 심기를 어지럽혔나 보군요."

연운비는 난처한 표정으로 자리에서 일어나 청삼중년인에게 머리를 숙였다.

"보아하니 기련쌍괴에게 속고 있는 것 같은데 정신 똑바로 차리게. 무 슨 목적으로 자네에게 접근했는지 모르겠지만 그들은 결코 좋은 작자들 이 아니니까."

"말씀이 너무 지나치십니다."

보다 못한 장학조가 나서며 입을 열었다.

"뭐가 지나치다는 건가? 그럼 자네는 기련쌍괴가 선인이라는 말에 동의하기라도 한다는 것인가?"

"그것은……"

확실히 기련쌍괴가 선인이라 하기에는 애매한 면이 있어 장학조는 마땅한 반박을 하지 못했다.

"됐습니다. 다른 사람이 어떻게 생각하든 무엇이 중요하겠습니까? 제 마음이 중요한 것이지요."

연운비는 괜찮다는 듯이 손을 내저으며 장학조를 자리에 앉혔다.

"괜히 저 때문에 분위기를 망치지는 않았는지 모르겠군요."

"휴우……"

다시 정중히 사과를 하는 연운비를 바라보는 장학조의 얼굴 표정이 딱딱하게 굳어져 있었다.

아무리 사람이 좋아도 그렇지 이건 너무했다. 먼저 시비를 건 것은 저들이었고, 누구를 어떻게 생각하든 그것은 어디까지나 개인의 주관이거늘 그것까지 간섭한단 말인가?

"혹시 종남일검 장 형이 아니십니까?"

그 순간 유심히 장학조를 바라보고 있던 백삼사내가 자리에서 일어나 다가왔다.

"맞습니다. 한데 누구신지……"

"그간 말로만 들어왔는데 이렇게 직접 보게 되는군요. 반갑습니다. 저는 남궁도라 합니다."

"아, 남궁 형이셨군요?"

백삼사내가 신분을 밝히자 장학조는 반색하며 환하게 미소를 지었다.

무유검 남궁도라면 같은 구룡의 일원으로 예전부터 친분을 쌓고 싶었던 무인 중 하나였다.

"비무대회에 가시는 길이었습니까?"

"남궁 형도?"

"예. 부족하지만 제가 이번에 본 가를 대표해서 비무대회에 참가하게 되었습니다."

"하하, 부족하다니요. 남궁 형이 부족하다면 과연 이번 비무대회에 그 누가 나올 수 있겠습니까?"

장학조는 당치 않다는 듯 손사래를 쳤다.

"장 형도 오늘 이곳에서 묵어가실 생각입니까?"

"아마도 그렇게 될 것 같습니다."

"마침 잘되었군요. 그럼 시간도 넉넉할 터인데 저희와 합석하시지요. 서로 조금은 언짢은 일도 있었는데 그것도 이 기회에 풀어버리는 것이 좋지 않겠습니까?"

남궁도는 일행을 한 번 돌아본 뒤 말을 이었다.

"헌 단주님과 두 분 소저의 생각은 어떠십니까?"

"저는 찬성이에요!"

남궁도의 말이 끝나자마자 홍의소녀가 당연하다는 듯 큰 목소리로 외쳤다. 면사여인 역시 조용히 고개를 끄덕였다. 청삼중년인만이 마음에 들지 않는다는 모습을 보였지만 일행 모두가 찬성하자 어쩔 수 없다는 듯 허락했다.

"이리로 오시지요."

"정식으로 인사드리겠습니다. 장학조라고 합니다."

"설운영이에요."

장학조가 가장 먼저 자신을 소개했고, 그 뒤로 한 사람씩 자리에서 일어나 포권을 취하며 통성명을 나눴다.

남궁도가 있다는 사실만으로도 일행의 신분이 범상치 않다고 생각하고 있었지만 그 이상으로 일행의 신분은 대단했다.

우선 홍의소녀만 하더라도 오봉(五鳳) 중 일인이자 산동악가의 금지옥엽인 적화 악소유였고, 청삼중년인은 중원을 통틀어 가장 규모가 크다는 삼대상단 중 한 곳인 산동상단의 부단주 단목헌이었다.

무엇보다 놀라운 것은 면사여인의 신분이었다.

천상신녀(天上神女) 유사하.

남해 보타암의 후기지수로서 천하삼검 중 일인인 보타 신니의 제자이자 차기 검후로 지목된 여인이었다.

공식 석상에서 모습을 드러내지 않아 자세하게 알려진 것은 없지만 본신 무공이 동배에선 적수가 없을 정도라는 소문이 나돌고 있었다. 굳이 따지자면 구룡 중 가장 강하다는 광도(狂刀) 무하태나 천수신검(千手神劍) 막이랑과 비슷한 수준이라 평가받고 있었다.

"이분은 어떻게 되시는지?"

아직 소개를 하지 않은 연운비를 가리키며 남궁도가 물었다.

"소개가 늦었습니다. 저는 곤륜의 연운비라 합니다."

"그럼 도명이?"

"아직 정식으로 도명을 받지 못했습니다."

유운(流雲)이라는 도명이 있었지만 연운비는 굳이 그것을 밝히지 않았다. 더구나 아무리 장문인이 쓰는 것을 허락했다손 치더라도 결국 정식 제자는 아니었다.

"피, 그럼 결국 속가제자라는 것 아닌가요?"

장학조나 설운영과 어울리는 것으로 보아 연운비 역시 상당한 신분일 것이라 짐작했던 악소유는 기대가 깨지자 입술을 삐죽이며 입을 열었다.

"그런 셈이지요."

조금은 무례한 악소유의 태도에도 연운비는 부드러운 미소를 지으며 대답했다.

"속가제자이셨습니까?"

장학조조차 무척이나 놀라는 표정으로 반문했다.

연운비의 무위를 보지 못했다면 모르되 단혼마창 혁련필을 상대로 우위를 점한 것을 두 눈으로 직접 목격하였다. 응당 본산 제자 중에서도 상당한 신분일 것이라 짐작하고 있던 참이었다.

"본산이든 속가이든 무엇이 중요하겠습니까? 중요한 것은 제 마음이지요."

곤륜에 적을 두고 있는 문도라면 누구도 연운비를 속가제자라 생각하지 않았다.

다만 운산 도인이 조금 더 시간이 흐른 후에 연운비를 정식 제자로 받아들이겠다는 뜻을 비추어 유보되었을 뿐이다.

"자자, 이런 이야기는 그만 하도록 하고 술이나 한잔하시지요."

남궁도가 조금은 가라앉은 분위기를 바꾸기 위해 점소이를 불러 술을 주문했다. 어느새 탁자에 있던 술병은 전부 비어 있었다.

"제가 한잔 따르지요."

남궁도는 아직 나이가 어린 악소유를 제외하고는 일일이 돌아가며 술을 권했다.

"연 형께서는?"

"곡차 정도야 상관없습니다."

술을 엄격히 금하는 도문도 있었지만 적어도 곤륜은 아니었다. 더구나 술을 좋아하는 운산 도인과 함께 있었기에 연운비는 웬만한 주당 못잖게 술을 잘 마셨다.

"저는 왜 안 주세요?"

자신에게만 차를 따라주는 남궁도를 보며 악소유가 아미를 살짝 찌푸렸다.

제딴에는 화를 낸다고 한 것이지만 그 모습이 어찌나 귀여운지 일행 모두의 얼굴에 미소가 걸렸다.

"유 매는 아직 나이가 어리지 않니? 그러니 조금 더 시간이 지난 뒤에 마시도록 해."

유사하는 퉁퉁 부어오른 악소유의 볼을 살짝 꼬집어주며 낮은 목소리로 말했다.

"그래도……."

그렇게 몇 차례 술잔이 돌자 조금은 서먹서먹했던 분위기가 사라지고 일행은 담소를 주고받았다.

"아, 그래서 아직 당문에 도착하지 못하신 것이로군요? 그렇지 않아도 종남은 당문과 친분이 깊어 상당히 오래전에 출발했다고 들었는데 이상하게 생각하고 있었습니다."

"덕분에 하마터면 큰 봉변을 당할 뻔했지요. 만약 여기 계신 연 대협이 도와주시지 않았다면 지금까지 살아 있지도 못했을 것입니다."

장학조는 당시 연운비가 단혼마창(斷魂魔槍) 혁련필을 상대로 막상막하로 싸웠던 이야기를 들려주며 흥분이 가시지 않는 듯 감탄성을 연발했다.

"그게 사실인가?"

단목헌이 도저히 믿어지지 않는다는 표정으로 연운비를 훑어보며 물었다.

단목헌 역시 상단의 부단주이기 이전에 상당한 명성을 떨치던 강호인이었고, 혁련필의 무공이 어떻다는 것 정도는 알고 있었다.

공동이 감숙의 절반을 내주고도 침묵하고 있는 것은 그만큼 흑사방의 무력이 강하다는 것을 의미했다. 혁련필은 그 흑사방에서도 몇 손가락 안에 드는 강자였다.

곤륜에서 제일후기지수로 꼽히는 비영검(飛影劍) 유광 도인조차 혁련 필의 적수가 되지 못했다. 그런 상황에서 이름조차 알려지지 않은 일개 속가제자가 우위를 점했다면 믿을 수 없는 것이 당연했다.

"사실입니다. 제가 무엇 때문에 거짓말을 하겠습니다."

장학조는 쓴웃음을 머금었다. 만약 직접 겪은 일이 아니었다면 그 역시 믿기 힘들었을 터였다.

"혁련 대협께서 사정을 봐주신 것 같습니다. 그렇지 않았다면 제가 어찌 우위를 점할 수 있었겠습니까."

연운비가 감당하지 못하겠다는 표정으로 입을 열었다.

"한데 그러고 보니 자네는 정파의 제자이면서 기련쌍괴 같은 자들과 친분을 쌓았다는 건가?"

문뜩 이상한 생각이 든 단목헌이 눈살을 찌푸렸다.

당시의 이야기를 하다 보니 기련쌍괴의 이야기가 나오지 않을 수 없었고, 그것이 단목헌의 기분을 상하게 한 것이다.

"왜 말이 없는가? 뭐라고 말을 해보게."

"그것이……."

연운비가 머뭇거리며 대답을 하지 못했다.

친분을 쌓은 것은 사실이니 거짓을 말할 수 없었고, 그렇다고 기련쌍괴를 나쁘게 말하자니 마음이 그것을 허락하지 않았다. 그렇다고 여기서 기련쌍괴를 옹호하는 발언을 한다면 자연 단목헌과 시비가 붙게 될 터였다.

돌연 분위기가 묘하게 변했다.

"끝까지 입을 다물 생각인가?"

사실 단목헌이 이렇게까지 연운비를 몰아붙이는 데에는 한 가지 숨겨진 사실이 있었다.

상당히 오래된 일이지만 단목헌은 상단의 일로 돈황으로 가던 도중 기련쌍괴와 시비가 붙어 가진 물건들을 모두 빼앗기고 돌아온 적이 있었다.

물건의 값어치는 그리 크지 않았다고는 하나 추궁이 없을 수 없었고, 실패를 모르던 단목헌의 입장에서는 기련쌍괴에 대한 감정이 좋을 리 없었다.

"제가 있을 자리가 아닌 듯싶군요. 저는 이만 가보도록 하겠습니다. 모두 다시 만날 날이 있겠지요."

연운비는 입장이 난처해지자 자리에서 일어나며 포권을 취했다.

더 이상 이곳에 있다가는 한바탕 커다란 소란을 피할 수 없을 것 같았다.

"누구 마음대로! 자네는 아직 내 말에 대답하지 않았네. 대체 자네 스승이 누구인지 알고 싶군. 곤륜에서는 요즘 제자 교육을 이렇게 시키나? 하긴, 정식 제자도 아니라고 했지?"

"말을 함부로 하지 마십시오!"

순간 연운비의 표정이 달라졌다.

사람 좋은 연운비였지만 다른 것은 몰라도 스승인 운산 도인의 문제에 대해서만큼은 무척이나 민감했다.

두 사제의 일이 일어나고 난 이후부터는 곤륜 내에서조차 감히 연운비에게 그들 사형제나 운산 도인의 일을 거론하는 사람이 없을 정도였다.

"허, 이제는 대놓고 노려보기까지 하는군. 그래, 함부로 하면 어쩔 텐가?"

아무리 단혼마창(斷魂魔槍) 혁련필에게 우위를 점했다지만 그것은 어디까지나 운이 조금 따랐던 것. 단목헌은 해볼 테면 해보라는 듯 한편에 놓아둔 창에 손을 가져갔다.

"두 분, 진정하시지요."

"그래요. 좋은 자리에서 이럴 것까진 없지 않겠어요."

유사하를 비롯한 일행이 두 사람을 만류하며 진정시켰다.

"이래서 정파 떨거지들은 시끄럽다니까."

그 순간 객잔 한구석에서 술을 마시던 흑의중년인이 눈살을 찌푸리며 큰 목소리로 외쳤다.

"이 객잔을 너희가 전세라도 내었더냐! 주둥아리 닥치고 조용히 술이나 마시다 꺼지거라!"

"이… 방금 뭐라고 지껄였느냐!"

불똥이 다른 곳으로 튀었다. 단목헌은 매서운 눈빛으로 소리가 난 곳을 쳐다보았다.

"정말 시끄럽기 짝이 없구나! 그래도 닥치고 있으면 한 번 봐주려고 했더니, 도저히 안 되겠다!"

흑의중년인은 자리에서 일어나 단목헌을 향해 걸어왔다.

흑의중년인이 자리에서 일어서자 막강한 기세가 그의 전신에서 뿜어져 나왔다. 결코 단목헌 정도 되는 무인이 감당할 그런 기세가 아니었다.

"헉!"

"이, 이건……."

기세를 느낀 것은 단목헌뿐만 아니라 자리에 있던 일행 모두였다. 일행은 각자 내력을 끌어올려 흑의중년인의 기세에 대항했다.

"누, 누구시오?"

단목헌 역시 상대의 기세가 예사롭지 않자 조심스럽게 상대의 신분을 물었다.

"쥐새끼 같은 놈아, 조금 전까지만 해도 입만 살아 날뛰더니 그새 마음이 바뀌었느냐?"

흑의중년인은 코웃음을 치며 단목헌을 향해 걸어오는 것을 멈추지 않았다.

스르르릉!

남궁도가 급히 검을 뽑아 들었다. 상대는 단목헌 혼자 감당할 수 있는 수준이 아니었다.

조용히 넘어갈 수도 있는 일을 이런 상황에까지 오게 만든 단목헌이 마음에 들지는 않았지만 그렇다고 이대로 놔둘 수도 없었다. 어찌 되었거나 단목헌은 같은 일행이고 악소유의 외삼촌이기도 했다.

"멈춰주십시오. 소란을 피운 점은 죄송하지만 그 이유만으로……."

"크크, 시끄럽다. 꼴을 보니 합공이라도 하려는 것이냐? 하긴 정파의 쓰레기들이 하는 짓이 늘 그렇지."

흑의중년인은 올 테면 와보라는 듯이 손가락을 까닥거렸다.

"크음……."

남궁도는 더 이상 협상의 여지가 없다는 것을 깨닫고 침음성을 흘렸다.

단목헌과 남궁도가 한차례 눈짓을 주고받았다. 합공을 하자는 의미였다.

평상시라면 명문세가의 자존심 때문이라도 합공을 하지 않겠지만 그러기엔 흑의중년인의 몸에서 뿜어지는 기세가 너무 막강했을뿐더러 말투나 패도적인 기운을 내뿜는 것이 정파의 무인 같지도 않았다.

쐐애애액!

누가 먼저랄 것도 없이 동시에 단목헌과 남궁도의 신형이 쏘아져 나갔다.

검과 창이 절묘하게 흑의중년인의 가슴과 다리를 베어갔다.

사전에 아무런 말도 없었지만 한 치의 오차도 없는 그런 절묘한 합공이었다.

"흥!"

흑의중년인은 가소롭다는 듯 비웃음을 흘린 뒤 마치 장난이라도 치듯 가볍게 손을 내저었다.

쩌엉!

놀라운 일이 벌어졌다.

실로 가벼운 단 한 번의 손짓.

그 일수에 단목헌과 남궁도가 신형을 주체하지 못하고 주르륵 밀려났다.

"크윽!"

"이, 이것이……?"

전력을 다한 것은 아니었다지만 그래도 이렇게 쉽게 파해할 수 있는 공격이 아니었다. 더구나 그 일격으로 인해 내부가 진탕된 듯 가볍지 않은 내상까지 입었다. 자연 단목헌과 남궁도의 표정이 돌덩이처럼 굳어졌다.

"이제 내 공격도 한번 받아보아라!"

흑의중년인이 주먹을 움켜쥐며 일권을 내질렀다.

우우웅!

아지랑이 같은 기운이 주먹을 중심으로 뭉치는 것과 동시에 몸을 움찔거리게 하는 진동이 일었다. 흑의중년인이 아직 제대로 권을 펼치기도 전에 일어난 일이었다.

"손속에 사정을 두시지요!"

한편에 서 있던 유사하가 대경실색(大驚失色)하며 급히 검을 빼 들고 달려왔다.

남궁도와 단목헌은 아직 몸도 제대로 가누지 못하고 있었다. 그런 그들이 이 공격을 받아낼 수 있을 리 만무했다. 유사하는 심한 압박감을 느끼면서도 그들을 대신해 흑의중년인의 권을 받았다.

휘잉!

검이 움직이고, 기가 그 뒤를 따랐다.

한없이 부드러운 검의 움직임에 마치 시간이 정지되기라도 한 것처럼 느껴졌다.

"이화접목(移花接木)?"

충돌음 하나 없이 흑의중년인의 권세가 사라졌다.

비록 그 여파가 남아 탁자가 흔들거렸지만 권을 펼치기도 전에 지축이 울릴 정도로 강맹한 위력을 자랑하던 것을 생각한다면 실로 어이없는 일이었다.

"까탈스러운 여승이 제자 하나는 제대로 가르쳤구나! 그럼 어디 이것도 받아보아라!"

흑의중년인은 제법이라는 듯 코웃음을 치며 재차 권을 내뻗었다.

쿠아아앙!

조금 전 권에 실린 기운이 강맹했다면 이번 권에 실린 기운은 흉험했다. 그만큼 사정을 봐주지 않았다는 뜻이다.

유사하는 이를 악물고 검을 휘둘렀다.

맨손으로 이화접목의 수법을 펼치는 것보다 검을 이용해 펼치는 것이 힘든 것은 당연지사(當然之事). 유사하의 실력은 이미 비슷한 배분의 수준을 벗어나 있었다.

하지만 이번 흑의중년인의 공격에 그러한 방법은 통하지 않았다. 만약 그녀의 스승이자 삼검(三劍) 중 일인인 보타 신니라면 가능했겠지만. 어쩔 수 없이 유사하는 힘으로 부딪쳐 갔다.

콰콰콰쾅!

충돌음과 함께 유사하의 신형이 뒤로 이 장 정도 밀려 나갔다. 그에 비해 흑의중년의 신형은 미동조차 하지 않았다.

"호오, 이것까지 받아내다니 정말 제법이구나! 하지만 그렇게 애써 울혈을 참다가는 오히려 내상이 더 악화될 것이다."

"우웩!"

흑의중년인의 말이 끝나자마자 유사하는 한 움큼의 검붉은 선혈을 토해냈다.

흑의중년의 말처럼 유사하는 상대에게 약한 모습을 보이지 않기 위해 목구멍까지 올라온 울혈을 참고 있는 중이었다.

"손속에 사정을 두어주셔서 감사합니다."

"흥, 그래도 봐준 것은 아는구나."

"사정을 두시지 않았다면 제가 어찌 감히 위지 선배의 공격을 받아낼 수 있었겠습니까?"

유사하가 남궁도나 단목헌보다 실력이 위인 것은 사실이었지만 그렇다고 그렇게 큰 차이도 아니었다.

그 둘이 합공을 취하고서도 흑의중년인의 일권을 받아내지 못했거늘 손속에 사정을 두지 않았다면 어찌 받아낼 수 있었을까!

"호오, 어떻게 내 신분을 알았느냐?"

자신을 알아보는 유사하의 모습에 흑의중년인이 뜻밖이라는 듯 고개를 흔들었다.

"일권으로 산악을 무너뜨린다는 권왕 선배님이 아니라면 그 누가 이런 위력을 보일 수 있겠습니까?"

유사하는 쓴웃음을 흘리며 검을 거두었다. 흑의중년인이 더 이상 손을 쓰지 않으리란 것을 느낀 것이다.

"맙소사!"

"권왕 위지악!"

사방에서 경악성이 터져 나왔다.

그만큼 유사하의 입에서 흘러나온 권왕(拳王)이라는 이름이 주는 무게감은 실로 엄청난 것이었다.

그중 위지악과 직접적으로 손을 맞댄 남궁도와 단목헌은 다리까지 떨고 있었다. 권왕의 비위를 거스른 사람치고 반병신이 되지 않은 자가 없었으니 어찌 보면 그럴 만도 했다.

권왕(拳王) 위지악!

오왕(五王) 중 일인이자 권으로는 천하에 적수가 없다는 무인. 그가 지금 이곳에 있었다.

"내가 네 사부와의 안면을 봐서 너만큼은 무사히 보내주도록 하겠다!"

"무슨 뜻입니까?"

유사하가 공손한 태도로 물었다.

"다른 놈들은 곱게 보내줄 생각이 없다는 뜻이다!"

"저희가 사과드리겠습니다. 감히 권왕 선배님이 이 자리에 계신 줄 알았다면 그런 무례를 범했겠습니까?"

유사하가 다급히 위지악의 앞을 막아서며 머리를 숙였다.

"그런 것까지 내가 알 바 아니다! 나는 이미 한 번의 경고를 했고, 경고를 어긴 이상 그 누구라도 그 대가를 치러야만 한다!"

"이렇게 부탁드립니다. 이번 한 번만 넘어가 주시면 차후 다시는 이런 일이 없도록 하겠습니다."

유사하는 애원조로 위지악에게 매달리며 부탁했다.

"계집애야, 어서 비켜라!"

위지악은 귀찮다는 듯 매달리는 유사하를 힘으로 밀어붙였다. 하지만 유사하는 끈질기게 위지악의 앞을 가로막았다.

이렇게 하지 않는다면 일행의 목숨이 위험하다는 사실을 그녀는 누구보다도 잘 알고 있었다. 웬만한 무인이라면 남궁세가나 산동상단을 꺼려 하지 않을 리 없겠지만 상대가 권왕이라면 그런 이름이 통하지 않았다.

"끙……."

위지악의 안색이 찌푸려졌다.

성질 같아서는 당장에라도 손을 쓰고 싶지만 유사하의 뒤에 있는 보타 신니의 존재로 인해 차마 그럴 수 없었다. 보타 신니가 두렵다거나 하는 그런 이유가 아니었다.

세인들은 알지 못했지만 한 가지 모종의 사건으로 인해 세상 무서울 것이 없다는 위지악이었지만 보타 신니만큼은 함부로 대할 수 없었다. 그렇지 않았으면 설령 이패(二霸)의 후인이라 할지라도 가만히 놔주지 않았을 터이다. 그것이 바로 권왕이라는 무인이었다.

"좋다. 그럼 이렇게 하도록 하겠다."

도저히 유사하가 비킬 기미가 보이지 않자 위지악은 한 가지 조건을 내걸었다.

"계집들은 빼고 사내놈들은 모두 나와 무릎을 꿇고 용서를 빌어라! 그럼 이번만큼은 순순히 넘어가도록 하마!"

"그건……."

억지나 다름없는 위지악의 발언에 유사하는 난감하다는 표정으로 주위를 둘러보았다.

무인이란 본시 자존심 하나로 살아가는 존재들. 그런 그들에게 무릎을 꿇는다는 것은 더할 나위 없는 치욕이다. 위지악도 그런 사실을 알기에 이런 조건을 내건 것이다.

"나 위지악은 한평생 살아오며 허튼 말을 내뱉은 적이 없다! 곱게 넘어가지 않겠다고 말을 했으니 이렇게라도 대신해야겠다!"

위지악이 주위를 둘러보며 말을 이었다.

"그것도 싫다면 내 삼 권을 받으면 될 것이다! 삼 권을 받는다면 넘어가도록 하겠다!"

위지악의 말이 끝나자 모두의 안색이 더욱 침중하게 굳어졌다.

받으라는 것은 피하지 않고 부딪쳐야 한다는 뜻.

이 중에서 유사하를 제외한다면 그 누구도 권왕의 일 권을 감당할 수 없었다. 아니, 유사하조차 위지악이 사정을 봐주지 않는다면 불가능한 일이었다.

오왕 중에서도 도왕(刀王) 혁련무극와 함께 가장 강하다고 알려져 있는 위지악이다. 적어도 구파의 장로 수준이 아니라면 권왕의 일 권을 감당할 수 없었다.

"어떻게 할 생각이냐?"

"조금만 생각할 시간을 주십시오."

유사하는 짧은 한숨을 내쉬며 남궁도와 단목헌에게 걸어갔다. 유사하는 어쩔 수 없다는 표정으로 두 사람을 바라보았다. 유사하의 눈빛에 담긴 뜻을 남궁도와 단목헌은 씁쓰름한 표정을 감추지 못하며 고개를 주억거렸다.

"후우……."

강호에서 체면이란 그 무엇보다 중요했다. 만약 이 일이 강호에 알려진다면 그들은 얼굴을 들고 다니지 못하리라. 그렇다고 권왕의 삼 권을 받아내자니 목숨을 걸어야 했다.

"흥, 내가 착각을 하여 삼 권이라 말했으니 한 명은 무사히 빠져나갈 수 있겠구나!"

그 순간 위지악이 돌연 눈살을 찌푸리며 말했다.

"무슨 말씀이십니까?"

"저 허우대만 멀쩡해 보이는 말코도사 놈도 너희 일행이 아니더냐? 그러니 한 명이 일 권씩만 감당하면 한 놈은 무사히 빠져나갈 수 있는 것이 아니더냐?"

위지악이 손가락으로 연운비를 가리키며 말했다.

"무슨……?"

한편에 있던 장학조가 이해할 수 없다는 눈빛으로 위지악을 바라보았다.

잘못한 것은 손을 쓴 남궁도와 단목헌이었지 상황을 지켜보고만 있던 연운비와 장학조는 아니었다. 위지악의 말대로라면 그들 넷 모두 무릎을 꿇어야 한다는 말이었다.

"하면 여기 있는 사람 모두가 삼 권을 받아내면 된다는 뜻입니까?"

침묵을 지키고 있던 남궁도의 눈에 섬광이 스치고 지나갔다.

일 권 정도라면 충분히 감당할 수 있을 거란 생각이었다. 그 혼자라면 모를까 이 자리엔 구룡 중 일인인 종남일검 장학조와 역시 그에 비해 그다지 무공이 떨어지지 않는 단목헌도 있었다.

"흥! 당연한 말을 하는구나! 내가 너희 따위에게 일 권 이상을 사용하겠느냐?"

광오한 말이지만 그것이 권왕 위지악의 입에서 나오자 결코 광오한 말이 아닌 것처럼 느껴졌다.

"상대가 누구라는 것을 잊지 마세요."

그 순간 유사하의 전음이 남궁도의 귓전을 파고들었다.

"한 사람당 일 권 정도라면 가능하지 않겠소?"

"불가능한 일이에요. 어째서 그가 권왕이라 불렸는지 잊으셨나요?"

유사하가 강경한 태도로 반대했다.

일 권도 일 권 나름이지, 만약 권왕이 독하게 손을 쓴다면 죽지는 않더라도 반병신이 되는 것은 각오해야 했다. 그녀로서는 친분이 있는 이들이 그런 모습이 되는 것을 원치 않았다.

'권왕의 소문은 수도 없이 들었지만 그 정도였단 말인가?'

한참을 고민하던 남궁도는 결국 일 권을 받는 것을 포기했다. 마음 같아서는 한 번 정도 시험해 보고 싶었지만 유사하의 전음이 마음에 걸렸다.

남궁도 역시 남궁세가의 직계로서 자존심이 있는 무인이었다. 하지만 권왕은 그 자존심을 지키기에는 너무 커다란 벽이었다.

남궁도가 포기하는 모습을 보이자 단목헌 역시 포기할 수밖에 없었다. 그 역시 어떻게 하면 일 권 정도는 가능하지 않을까 생각하고 있었지만 그 이상은 무리였다.

"두 놈은 포기했군. 너희 두 놈은 어쩔 생각이냐?"

어느 정도 분위기를 파악한 위지악이 장학조와 연운비를 바라보며 물었다. 장학조 역시 포기한 듯 허탈한 표정을 지으며 고개를 떨구었다.

"한 놈 남았군."

이제 위지악의 시선이 연운비에게 향했다.

"네놈은 어쩔 생각이냐?"

"저는……."

연운비는 주위 사람들을 돌아보며 망설였다.

눈치가 아주 없지 않은 이상 유사하가 전음을 사용해 남궁도를 말렸다는 것을 모를 리 없는 상황이었다.

위지악이 그런 연운비의 두 눈을 쳐다보았다. 연운비는 자신도 모르게 몸을 움찔거렸다.

그 순간이었다.

"저는… 그럴 수 없습니다!"

어디서 그런 용기가 나온 것일까? 고민하던 연운비의 입에서 단호한 목소리가 흘러나왔다.

마치 스승인 운산 도인을 보는 듯한 대해(大海)와도 깊은 눈빛. 그 눈빛의 주인은 운산 도인이 아닌 위지악이었지만 그 눈빛을 보는 순간 연운비는 마음을 정했다.

이 일이 무릎을 꿇을 정도로 잘못했다는 생각이 들지 않았다. 결정을 내리고 나자 오히려 머뭇거리던 자신이 부끄러웠다.

"잘못한 것이 있다면 사과를 드릴 수 있겠지만 어르신께서 이렇게 나오시는 이유를 모르겠습니다."

"흥, 말은 그럴싸하게 잘하는구나."

싸늘한 어조였지만 재미있게 되었다는 듯 위지악의 표정은 신이 나 있었다.

"내 기분을 상하게 한 것이 잘못이다."

"다소 목소리가 크기는 했지만 그것이 어르신께 어떤 피해를 끼친 것 같지는 않습니다."

"내 귀에는 네놈들 목소리가 천둥처럼 크게 들렸다. 누가 말코도사 아니랄까 봐 잔소리만 늘어놓는구나. 입은 다물고 준비나 하거라. 어디, 그 나불대는 혓바닥만큼이나 실력이 있는지 보아야겠다."

"휴우……."

연운비는 한숨을 내쉬며 검을 뽑아 들었다.

자신이 있는 것은 아니지만 그렇다고 순순히 무릎을 꿇을 수도 없다. 무인으로서 자존심을 내세우는 것이 아니라 실제로 잘못한 점이 없다고 생각했기 때문이다.

지금 무릎을 꿇는다면 그것은 연운비 스스로가 잘못을 인정했다기보다 강압에 의해 무릎을 꿇은 것이라 해야 옳았다.

'이거 봐라?'

연운비가 자세를 잡자 일순간 위지악의 눈빛이 변했다.

단지 검을 뽑아 든 것만으로 기세가 달라졌다.

어느 정도 수준에까지는 올라와 있다는 것을 눈치채고 있었지만 이 정도는 아니었다.

물론 자세히 훑어보았다면 지닌 바 전부를 볼 수 있었겠지만 위지악의 성격상 그렇게 할 리 없었다.

"흠. 놈, 제법 한가락하는 놈이었구나. 밖으로 나가자. 이곳에서는 안 되겠다."

위지악은 객잔 밖으로 걸어나갔다.

이 안에서 제대로 손을 쓴다면 기물이고 뭐고 건물 자체가 무너질 터이다.

"연 소협, 조용히 하시고 제 말을 잘 들으세요."

연운비가 위지악을 따라 걸음을 옮기려는 찰나 유사하의 전음이 들려왔다.

"절대로 위 노선배님의 공격을 받아서는 안 됩니다. 제가 볼 때 밖으로 나가자는 것을 보니 단단히 손을 쓰시려는 것 같습니다. 비록 제가 소협의 능력은 모르지만 그 누구라도 권왕의 삼 권은 막아낼 수 없습니다."

"계집애야, 까불지 말고 가만히 있거라. 나는 이미 흥이 돋았으니 중도에 이 일을 그만둘 생각이 없다."

유사하가 전음을 건네는 것과 동시에 위지악이 힐끗 뒤를 돌아보며 말을 내뱉었다.

"헉!"

유사하가 놀란 눈빛으로 위지악을 바라보았다.

아무리 권왕이라 하여도 전음까지 엿들을 수 있다고는 생각하지 못했다. 그랬기에 위지악이 뒤를 돌자 경계를 풀고 전음을 날린 것이었다.

"조용히 따라오기나 하거라."

만약 유사하가 조금만 경험이 많았더라면 위지악이 전음을 엿들은 것이 아니라 단순히 넘겨짚은 것에 불과하다는 것을 알 수 있었을 테지만 어찌 되었거나 유사하의 입장에서는 더 이상 연운비에게 말을 건넬 수 없었다.

"가르침을 받겠습니다."

위지악을 따라 건물 밖으로 나온 연운비가 공손히 포권을 취하며 검을 치켜세웠다.

"나는 오직 한 가지 초식만을 펼칠 것이다. 초식의 이름은 일권진천(一拳震天). 일권으로 하늘을 뒤흔든다는 뜻이다."

위지악이 준비하라는 듯 한 발 뒤로 물러서자 일행 대부분이 모두 멀찌감치 물러났다. 다만 장학조만이 물러나지 않은 채 버티고 서 있었다.

"장 형, 뒤로 물러서시오!"

남궁도가 아직 제자리에 서 있는 장학조를 보고 다급히 외쳤다.

"아니오. 나는 이 자리에 있겠소."

"장 형?"

"하하하! 내 비록 그와 같이 권왕 노선배님의 삼 권을 받을 용기는 없으나 이렇게라도 하지 않는다면 차후 무슨 낯짝으로 얼굴을 들고 다니겠소."

장학조의 입에서 한탄에 찬 대소가 터져 나왔다.

"흥! 그래도 꼴에 동료라고 응원해 주는 놈은 있구나!"

힐끗 장학조를 쳐다본 위지악이 냉소를 터뜨렸다.

권왕을 상대로 긴장을 하지 않는다면 그것이 거짓이겠지만 연운비는 장학조의 말을 들은 이후부터 왠지 모르게 마음이 편안해지는 것을 느낄 수 있었다. 혼자가 아니라는 생각이 든 것이다.

"간다!"

위지악이 주먹을 내지르자 산악을 무너뜨린다는 그의 말처럼 폭풍과도 같은 강맹한 힘이 연운비를 향해 몰아쳐 갔다.

쩌엉!

연운비는 주저없이 검을 뽑았다.

조금 더 신중할 수도 있었지만 권왕이 주먹을 내지르는 순간 희미한 빛줄기가 보였다.

틈이었다.

그것도 하나가 아니라 여러 개였다.

연운비는 그중 가장 취약하다 생각이 드는 곳으로 검을 내뻗은 것이다.

'콰콰쾅' 하는 폭음과 함께 연운비의 신형이 주춤거리며 뒤로 몇 발자국 밀려났다.

"저, 저것이……?"

"받아냈다!"

주위에서 그 모습을 지켜보고 있던 사람들의 입에서 경악성이 터져 나왔다.

아무도 생각하지 못한 일이었다.

그 누가 이제 고작 이십대 중반으로 보이는 청년이 권왕의 일권을 받아낼 수 있다고 상상이나 했겠는가?

그것도 몇 걸음 뒤로 물러났다고는 하지만 별다른 피해를 입은 것 같지도 않았다.

"호오!"

위지악의 입에서도 나지막한 탄성이 흘러나왔다.

내심 어느 정도 짐작은 하고 있었다지만 그래도 이렇게까지 완벽하게 공격을 막아낼 것이라고는 생각지 못했다.

"가르침을 받았습니다."

그제야 연운비는 그 틈이 권왕이 일부러 만들어준 것이라는 것을 알아차리고 고개를 숙였다. 그렇지 않고서야 하나도 아니고 몇 개의 틈이 있을 수는 없는 일이었다.

"준비해라. 이번에는 조금 다를 것이다."

몸을 추스른 연운비가 검을 치켜세우자 위지악은 말했던 것처럼 같은 초식을 구사하며 일권을 내질렀다.

우우우우웅!

같은 초식이라고는 하지만 그 안에 담긴 힘만은 완연히 달랐다.

"크윽!"

연운비는 숨이 막힐 것 같은 압박감을 느끼며 피가 날 정도로 이를 악물었다.

문제는 단순한 압박감 따위가 아니었다. 좀 전과는 달리 사방에 틈이라고는 보이지 않았다.

'그렇다면⋯⋯.'

연운비는 생각을 달리했다.

타루하가 그랬던 것처럼 틈이 보이지 않는다면 만들어내면 그뿐인 것이다.

쏴아아악!

검이 호곡선을 그리며 권의 기세에 부딪쳐 갔다.

쾅! 콰쾅!

한 번, 다시 한 번. 그렇게 검은 같은 곳을 계속해서 연달아 가격했다.

어느 순간 폭풍처럼 밀려들던 권의 기세가 썰물처럼 수그러들며 그 힘을 잃었다. 그것은 석양의 노을을 잠식해 가는 일몰(日沒)의 모습과 같았다.

휘이잉!

세찬 바람 소리와 함께 장내에 적막감이 감돌았다.

무엇인가 충돌이 있었던 것 같지만 여기 모여 있는 일행의 수준으로는 그것을 알아볼 수 없었다.

"이럴 수가……!"

오직 유사하만이 그 찰나지간 검이 대여섯 번 이상 움직였다는 것을 알아보고 감탄성을 터뜨렸다.

처음 보았을 때만 하여도 단순히 깊은 수행을 쌓은 도인일 것이라 생각했다. 무인이라는 생각은 하지도 못했다. 하지만 검이 손에 들린 시점부터 유사하는 연운비의 경지가 자신의 아래가 아니라는 것을 알아차릴 수 있었다. 지금 권왕의 일권을 또다시 받아낸 것만 보더라도 그것은 증명되었다.

"이놈이!"

위지악의 눈에서 섬광이 번뜩였다.

틈을 찾아낸 것이 아니라 만들었다. 생각했던 것 이상으로 실력이 대단한 놈이었다. 더구나 이번에는 충격을 흡수하여 단 한 발자국도 물러나지 않았다.

"네놈 사부가 대체 누구냐?"

이제 막 이십대 중반이 지난 듯한 나이. 아무리 명문정파의 제자라 한들 도저히 믿을 수 없는 일이었다.

위지악 본인은커녕 그가 아는 사람 전부를 떠올려도 저 나이에 저만한 수준에 오른 사람은 몇 되지 않았다. 응당 이런 무인을 키워낸 사람에 대해 궁금하지 않을 수 없었다.

"크음……."

위지악은 눈살을 찌푸리면서까지 고민을 해보았지만 마땅한 인물이 떠오르지 않았다.

정파의 떨거지들과 함께 있으니 이패의 전인일 리는 없었고, 오왕 중 검을 사용하는 무인은 없으니 그 역시 아니었다. 그렇다고 삼검의 전인으로 생각하자니 보타 신니를 제외하고는 제자를 두었다는 소문을 들어 본 적이 없었다.

"이제 한 수가 남은 듯합니다."

연운비는 아무 말 없이 검을 세웠다.

스승의 함자를 말하는 것은 어렵지 않았지만 그것은 이번 일격을 무사히 받아낸 후의 일이다.

만약 받아내지 못한다면 그것은 운산 도인의 얼굴에 먹칠을 하는 격이 될 터였다.

"크하하! 좋다! 그래도 제법 기백이 있는 놈이구나!"

위지악이 고개를 젖히며 대소를 터뜨렸다.

설마 자신의 질문에 대답하지 않을 것이라고는 생각하지 못한 모습이었다.

"지금까지 나는 육성의 공력을 사용했다. 하지만 이제 그 수위를 높이려 하니 너는 마음을 단단히 먹어야 할 것이다."

그 파장의 공격이 겨우 육성이라니……. 주위에 있던 사람들은 다시 한 번 권왕의 위력을 몸소 실감해야 했다.

"간다!"

쿠아아앙!

호쾌한 대성과 함께 일권이 날아들었다. 무려 삼 장의 거리에서 펼쳐진 일격이었지만 연운비는 마치 그것이 지척에서 날아드는 공격인 것처럼 느껴졌다.

더구나 이해할 수 없는 것은 같은 초식이 맞나 의심이 들 정도로 초식의 틀이 이전과는 전혀 다른 모습을 보이고 있다는 것이었다. 만약 상대가 허언을 하지 않는 권왕이 아니었다면 의심부터 하고 볼 일이었다.

'이것이……?'

연운비는 사방에 보이는 허점에 당혹스러웠다.

이미 한차례 겪어보았기에 틈이 보이지 않으면 만들면 그뿐이라고 생각했다. 한데 상황이 이렇게 되자 어디로 검을 뻗어야 할지 감이 잡히지 않았다.

틈은 단순히 몇 개가 아니라 수없이 많았다.

"크윽……!"

그리 멀리 떨어지지 않은 곳에서 두 사람의 격돌을 지켜보고 있던 장학조의 신형이 한차례 크게 휘청였다.

모든 내력을 끌어올려 저항하고 있음에도 내부가 진탕되는 것을 느꼈다. 그만큼 권왕이 뿜어내는 기운은 무시무시했다.

비록 구룡 중 일원이라고는 하나 장학조의 실력은 남궁도와 함께 가장 처졌다. 실제로 광도 무하태와 천수신검 막이랑에 비한다면 같은 구룡에 속해 있다는 사실조차 부끄러울 정도였다.

'아직은……'

장학조는 물러나고 싶었지만 이를 악물며 참아냈다.

이렇게 멀리 떨어진 거리에서도 압박감이 느껴지는데 권세의 중심에 있는 연운비는 어떤 고통을 참아내고 있다는 말인가? 움켜쥔 장학조의 손에 힘이 들어갔다.

주르르륵!

권세를 직접 맞닥뜨리기도 전, 연운비의 입가에 한줄기 핏줄기가 흘러 내렸다.

"후으읍."

연운비는 깊이 숨을 들이키며 태청신공을 끌어올렸다. 단전에서 시작된 태청진기의 부드러운 기운이 압박감을 해소시키자 마음이 편안해지는 것을 느낄 수 있었다.

무엇을 두려워하고 있었던가?

언제부터 누군가에게 패한다는 것에 부담을 가졌던가?

곤륜에 머물 당시 약관이 되기 전까지 그 어떤 비무에서도 단 한 차례의 승리를 거두지 못한 연운비였다.

그것은 운산 도인의 가르침이 눈앞보다는 먼 훗날을 내다본 까닭도 있었지만 연운비의 성정 자체가 호승심이 없고 유한 이유가 컸다. 오죽하면 장문인조차 연운비에게 검(劍)의 길이 아닌 도(道)의 길을 걸으라 권하기까지 하였다.

"파하!"

기세에 밀리지 않기 위해 기합성을 터뜨렸다.

승패보다 중요한 것은 최선을 다하는 것. 그것이면 족했다. 하늘에서 내려다보고 있는 운산 도인도 그것을 원할 것이다.

무아지경(無我之境)!

천운봉에서 보았던 무수한 검로(劍路)들이 의지를 타고 연운비의 손에서 뻗어 나왔다. 그중 상당수는 기억조차 나지 않을 정도로 희미해진 것들이지만 지금 이 순간만큼은 아니었다.

'퍽', '퍽' 하는 소리와 함께 권의 기운과 검에서 뿜어져 나오는 기운이 부딪쳤다.

얼마나 많이 부딪쳤는지 모르겠다.

연운비는 차츰 무너져 가는 검로들을 볼 수 있었다.

수없이 많은 물줄기가 밀려드는 대해를 막으려 하지만 자연의 섭리상 그것은 있을 수 없는 일.

다만 그것을 어느 정도나마 가능하게 했던 것은 연운비의 군건한 의지였다.

콰쾅!

마지막 부딪침이 끝나고 어느 순간 연운비는 시원한 바람이 몸을 감싸는 것을 느꼈다.

"아!"

그와 더불어 연운비의 신형이 허공으로 튕겨져 날아올랐다.

진력을 막아내었기에 그것이 여파라는 사실을 알 수 있었지만 더 이상 펼칠 초식도 한 올의 내공도 남아 있지 않았다.

"연 대협!"

장학조가 큰 목소리로 부르짖는 소리를 듣는 것과 함께 연운비는 그렇게 정신을 잃었다.

연운비는 꿈을 꾸었다.

그것은 오래전 운산 도인을 만나기 이전 누군가에게 쫓기는 꿈이었다.

추격자들은 잔인했고, 흉포했으며 또한 소름 끼치도록 강했다.

그 와중에도 연운비가 무사히 도망칠 수 있었던 것은 그의 손을 굳건히 잡고 있는 한 사내 덕분이었다.

그는 수많은 추격자들 앞에서도 당당했으며 어떠한 경우에도 물러서지 않았다. 그런 그가 도망이라는 길을 택한 것은 오로지 그의 등에 매달려 있는 연운비의 존재 때문이었다.

추풍낙엽(秋風落葉)이라는 말이 이보다 잘 어울릴 수 있을까?

그의 일수, 일검에 수많은 추격자들이 쓰러져 나갔다.

그러나 추격자들은 도무지 그 수가 얼마나 되는지 짐작할 수 없을 정도로 몰려들었다.

지루할 정도로 계속되는 싸움.

그는 점차 지쳐 가기 시작했다.

강철 같았던 그의 등과 태산과도 같았던 그의 무게감이 옅어지고 있었다.

자잘한 상처가 늘어나고 흘러내리는 피의 양이 많아졌다.

다섯 개의 홈이 파여 있는 하나의 칼이 그의 단전에 깊숙이 꽂히는 것과 동시에 무너지지 않을 것이라 생각했던 그의 신형이 천천히 땅으로 기울여졌다.

마지막 순간 그는 괜찮다는 듯한 미소를 지으며 연운비를 벼랑 끝으로 내던졌다. 벼랑 뒤로는 폭이 두 마장은 될 듯한 세찬 강물이 흐르고 있었다.

추격자들은 급히 연운비를 잡기 위해 달려왔지만 연운비는 이미 벼랑 아래로 떨어진 뒤였다.

그와 동시에 사내의 신형이 힘을 잃고 무너져 내렸다. 그것이 연운비가 본 사내의 마지막 모습이었다.

"허억!"

"정신이 좀 드십니까?"

"여, 여기는……?"

타듯 듯한 갈증을 느끼며 몸을 일으키려던 연운비는 전신에서 느껴지는 고통에 신음성을 흘렸다.

"객잔입니다."

"어떻게 된 일입니까?"

"하하, 기억이 나지 않으십니까?"

장학조는 연운비가 정신을 차리자 이제야 안심이 된다는 듯 미소를 머금었다.

"저도 무척이나 놀랐습니다. 연 대협께서……."

장학조는 탁자 위에 있는 물은 한 잔 따라다 주며 당시의 일을 상세히 설명해 주었다.

"아……!"

그제야 연운비는 어렴풋이 비무 당시의 기억이 떠오르기 시작했다.

권왕의 공격에 맞서 상청무상검도(上淸無上劍道)를 펼쳤다.

힘으로 맞서진 않았으되 모두를 흘려보낼 수 없어 부딪친 적도 적지 않았다.

아마도 그중 일부분의 잔력이 남아 충격을 입었을 터이다.

당시의 기억을 떠올리던 연운비는 미로와 같은 검로들이 이제는 체계를 잡아 머리 속에 자리잡고 있는 것이 느껴졌다. 또 다른 발전을 이룬 것이다.

"축하드립니다."

연운비의 표정에서 무엇인가를 읽은 장학조가 잘되었다는 듯 미소를 지었다.

부럽기도 했지만 그것에 앞서 진정으로 축하해 주고 싶은 기분이 먼저 들었다. 이상하게도 연운비에게는 사람을 묘하게 기분 좋게 만드는 그 무엇인가가 있었다.

"그보다 일단 뭐라도 좀 드시는 것이 좋겠습니다. 아무것도 드시지 않은 지 벌써 삼 일이 넘었습니다."

"삼 일이요?"

연운비가 놀란 눈빛으로 물었다.

"의원 말로는 큰 부상은 없지만 탈진해서 그런 것이라 합니다. 그래도 사오 일 정도는 걸릴 것이라 생각했는데 다행이군요."

"그렇군요."

"제가 먼저 내려가 주문을 해놓겠습니다. 옷을 입고 나오도록 하시지요."

"배려, 감사합니다."

연운비는 이렇듯 세심히 배려해 주는 장학조를 향해 고마움을 표시했다.

"홍! 젊은 놈이 정신을 차렸으면 처 일어나지 않고 뭐 하는 짓거리냐?"

장학조가 방을 나서는 순간 문밖에서 호통 소리가 울려 퍼졌다.

"고작 그 정도 부상에 삼 일이나 누워 있다니, 네 사부가 너를 얼마나 허약하게 가르쳤는지 알 만하다!"

목소리의 주인공은 바로 권왕 위지악이었다.

위지악은 벌컥 방문을 열어젖히고 주인의 허락도 받지 않은 채 성큼성큼 걸어 들어왔다.

"스승님을 아십니까?"

운산 도인을 아는 듯한 말투에 연운비는 의아해하는 눈빛으로 위지악을 바라보았다.

운산 도인은 곤륜을 떠난 적이 많지 않아 교분을 나눈 무림인이 그다지 많지 않았고, 연운비는 그들 중 대부분을 알고 있었다.

"곤륜에서 유유자적 신선 놀음을 하며 살아가는 말코도사가 네 사부가 아니더냐?"

"어떻게……?"

"보타암에서 한 번 만난 적이 있다."

"몰라뵈서 죄송합니다. 인사드리겠습니다. 연운비라 합니다. 정식으로 받지는 못했지만 유운(流雲)이라는 도명을 가지고 있습니다."

"웅? 정식으로 받지 못했다고?"

순간 위지악의 눈에 기광이 스치고 지나갔다.

정식으로 도명을 받지 못했다면 속가제자란 뜻. 다른 사람도 아닌 삼검 중 일인인 청명검(青明劍) 운산 도인의 제자가 속가제자라니 이해할 수 없었다.

더구나 이상한 것은 정식 제자는 아니라 하면서 도명까지 가지고 있지 않은가?

"아직은 인연이 닿지 않았으니 조금 더 유보한 연후에 결정을 내리겠다고 하셨습니다."

"오호, 어쨌든 아직 말코도사 나부랭이는 아니렷다?"

"그렇습니다."

연운비는 쓴웃음을 머금으며 대답했다.

가히 듣기 좋은 말은 아니었지만 스승님과 친분이 있는 데다가 겉모습만 사십대 초반으로 보일 따름이지 실제 나이는 그보다 훨씬 많다는 것을 알기에 아무런 말도 할 수 없었다.

"나와라. 술이나 한잔해야겠다. 그 사부에 그 제자라 했으니 네놈도 술은 잘 마시겠지."

운산 도인은 어디 가서나 술을 마시지 않는 법이 없었다.

다른 것은 몰라도 술 욕심만큼은 있었다.

각 지방에 가면 반드시 그 지방의 명주를 마셔야 했다. 남해 보타암에는 서홍주라는 유명한 술이 있다. 응당 만취할 정도로 마셨을 것이리라.

"먼저 가 있으마."

위지악은 무엇이 그리도 바쁜지 연운비의 대답도 듣지 않은 채 그대로 휑하니 방을 나섰다.

"윽!"

몸을 움직이려 하니 전신에서 통증이 느껴졌다.

잔력에 불과하다고는 하나 그래도 권왕의 일격. 충격이 적지 않았던 듯싶었다. 더구나 삼 일 동안 몸을 움직이지 않아서 그런지 근육에 힘이 들어가지 않았다.

우득! 우드드득!

연운비는 손마디부터 천천히 움직였다.

전신의 근육을 하나씩 풀어주며 운기를 시작했다. 모든 내력이 고갈될 정도로 격한 비무를 치른 뒤인지라 단전에서는 미약하다시피 한 한 줌의 진기밖에 느껴지지 않았다.

하나 빗물이 모여 냇물이 되고, 냇물이 모여 강을 이루듯 전신 세맥에 퍼져 있던 기운들이 합쳐지며 소주천, 대주천을 거쳐 큰 줄기를 형성하기 시작했다.

'응?'

그렇게 한참을 운기조식에 몰두하던 어느 순간 연운비는 단전에 모여 있는 기운이 본시 지니고 있던 내력보다 상당히 증가해 있다는 것을 느낄 수 있었다.

이해할 수 없는 일이었다. 내공은 다른 무엇과는 달리 일순간에 증가하지 않는다.

'혹시… 태청신공이?'

한 가지 유일한 가능성이라면 태청신공이 팔성의 경지에 올라섰을 경우이다.

연운비는 급히 태청신공을 운용했다. 짐작했던 것처럼 태청신공이 칠성을 지나 팔성에 이르렀다.

연운비는 몇 번이고 확인을 해본 후에야 그것이 사실임을 믿을 수가 있었다.

"어찌 된 영문인가?"

얼떨떨한 기분을 감출 수 없었다. 칠성의 경지에 올라선 지 고작해야 일 년 남짓 되었을 뿐이다. 더구나 육성에서 칠성까지 올라서는 데 걸린 기간은 삼 년이 넘었을 정도이다.

몇 번의 비무. 그것이 가져온 효과인가?

아무리 그래도 너무 빨랐다. 보통 이런 경우라면 일단 좋아하고 볼 일이겠지만 과하면 좋지 않다라는 것이 연운비의 생각이었고, 그런 가르침을 받았다.

"그래, 스승님께서 주고 가신 마지막 선물이라 생각하자. 잘못된 것은 없다. 나는 스승님께 배웠고, 스승님은 나를 바른길로 이끄셨다."

연운비는 생각을 정리하고 자리에서 일어났다.

주위를 둘러보자 탁자 위에 깨끗이 손질되어 놓여져 있는 한 벌의 도복을 볼 수 있었다. 연운비가 늘 입고 다니던 도복이었다.

"응?"

그렇게 도복을 입던 연운비는 묘하게도 알 수 없는 느낌에 고개를 갸웃거렸다.

분명히 몇 차례 확인해 보아도 도복은 자신의 것이 맞았지만 왠지 모르게 그것에서 낯선 손길이 느껴졌다. 이상한 것은 결코 싫지 않은 느낌이라는 사실이었다.

"누가 손을 봐주었나 보구나."

그제야 연운비는 도복이 이상할 정도로 깨끗하다는 것을 알아차렸다. 뜯어진 소맷자락도 말끔했을뿐더러 군데군데 낡은 곳도 기워져 있었다.

"나중에 인사라도 해야겠구나."

연운비는 도복을 차려입고 방을 나갔다.

객잔 일층으로 내려가자 위지악을 비롯하여 장학조 등 몇 사람이 자리에 앉아 있었다.

못마땅한 표정을 짓고 있는 위지악이 눈에 들어왔다. 그제야 연운비는 운기조식을 하느라 생각보다 오랜 시간을 지체했다는 것을 알아차리고는 급히 사과했다.

"늦었습니다."

"알긴 아는구나. 누가 도사 나부랭이 아니랄까 봐 늑장 부리는 건 마찬가지구나."

"죄송합니다."

"되었다. 앉기나 해라."

연운비는 멋쩍은 표정을 지으며 자리에 앉았다.

"다른 분들은 이미 식사를 하셨나 보군요?"

연운비는 남궁도를 비롯해 몇 명이 보이지 않자 장학조에게 시선을 건네며 물었다.

"먼저 갔습니다."

여전히 면사를 쓰고 있는 유사하가 장학조를 대신해서 대답했다.

"먼저 가기는 무슨, 내가 쫓아보냈다."

위지악이 코웃음을 치며 쏘아붙였다.

"듣자 하니 네놈도 당가로 가는 길이라 하던데… 비무대회에 참가하는 것은 아니라고?"

"그렇습니다. 막내 사제가 그곳에 머물고 있어 오랜만에 만나러 가는 중입니다."

"사제?"

위지악의 표정이 살짝 찌푸려졌다.

아무리 생각해도 청명검 운산 도인에게 제자가 있다는 소문은 들어본 적이 없건만 연운비뿐만 아니라 그 사제까지 있단다. 실로 기가 찰 일이었다.

물론 최근 육칠 년간 모종의 이유로 은거해 있었다고는 하지만 어쨌든 심기가 편치 않았다.

"당문에 머물고 있다면 성이 당 씨라는 이야기냐?"

"아닙니다. 당문의 소저와 성혼해 그곳에 머물고 있는 것입니다."

"성혼?"

"그렇습니다."

"흠, 그럼 네 사제도 속가제자이겠구나. 한데 막내 사제라면 사제가 더 있다는 이야기냐?"

강호에서 오랜 시간을 보낸 연륜이 있는만큼 위지악은 연운비의 말에서 이상한 점을 발견하고는 물었다.

"휴……."

연운비는 말없이 한숨을 내쉬었다.

다른 한 명의 사제 무악에 대해 말하자니 파문당한 사실이 밝혀질 터이고 그래서 마음이 편치 않았다.

"사연이 있으면 말하지 않아도 좋다. 내가 네 사제들까지 알 필요는 없으니."

"저, 당문에 머물고 있다면 사제 분의 성함이……?"

위지악이 말을 멈추고 술잔으로 손을 가져가자 기회를 보던 장학조가 말문을 열었다.

"유이명이라 합니다."

"아!"

장학조의 입에서 탄성이 흘러나왔다.

"제 사제를 아십니까?"

유이명을 아는 듯한 태도에 연운비가 궁금하다는 표정으로 물었다.

"물론입니다. 어떻게 광검을 모를 수가 있겠습니까?"

광검(光劍) 유이명.

장학조의 말처럼 그의 배분에서라면 결코 그 이름을 모를 수 없었다.

후기지수로 구룡을 꼽는다지만 그것은 어디까지나 구파나 오대세가의 신진 중에서 말하는 것이지 사파나 마도의 무인들까지 포함된 것은 아니었다.

물론 유이명이 사파나 마도의 무인은 아니지만 신분을 밝힌 적이 없어 구룡에 들 실력임에도 구룡에 들지 못했다.

"한데 광검은 특별히 사문이 없는 것으로 알고 있었는데……."

"그럴 리가요. 잘못 알려졌겠지요."

연운비는 당치도 않다는 듯이 대답했다.

무악과는 달리 막내 사제 유이명은 스스로가 원했고 하산하여 속가제자가 되는 것을 사문에서 허락까지 받았기에 굳이 신분을 감출 이유가 없었다.

"아닙니다. 이것은 저와 절친한 친구가 직접 들었다며 말해 준 것이니 확실합니다."

"뭔가 오해가 있었을 것입니다."

연운비는 단호히 고개를 저었다.

그만큼 사제 유이명을 믿고 있었다. 하지만 마음 한편으로는 불안한 것도 사실이었다. 생각해 보니 광검이라는 명성을 날리면서도 구룡에 들지 못했다. 곤륜에 비영검(飛影劍) 우조익이 있다지만 유이명의 상대는 아니었다.

적어도 무공에 대한 재질에 있어서만큼은 천고의 기재라 불리며 극찬을 받던 유이명이었다.

지금 겨룬다면 몰라도 유이명이 하산할 당시 연운비는 백초지적이 되지 못했다.

만에 하나 장학조의 말이 사실이라면…….

연운비는 이를 악물었다.

대사형으로서 그에 대한 책임을 질 것이다.

대체 무엇이 부끄러워 사문을 밝히지 못했단 말인가?

사제가 올바르지 못했으니 그 책임은 연운비에게도 없다 할 수 없었다.

"무슨 생각이 그리 많으냐?"

연운비가 한참을 가만히 있자 보다 못한 위지악이 눈살을 찌푸리며 술잔을 연운비에게 건넸다.

"마셔라."

"아, 예."

협박에 가까운 위지악의 말투에 정신을 차린 연운비는 술을 들이켰다.

"너무 걱정하지 마세요. 숨긴 것이 아니라 어쩌다 보니 알려지지 않은 것일 수도 있지 않겠어요?"

유사하가 조심스럽게 말을 꺼냈다.

"저도 그렇게 생각합니다."

연운비가 희미한 미소를 지으며 대답했다.

"어르신께서는 어디를 가던 중이셨습니까?"

"너와 마찬가지이다. 물론 비무대회를 보러 가는 것은 아니다. 몇 년 전부터 친구 놈이 하도 오라고 치근거려 그놈의 생일에 맞춰 가던 중이었다."

비록 권왕이 사파나 마도의 무인은 아니었지만 그렇다고 정파의 무인도 아니었다. 굳이 따지자면 오히려 사파나 마도에 가깝다고 할 수 있었다. 그런 권왕을 비무대회에 초빙했을 리도 없거니와 초빙한다 하여도 갈 사람이 아니었다.

권왕 위지악과 친분이 있는 사람은 정사를 통틀어도 그리 많지 않았고, 정파에서는 오직 암왕 당문표만이 친분이 있었다.

"듣자 하니 비무대회가 열리기 며칠 전이라 하더구나."

"그러시군요. 한데 그럼 시간을 지체하신 것이 아닙니까?"

"상관없다. 놈을 보러 가는 것인지 놈의 생일 잔치에 가려는 것이 아니니까."

"저는 오늘 중으로 출발할 생각입니다. 어르신께서는……?"

"네놈과 같이 갈 생각이다. 왜, 불만있느냐?"

"그럴 리가 있겠습니까?"

연운비는 당치도 않다는 듯이 고개를 흔들었다.

조금 불편한 것은 있겠지만 그렇다고 동행하지 못할 정도는 아니었다.

물론 이것은 연운비였기에 가능한 일이었지, 웬만한 무인이라면 기겁을 하고도 남을 일이었다. 그만큼 대하기 까다로운 존재가 바로 위지악이었다.

"저희도 동행해도 되겠습니까?"

장학조가 슬며시 위지악의 눈치를 보며 물었다.

그 역시도 위지악이 꺼려지지 않는 것은 아니었지만 연운비와 동행하고 싶은 마음이 있었기에 말을 꺼낸 것이다.

"미련한 놈 같으니라고! 따라오긴 어딜 따라온다는 것이냐!"

그와 동시에 위지악이 호통을 내질렀다.

"무슨 말씀이신지……?"

장학조가 순간적으로 움찔하며 몸을 움츠렸다.

호통 소리에 내공을 실은 것도 아니었지만 마음속 깊은 곳에 권왕이라는 존재에 대한 부담감이 가져온 결과였다.

"멍청한 놈, 상처를 입었으면 바로 치료를 해야. 그래도 지금이라도 발견해서 다행이라고 생각해라."

"저는 다친 곳이……."

"이런 멍청한 놈! 누가 네놈을 말했더냐? 네 사매를 말하는 것이 아니더냐?"

그제야 어느 정도 상황을 파악한 장학조는 놀란 눈빛으로 설운영에게 시선을 돌렸다.

"사매, 어떻게 된 일이냐?"

"저도 무슨 말씀이신지 잘……."

설운영도 이해가 가지 않는다는 모습으로 대꾸했다.

"다리나 살펴보도록 해라."

"사매?"

"저, 그것이… 조금 아프기는 하지만 단순히 그때 입은 상처가 완전히 낫지 않아 그런 것뿐인데요."

"어디 보자."

장학조는 황급히 설운영의 치마를 걷고 무릎 아래를 살펴보았다.

아무리 가까운 사이라 하여도 함부로 아녀자의 맨살을 보는 것은 예의에 어긋났지만 권왕이 허튼 말을 할 리도 없으니 급한 것이 당연했다.

"이런……."

누렇게 뜬 피부를 본 장학조의 안색이 굳었다.

파상풍의 일종.

그 흔적이 너무나 선명하여 한 번에 알아볼 수 있었다.

흔히 전쟁터에서나 볼 수 있는 것이었지만 녹이 슨 병장기에 당하거나 상처를 바로 치료하지 않고 오랜 시간 방치하였을 경우 일어나는 현상이었다.

"어쩌다가……."

천 의원에게 어깨너머로 어느 정도 의술을 배운 연운비 역시 그것이 파상풍의 일종임을 알아보곤 탄식을 흘렸다. 고칠 수 없는 것은 아니었지만 제대로 된 약초와 고름을 짜낼 도구가 없다면 이곳에서는 무리였다.

"왜 진작 말하지 않았느냐?"

"저는 그저 시간이 지나면 나을 것이라 생각하여……."

"이 일을 어찌한다?"

장학조는 낯빛을 굳히며 생각에 잠겼다.

당가까지의 거리가 가깝다면 모르되 서두른다 하여도 이곳에서 열흘은 족히 걸릴 거리였다.

아직 그렇게까지 심해 보이지는 않았지만 만약 증세가 악화되기라도 한다면 다리를 잘라야 할 수도 있었다.

"아!"

그렇게 고민하고 있던 장학조가 어느 순간 탄성을 흘렸다.

마침 이곳에 상당히 의술이 뛰어난 의원이 있다는 점을 기억해 낸 것이다.

"그리로 가면 되겠구나."

장학조가 생각해 낸 의원은 연운비의 상처를 살펴준 의원이었다.

허름한 마의를 입고 있었지만 손만 대보는 진맥으로도 연운비의 상태를 바로 알아차렸었다. 그 정도라면 이런 파상풍 정도는 쉽게 고칠 수 있을 것이리라.

"여기서 헤어져야겠군요."

장학조가 아쉬운 표정을 감추지 못하고 입을 열었다.

"서둘러 가보십시오. 갈 길이 급해 함께 있어드리지 못해 죄송할 뿐입니다."

"어르신, 정말 감사합니다."

"이 은혜는 잊지 않겠습니다."

누가 먼저랄 것도 없이 장학조와 설운영이 고개를 숙이며 위지악에게 고마움을 표시했다.

만약 위지악의 말이 없었다면 큰일을 당했을 것이리라.

"먼저 가보겠습니다. 늦지 않는다면 당문에서 뵙겠습니다."

장학조가 설운영을 부축하며 자리에서 일어났다.

아직 붓기가 올라오지 않은 점으로 보아 그렇게까지 심각한 상황은 아니라 할 수 있었지만 마음은 급했다.

"눈 빠지겠다. 그만 앉거라."

그들이 떠나가고도 걱정이 되는 표정으로 좀처럼 자리에 앉지 못하는 연운비를 보고 위지악이 눈살을 찌푸렸다.

"죄송합니다."

"알면 됐다."

위지악이 퉁명스러운 목소리로 대꾸했다.

"풋!"

그 모습을 지켜보던 유사하가 실소를 흘렸다. 그녀가 스승인 보타 신니에게 듣던 권왕의 모습과는 너무 달라 본인이 맞나 싶은 생각이 들 정도였다.

"계집아이야, 너는 뭐가 그리 좋다고 웃는 것이냐?"

"아, 아닙니다."

"아니긴 무엇이 아니냐. 혹시 이 모자란 녀석을 마음에 두고 있는 것이 아니더냐?"

"노선배님!"

유사하가 뜬금없는 위지악의 말에 당혹스러운 음성을 흘렸다.

"갑자기 그 무슨⋯⋯."

"그렇지 않으면 아무 일도 없는데 왜 웃는단 말이냐? 생각해 보니 네가 남아 있는 것도 혹시 이 녀석 때문에 아니냐? 아서라. 이 녀석은 앞뒤가 꽉 막힌 것이 아무래도 산속에서 평생 도나 닦아야 하는 운명인 것 같다. 그러니 너는 일찌감치 포기를 하거라."

"그것이 아닙니다."

유사하가 정색하며 입을 열었다.

"아니면 그만이지 그렇게 얼굴 표정까지 바꿀 필요가 무엇이 있느냐."

"저는 그저……."

유사하는 아무런 말도 하지 못하고 고개를 숙였다. 당혹해하는 표정이 역력했다.

연운비에게 호감이 있는 것은 사실이었지만 그것은 연정이 아니었다. 그리고 그녀의 입장에서는 상대가 그 누구라 하여도 연정 같은 감정을 가져서는 아니 되었다.

보타암의 제자들은 여승이 되든, 아니면 보타암을 떠나 성혼을 하여 살림을 꾸리든 언제든지 선택할 권리가 있었다. 다만 보타암주가 되기 위해서는 여승이 되지 않으면 곤란했다. 유사하는 그녀의 스승이 그녀에게 거는 기대를 알고 있었고, 그 기대를 무너뜨릴 생각이 없었다.

일행이 객잔을 떠났음에도 함께 떠나지 않고 남은 것은 단지 연운비에게 한 가지 확인할 사실이 있었기 때문이다.

"그만 하시지요."

보다 못한 연운비가 나서서 위지악을 만류했다.

"흥, 가재는 게 편이라고, 지금 노부 앞에서 편을 드는 것이냐?"

"그런 것이 아닙니다."

"알았다, 알았어. 그만 하면 될 것이 아니겠느냐."

위지악이 손사래를 치며 고개를 내저었다. 유사하와는 달리 연운비에게 농을 거는 것은 쉽지 않았다.

"그보다 어르신, 어떻게 아신 것입니까? 상처를 보신 것 같지도 않은데……."

"놈들이 너와 단혼마창인가 뭔가 하는 놈하고 싸운 이야기를 하도 늘어놓아 알게 되었다. 다른 것은 몰라도 화살촉에 스친 상처는 제때에 치료하지 않는다면 파상풍에 쉽게 노출되는 법이니까. 다리도 가끔씩 절고 있더구나."

"그렇군요. 어쨌든 정말 감사합니다."

"흥, 네 사매도 아닌데 네 녀석이 감사할 것이 무에 있느냐? 그나저나 놈들이 하도 소란을 피우는 통에 술맛이 다 떨어졌다."

위지악이 아쉬운 듯 입맛을 다시며 자리에서 일어났다.

"너는 어찌할 생각이냐?"

위지악이 시선을 돌려 유사하를 바라보았다.

"무슨 말씀이신지……?"

"우리와 동행을 할 생각이냐는 말이다."

"물론입니다."

"그럼 모두 일어나도록 해라. 계산은 그동안 우리가 기다린 대가로 네 녀석이 하거라."

"알겠습니다."

연운비가 쓴웃음을 흘리며 대답했다.

수중에 돈이 넉넉한 것은 아니었지만 그래도 이 정도는 지불할 수 있었다. 연운비는 점소이를 불러 숙박비와 식비를 지불한 뒤 다른 두 사람과 함께 객잔을 나섰다.

*   *   *

어두컴컴한 방.

그곳에서는 탁자를 사이에 두고 두 인영이 말을 주고받고 있었다.

"권왕의 움직임이 포착되었습니다. 사천으로 향하고 있다 합니다."

"낭왕의 움직임은?"

"아직입니다."

흑의장년인이 공손한 태도로 대답했다.

"칠 년이 지났는데도 찾지 못했단 말인가?"

"죄송합니다."

"쯧쯧."

백삼을 입고 있는 중년인은 조금은 못마땅하다는 표정으로 찻잔으로 손을 가져갔다.

"상황은 어떻게 진행되어 가고 있나?"

"무사히 진행되고 있습니다. 다만 그들이 입은 피해가 적지 않다 보니 그 이상을 원하고 있습니다."

"내어주게, 일은 공평하게 처리하는 것이 좋으니."

"알겠습니다."

"할 일도 많을 터인데 이만 가보게."

"존명."

흑의중년인이 자리에서 일어나서 깊숙이 허리를 숙이고 방을 나갔다.

"이번만큼은 그 어느 누구도 우리를 막지 못할 것이다."

나직한 독백.

부드러운 말투였지만 그 안에 담긴 의미만은 결코 가볍지 않은 것이었다.

第4章

의술을 펼치다

면양(綿陽)을 지나 덕양(德陽)에 들어서자 연운비 일행은 가끔씩 지나 다니는 당문 무인들을 볼 수 있었다.

물론 그들 중 대다수가 본가가 아닌 지부의 무인들에 불과했지만 성도에서 상당히 떨어진 이곳에서도 그들이 활동하고 있다는 사실은 당문의 영향력이 그만큼 크다는 것을 의미했다.

"당문 당문 하더니 정말 대단하긴 하군요."

유사하는 조금 전 지나친 몇 명의 당문 무인들을 떠올리며 감탄을 금치 못했다. 비록 일류는 아니라고는 하지만 하나같이 기도가 출중하고 정광이 넘쳤다.

"전통의 구파일방을 제치고 당문이 사천의 패자로 올라선 데에는 그만한 이유가 있기 마련이지."

위지악이 이 정도는 아무것도 아니라는 표정으로 대답했다.

사천에는 구파일방에 속해 있는 청성과 아미, 그리고 오대세가에 속해 있는 당문이 존재한다.

그들 중에서도 산속에 그 터전을 두고 있는 다른 두 문파보다는 성도에 본가가 위치해 있는 당문이 일반인들에게 영향력이 클 수밖에 없다.

아미가 사천 남부에, 청성이 사천 서부에 그 영향력이 있다면 당문은 사천 동, 북부와 성도 주변 대다수의 도시에 그 영향력을 뻗치고 있다.

당문 무인의 수는 본가만 하여도 수백을 넘어선다. 거기에 열다섯 개의 지부와 그에 딸린 식솔들을 합치면 수천이 넘어가는 것이 바로 당문이라는 거대 세가였다.

"곤륜은 문도의 수가 얼마나 되요?"

유사하가 궁금하다는 표정으로 물었다.

지난 며칠간 동행한 사이었기에 어느덧 말을 편하게 주고받고 있었다.

"글쎄요. 특별히 세어본 적이 없어서 잘은 모르겠습니다."

"그래도 대충이라도 알고 계실 것 아닌가요?"

"본산에 머무르고 있는 인원이라면 한 백여 명 정도 되지 않을까 싶습니다."

"상당히 적은 인원이네요. 저희 보타암도 그 정도 인원은 넘는 것 같은데……."

유사하가 이해가 가지 않는다는 표정으로 고개를 갸웃거렸다.

아무리 곤륜이 외지에 있다 하나 그 인원이 고작 백여 명에 불과할 것이라고는 생각해 본 적이 없었다.

구파일방 중 세력이 가장 큰 화산이나 무당 같은 경우 문도의 수가 천을 넘어갔다. 물론 속가제자까지 포함시킨 인원이라 할지라도 백여 명과는 비교조차 되지 않는 인원이었다.

"본 문은 웬만해서는 속가제자를 들이지 않습니다. 그리고 곤륜산이워낙 넓어 본산에 머무르지 않고 산 어딘가에서 수도를 하시는 분들도 상당히 많습니다. 그분들까지 합하면 아무래도 그 배는 된다고 해야겠지요."

"그렇군요."

이런 저런 이야기를 나누는 도중에도 일행은 계속 길을 재촉했다.

덕양을 떠나며 들은 말에 의하면 조금만 더 가면 탁성이라는 작은 마을이 있다고 한다. 벌써 날이 어두워지고 있으니 서두르지 않으면 노숙을 해야 할 판국이었다.

연운비는 면양에 하루 머물 당시 기련쌍괴에게서 받은 말을 처분했다.

일행 중 그를 제외하곤 누구도 말을 가지고 있지 않았기에 어쩔 수 없이 내린 결정이었다.

"마을이 보이는군요."

"알고 있다."

위지악이 퉁명스런 목소리로 대답했다.

"어르신, 오늘은 이곳에서 묵어갈 생각이십니까?"

"그래야겠지."

"어디에 마을이 있다는 것이지요?"

아직 마을을 발견하지 못한 유사하가 물었다.

"오른쪽 소로로 난 길에 마을이 있습니다. 자세히 보시면 보일 것입니다."

"예."

유사하는 대답을 한 후 시력을 집중해 우측 소로를 보았다. 하지만 그 어디에도 마을의 흔적은 보이지 않았다.

그렇게 백 보 정도를 더 걸어갔을 무렵 그제야 유사하의 눈에 인가가 들어왔다.

'이 정도였나?'

유사하는 흠칫 놀라며 새삼스러운 눈길로 연운비를 바라보았다.

차이가 난다는 것은 알고 있었지만 이 정도라고는 생각하지 못했다.

권왕의 내력은 본시 오왕 중에서도 도왕과 함께 가장 심후하다고 알려져 있었다. 언뜻 보기에 연운비가 인가를 발견한 것은 위지악과 큰 차이가 있는 것 같지 않았다.

삼 권을 받아냈을 때에는 실력도 있지만 위지악이 손속에 사정을 두었을 것이라 생각했다. 한데 곰곰이 생각해 보니 위지악의 성격상 있을 수 없는 일이었고, 그것은 정말로 마음먹고 삼 권을 펼쳤다는 의미와도 같았다.

"뭘 그렇게 뚫어져라 쳐다보는 것이냐? 얼굴이 다 닳겠다."

"아, 아니에요."

위지악의 툭툭 내뱉는 듯한 말투에 유사하는 황급히 시선을 돌렸다.

"그다지 크지 않은 마을이군요. 쉴 곳이 있을지 모르겠습니다."

"제가 알아보도록 할게요."

마을에 들어서자 낯선 외지인의 모습에 마을 사람들의 시선이 집중되었다.

탁성은 그리 큰 마을이 아니었다.

대략 오십여 호의 인가와 마을 옆에는 제법 큰 호수가 자리잡고 있었다.

"어떻게 오시었소?"

밭을 메고 있던 농부 한 명이 다가와 말을 걸었다.

"실례해요. 혹시 저희들이 쉴 만한 곳이 있는지 알아볼 수 있을까요? 오늘 하루 묵어갔으면 합니다."

"음, 저쪽 보이는 집으로 가보시오. 빈방이 있을 거외다."

"감사해요."

유사하는 가볍게 고개를 숙인 뒤 일행에게 돌아왔다.

"저 집으로 가면 될 거라네요."

"한데 마을에 무슨 일이 있는 듯하군요."

"예?"

"그다지 늦은 시간도 아닌데 돌아다니는 사람이 많지 않아 보입니다. 무슨 일인지 알아보는 편이 좋지 않을까요?"

연운비는 조금은 걱정이 되는 표정으로 물었다.

"되었다. 우리가 신경 쓸 일이 아니다. 우리는 이곳에서 하룻밤 묵어 가면 그걸로 되는 것이다. 어서 앞장이나 서거라."

"하지만……."

연운비는 마음이 편지 않는다는 태도로 한숨을 내쉬었다.

"이런 멍청한 놈!"

보다 못한 위지악이 호통을 내지르며 말을 이었다.

"이곳에서 당문까지의 거리가 얼마나 될 것이라 생각하느냐? 불과 수백 리도 되지 않는다. 그들의 앞마당에서 무슨 일이 일어난다면 좌시했을 것 같으냐? 그리고 설령 무슨 일이 있어났더라도 네가 간섭하는 것은 당문을 무시하는 처사이다."

"알겠습니다."

연운비가 마지못한 표정으로 대답했다.

"계십니까?"

"누구시우?"

농부가 가르쳐 준 집 앞에 도착하자 그곳에서는 어부로 보이는 듯한 장한이 그물을 손보고 있었다.

"지나가는 길손입니다. 이곳에 오면 빈방이 있을 것이라 하여 찾아왔습니다."

"방이 하나뿐인데 괜찮겠소?"

"상관없습니다."

연운비가 괜찮다는 표정으로 대답했다.

그와 유사하만이라면 모를까 위지악과 함께 있는 이상 셋이 한 방을 쓴다 하여도 큰 부담감은 없었다. 물론 방이 두 개 있다면 더 좋겠지만 이런 작은 마을에서 그것을 기대하는 것은 무리였다.

"저 방을 쓰시오. 저녁은 드시었소?"

"대충 해결했습니다."

"다행이구려. 처가 몸이 좋지 않아 마땅히 드릴 것도 없었는데. 여하튼 하루 머물다 가시구려."

장한은 방문을 연 후 그물을 걸쳐 지고 어디론가 향했다.

"어르신, 들어가시지요."

"알았다."

"유 소저껜 죄송하군요. 이런 마을에서 방을 두 개나 구하긴 쉽지 않은지라……."

"저는 괜찮아요."

유하하는 미소를 지으며 방 안으로 들어섰다.

방은 제법 컸다. 연운비는 짐을 풀고 잘 곳을 마련했다.

연운비도 이런 일이 익숙하지 않은 것은 마찬가지였지만 마땅히 할 사람이 없다 보니 간혹 노숙을 할 때에도 이런 일은 연운비가 전담해야 했다.

"시간이 다소 이르니 잠시 바람 좀 쏘이고 오겠습니다."

"내가 네놈 보호자도 아니고 그런 일까지 내 허락을 받을 필요는 없다."

위지악이 마음에 들지 않는다는 말투도 대꾸했다.

"그래도 이야기는 해놓는 것이 좋다고 생각하여……."

"알았다. 하여튼 네 사부를 닮아 고지식하기는 이를 데 없구나. 나가 보거라."

"예."

연운비는 쓴웃음을 흘리며 방을 나섰다.

"연 소협, 잠시만요. 저도 동행해도 되겠는지요."

"저야 상관없습니다."

"그럼 함께 가도록 해요."

연운비는 그렇게 유사하와 함께 호수가 있는 방향으로 걸음을 옮겼다.

"호수가 참 맑네요."

멍하니 호수를 바라보고 있는 연운비에게 유사하가 슬며시 말을 걸었다.

"예?"

"호수가 참 맑다구요."

"아, 그렇군요."

"무슨 생각을 그리 하시나요?"

"일 년 중 대부분이 눈으로 뒤덮인 곤륜에도 저와 같은 호수가 있습니다. 중턱에 있는 침설하(沈雪下)라고 부르는 호수인데 크기는 작았지만 참으로 아름다운 호수지요."

"한 번 보고 싶네요."

"소저께서도 좋아하실 겁니다. 그 호수를 보고 있으면 왠지 마음이 편해지고 그랬으니까요."

"호호, 마음이 편해진다니 재미있는 표현이네요."

유사하가 나지막한 목소리로 웃음을 흘렸다.

"한데 연 소협께서는 이번 비무대회에 참가하지 않으신다고 하던데 무슨 이유가 있는 것인가요?"

"저는 이전 비무대회에 참가한 적이 있습니다. 이번에는 응당 다른 사람에게 양보하는 것이 당연하겠지요."

"참가한 적이 있으시다구요?"

"그렇습니다."

"흐음……."

유사하가 좀처럼 이해가 가지 않는다는 표정으로 고개를 갸우뚱거렸다.

어느 정도 연운비의 무위에 대해 알고 있는 그녀였다. 아무리 사 년 전의 일일지라도 이 정도의 고수가 비무대회에 참가했다면 그 소문을 듣지 못하였을 리가 없었다.

"무슨 문제라도 있으셨던 것인가요?"

"문제라면……?"

"아니요. 혹시 그전에 부상을 입으셨다거나 아니면 일신상의 이유로 중도에 포기하셨다거나……."

"아, 그런 것이 아닙니다. 아무래도 제가 예선전을 통과하지 못하였다 보니 많은 분들이 제가 참가했다는 사실을 알지 못하시더군요."

"예선전에서 탈락하셨다고요?"

"그렇습니다."

유사하는 도무지 영문을 모르겠다는 표정이었다.

비무대회는 예선과 본선을 나누어 실행되는데 구파일방이나 오대세가에서 출전한 무인이라면 예선을 통과하지 못하는 경우는 거의 없었다.

물론 각 문파마다 한 명 이상이 출전한다고는 하지만 주력이 되는 한 명은 특별한 일이 없다면 무사히 본선에 진출했다. 그녀가 생각하기에 연운비라면 당연 그 주력이 되어야 정상이었다.

　"제 실력이 미치지 못하여 사문의 명성에 누를 끼쳤습니다. 그래도 최선을 다했으니 후회는 없습니다."

　"예."

　"유 소저께서도 이번 비무대회에 참가하신다던데 좋은 성과 있으시길 빌겠습니다."

　"그래야겠지요."

　유사하가 묵묵히 고개를 끄덕였다.

　"저, 그리고… 실례되는 말이지만 제가 연 소협께 드리고 싶은 질문이 있는데 해도 괜찮겠는지요?"

　"물론입니다. 어떤 것을……?"

　"너무나 궁금하여 묻는 것이니 제가 무례하다 욕하지 말아주셨으면 합니다. 물론 대답은 하지 않으셔도 상관없습니다."

　"대체 어떤 질문이기에……?"

　"다름이 아니라 연 소협께서 위지 선배님의 공격을 막으셨던 수법에 대해서입니다. 정확히는 위지 선배님의 세 번째 권을 막으면서 연 소협께서 사용하셨던 수법에 대해서 묻고 싶은 것입니다."

　유사하가 떨리는 목소리로 말을 이었다.

　아무리 같은 정파의 일원이라고는 하나 문파가 다른 이상 그 수법에 대해서 묻는 것은 큰 실례를 범하는 일이다. 물론 내력의 운용 방법이나 그에 따른 진기의 흐름을 알지 못하는 한 단순한 초식에 대해 묻고 답하는 일이 되겠지만 그조차도 같은 문파가 아니라면 해서는 아니 되는 일이었다.

"죄송합니다. 제가 괜한 이야기를 꺼낸 듯싶네요. 그냥 제가 방금 드린 말은 잊어주셨으면 좋겠습니다."

"아닙니다. 단순히 초식 정도라면 크게 지장이 없을 듯합니다. 물론 전부는 대답해 드릴 수 없지만 어느 정도는 가능할 듯합니다."

잠시 생각하던 연운비가 입을 열었다.

"저, 정말이십니까?"

"그렇습니다. 어느 것을 물어보고 싶으신 건지요?"

아무리 속가제자라고는 하지만 그래도 연운비 역시 곤륜이라는 대문파에 적을 두고 있는 입장, 제약을 받지 않을 수 없는 일이지만 그럼에도 연운비가 허락을 한 것은 연운비 본인조차도 아직 완벽하게 당시의 검로들을 펼칠 수 있다고 자신하지 못하기 때문이었다.

혹시라도 유사하와 말을 주고받다 보면 어떤 생각이라도 들지 않을까 하는 마음에 허락을 한 것이다.

"당시 제가 연 소협이 펼친 초식이 워낙 많았기에 자세히 기억은 하지 못하지만 그중에서 몇 가지 초식만은 기억합니다. 제가 알고 있는 수법과 유사하기 때문이지요."

"어느 초식을 말하시는 것인지요."

"말로 하는 것에는 한계가 있으니 제가 직접 펼쳐 보겠습니다."

유하사가 조심스럽게 허리춤에 있는 검을 빼 들었다.

"지금 불고 있는 바람이 당시의 권풍이라 생각하고 검초를 펼치겠습니다."

유사하는 동쪽에서 불어오는 미풍을 향해 천천히 검을 휘둘렀다.

느리지도, 그렇다고 빠르지도 않은 초식이었다.

한없이 부드럽기도 했지만 미풍은 초식에 닿는 순간 흔적도 없이 사라졌다.

"이화접목의 수법이군요."

"그렇습니다. 당시 연 소협께서 펼친 검초들 중에는 이러한 초식이 분명 있었지요."

"맞습니다."

이화접목은 특별한 초식이 아니다.

강호인들이라면 누구나 사용할 수 있는 초식이었고, 그중에도 태극권이나 매화검법, 소청검법 같은 부드러움을 위주로 하는 무공을 사용하는 무인이라면 익히고 있는 수법이었다.

연운비는 그제야 유사하가 초식에 대해 말을 꺼낼 수 있었던 이유를 짐작할 수 있었다. 그녀는 곤륜의 초식에 대해 묻고자 했던 것이 아니라 단순히 무공에 대한 원리를 묻고자 했던 것이다.

"아무리 이화접목이라 하더라도 압도적인 힘의 열세에서는 그 효용을 발휘할 수 없습니다. 만약 그랬다면 강호인들은 이화접목을 사용하여 누구나 상대의 공격을 흘려 버리겠지요. 하지만 연 소협은 당시 압도적인 힘의 열세에도 위지 선배님의 공격을 흘려 버리셨지요. 저는 어떻게 그런 일이 가능했는지에 대해서 묻고 싶습니다. 실례가 된다면 대답하지 않으셔도 좋습니다."

유사하가 일행과 헤어지면서까지 객잔에 남은 이유가 바로 이것이었다.

본시 보타암의 무공은 부드러움을 그 극점으로 삼는다. 당연 이화접목이나 사량발천근 같은 수법에 대해서도 잘 알고 있다. 하지만 유사하가 느끼기에 연운비가 펼친 것은 결코 그런 유의 수법이 아니었다.

"이미 짐작하고 계실지 모르겠지만 그것은 이화접목의 수법이 아닙니다."

"그럼……."

"흠, 뭐라고 해야 할까요? 일종이긴 하지만 조금 다르다고 할까요? 이화접목은 오직 상대의 공격을 흘려보내기만 하지만 제가 펼친 것은 가능한 한 상대의 힘을 흘려보내면서 부딪칠 수 있는 상황에선 부딪쳐 가는 것입니다."

"흘려보내면서 부딪친다? 그게 가능한 일인가요?"

"글쎄요……. 그것은 저도 모르겠습니다. 당시에는 그렇게 하지 않으면 다른 방법이 없기에 행한 것뿐이었습니다."

"그렇군요."

유사하는 중얼거리며 생각에 잠겼다.

그녀로서는 한 번도 생각해 본 적이 없는 방법이었다. 그렇다고 굳이 펼치자면 펼치지 못할 것도 없는 수법이었다. 문제는 그 대상이 권왕 위지악이라는 데 있었다.

"시간이 늦었군요. 내일 이른 시간에 출발하려면 들어가 봐야 할 것 같군요."

"그렇군요."

"유 소저께서는 더 있을 생각이십니까?"

"저는 조금 더 있었으면 합니다. 먼저 들어가시지요."

"그럼 저는 이만."

연운비는 가볍게 고개를 숙이고 신형을 돌렸다.

횡! 휘잉!

연운비가 떠난 자리. 그곳에서는 유사하가 굵은 땀을 흘리며 끊임없이 검을 휘두르고 있었다.

아침이 밝았다.

햇살이 무척이나 눈부신 날이었다. 연운비는 서둘러 짐을 챙기고 떠날 준비를 갖췄다.

"일어나셨구려."

이미 마당에서는 어부인 장한이 싸리비로 집 앞을 쓸고 있었다.

"예."

"잘 주무셨는지는 모르겠소. 아무래도 옆방에 환자가 있다 보니……."

"아, 그러고 보니 밤새 신음 소리가 그치질 않던데 처께서 많이 편찮으신가 봅니다."

"며칠 전부터 저러더이다. 고뿔은 아닌 듯한데 열이 도무지 가라앉질 않아서……. 아무튼 시끄러웠다면 미안하외다."

"아닙니다. 묵어가는 처지에 그 무슨 말씀이십니까. 그보다 의원께는 가보셨습니까?"

"우리 같은 처지에 무슨 의원이겠소. 그저 잘 먹고 며칠 쉬다 보면 일어나겠지요."

"흠……."

"얼마 전에 날씨가 갑자기 추워진 날이 있었는데 아마 그때 무리를 해서 그런 것일 게요. 처뿐만 아니라 적지 않은 마을 사람들이 저런 증상이니 그게 문제라면 문제이겠지만."

"지금 적지 않은 분들이 저런 현상을 보인다 하셨습니까?"

"그렇소."

"열은 나는데 고뿔은 아니다. 한데 며칠간 그 열이 지속된다라……."

연운비는 잠시 생각에 잠겼다. 어디선가 본 듯한 현상이었다. 그것도 그리 오래된 일도 아니었다.

'혹시…….'

연운비는 기련산에 머물 당시 있었던 일이 떠올랐다.

그때도 근처 마을에서 지금과 비슷한 증상을 가진 사람들이 발생했었다.

"제가 의원은 아닙니다만 부인을 한번 진맥해 봐도 될는지요. 어쩌면 도움이 될 수도 있을 것 같아……."

"그래 주시면 저희야 좋지만……."

장한은 뜻밖의 호의에 머리를 긁적이며 마당을 쓰는 것을 멈추었다. 조금은 퉁명스러웠던 말투도 어느새 바뀌어 있었다.

"이리 오시면 되오."

장한은 연운비를 한 방으로 안내했다. 그곳에서는 부인으로 짐작되는 여인이 신음성을 흘리며 가쁜 숨을 내쉬고 있었다.

"여보, 이 도사 분이 진맥을 하실 수 있다 하오. 의원님이 돌아오시려면 며칠 있어야 하니 진맥 한번 받아보시구려."

"그래요……."

부인이 힘든 표정으로 간신히 팔을 내밀었다.

"아, 이 마을에도 의원이 있었군요?"

"그렇소이다. 호수 옆 넝쿨집에 머물고 계시는 의원 분이 있으신데 얼마 전 급한 볼일이 생겨 성도에 가시었소."

"그렇군요. 일단 진맥을 하겠습니다."

연운비는 손을 내밀어 부인의 맥을 짚었다.

'맥박이 불규칙하고 호흡 수가 일정하지 않다. 더구나 피가 통하지 않는 듯 얼굴색이 창백하다면…….'

연운비는 걱정했던 일이 사실이라는 점을 깨닫고 얼굴을 굳혔다.

"무슨 문제라도……."

연운비의 얼굴빛이 변하는 것을 본 장한이 떨리는 목소리로 물었다.

"혹시 그 날씨가 추웠다는 날에 마을 사람들이 모여서 무엇인가를 함께 드신 일이 있는지요?"

"흠, 그날 우물이 얼어붙어 마을 사람들 모두가 나와 일을 좀 하였소. 그렇게 모이기도 쉽지 않은 일이라 모여서 술 한잔에 먹기는 먹었는데 특별히 무엇을… 아, 그러고 보니 아랫집 덕삼이가 호수에서 건져 낸 것이라며 말린 생선을 먹기는 했는데……."

"그렇군요. 말린 생선이라……. 겨울에는 잘 일어나지 않는 일인 듯한데 아마도 식중독에 걸리신 것 같습니다."

"식중독?"

"그렇습니다. 한데 단순한 식중독 같지가 않군요. 아무래도 날씨가 추워 고뿔과 식중독이 동시에 일어난 듯합니다."

"그, 그럼 어떻게 되는 것이오?"

"일단 상황을 지켜봐야 하겠지만 날씨가 추워 아무래도 걱정이 되는군요."

"이보시오, 도사 양반. 제발 내 처를 살려주시오. 내 달라는 것이면 무엇이든 주겠소."

돌연 장한이 연운비의 소맷자락을 붙들며 매달렸다.

단순히 며칠 지나면 나을 것이라 생각했기에 상당히 놀라는 모습이었다.

"너무 걱정하지 마십시오. 그나마 부인께서는 몸이 허하지 않으셔서 버틸 수 있을 것 같습니다. 그보다 이런 현상을 보이고 있는 분이 많다고 하였지요?"

"그, 그렇소. 한 열댓 명 정도 되는 것 같소."

"그분들 중에 노인이나 혹은 몸이 원래 약하신 분들이 있습니까?"

"현성이 댁과 촌장 어르신 등 몇 분이 있소. 설마……."

"그분들께 가봐야 할 것 같습니다."

"알, 알았소이다. 내가 안내하겠소."

장한은 서둘러 차비를 갖추고 연운비를 데리고 급히 다른 집으로 향했다.

"삼 일이나 머물러야 한다고?"

"죄송합니다. 아무래도 의원이 올 때까지는 있어야 할 듯싶어서……."

"끙……."

위지악이 불편한 심기를 드러내며 연운비를 바라보았다.

그렇지 않아도 시간을 지체한 마당에 또 이런 일이 생기니 짜증이 솟구친 것이다. 물론 사람을 구하기 위해서라고는 하지만 실제로 사람들의 상태가 그렇게까지 위험한 것은 아니었다.

식중독이 무서운 것은 날씨가 무더운 여름에나 그런 것이지 아무래도 겨울은 걸리기도 쉽지 않을뿐더러 위험도 낮았다.

"몸이 허약한 사람들이 조금 있습니다. 어려우시다면 먼저 가시는 것이……."

"되었다. 삼 일간 머물 터이니 잘 곳이나 마련해 두어라."

위지악이 귀찮다는 태도로 손을 내저었다.

"그리하겠습니다."

"너는 어찌 생각이냐? 비무대회가 얼마 남지 않은 것 같은데……."

위지악이 시선을 돌려 유사하를 바라보았다.

"삼 일 정도는 상관없을 것 같습니다."

"알았다. 단, 삼 일이 지나도 의원이 돌아오지 않을 경우 무조건 출발해야 한다."

"알겠습니다. 어차피 삼 일이면 차도도 있을 터이니까요."

"에잉, 골치 아픈 놈을 만나 괜히 나까지 귀찮게 되는군."

위지악은 몸을 세차게 돌리며 방으로 들어갔다.

"연 소협, 제가 도울 일이라도 있을까요?"

"그래 주시면 저야 고맙지요. 마침 일손이 부족하던 참이었습니다."

"잘됐네요. 무엇부터 할까요?"

유사하가 소매를 걷어붙이며 말했다.

"일단 주위를 돌며 약초가 있나 찾아봐야겠습니다. 의원 댁에서 쓸 만한 것은 가져왔는데 그래도 부족하더군요. 우선은 잎이 이렇게 길게 늘어지고 색은……."

연운비는 필요한 약초를 유사하에게 설명했다.

그렇게 작은 마을에서의 하루는 바쁘면서도 평화롭게 흘러가고 있었다.

"정말 그동안 감사했습니다."

어부인 장한이 깊숙이 고개를 숙이며 고마움을 표시했다.

"아닙니다. 응당 해야 할 일을 했을 뿐인데요."

"허허, 이거 정말 고마우이. 도사 양반이 아니었음 큰일을 당할 뻔했어."

마을의 촌장인 노인도 어느 정도 회복한 몸을 이끌고 연운비를 배웅하기 위해 나왔다.

"그러게 말일세. 내가 잠시 마을을 비운 사이 큰일이 날 뻔했어."

어제저녁 마을로 돌아온 의원이 한숨을 내쉬며 놀란 가슴을 진정시켰다.

식중독이란 것은 언뜻 생각하면 별것 아닌 것처럼 느껴지지만 실상 이런 작은 마을에서는 무시할 수 없는 병이다. 자칫 아무것도 모른 상황에서 병이 일시적으로 가라앉는 현상이 일어나는데 그때 무리해서 다시 몸을 움직이거나 소화가 잘 되지 않는 음식을 먹으면 목숨까지도 위험할 수 있는 것이 바로 식중독이었다.

"약초를 허락없이 쓴 것은 죄송합니다. 상황이 좋지 않았기에……."

"아닐세. 나라도 응당 그리했을 것일세."

"돌팔이 의원이 쓸데없이 모아둔 약초들도 도움이 되는구먼."

촌장이 헛기침을 흘리며 말했다.

"어허, 이 친구가 돌팔이라니? 이래 뵈도 의원 생활 삼십 년이 넘었다네."

"그럼 뭐 하나? 저번에 내가 고뿔을 걸렸을 때에도 고치지 못하였지 않나?"

"그거야 자네가 워낙 체질이 약하여 그런 것이지. 옆집 운삼이 녀석을 보게나. 내가 준 약을 먹고 하루 만에 거뜬히 일어나지 않았나?"

"아니, 그럼 이제 펄펄할 나이에 약을 먹고도 일어나지 못하면 그게 이상한 일이지. 아니 그런가?"

마치 불알친구처럼 촌장과 의원은 티격태격 싸우며 말을 주고받았다.

"두 분 그만 하시지요."

"흠……."

"크흠……."

연운비가 말리고서야 촌장과 의원은 못 이기는 척 싸움을 멈추었다.

"그래, 떠난다 하였나?"

"예."

"일행은 보이지 않던데 벌써 출발한 것인가?"

"조금 전 떠났습니다. 성격이 조금 급한 분이 계셔서요."

연운비가 희미한 미소를 머금으며 대답했다.

"변변치 않은 것인데 이거라도 받게나."

촌장이 보따리에 싼 무엇인가를 연운비에게 건넸다.

"이것이 무엇인지……?"

"은자는 아니니 걱정하지 말게. 우리 같은 시골 촌부들이 무슨 돈이 있다고 은자까지 줄 수 있겠나. 그저 점심 한 끼 정도 때울 수 있는 요깃거리일세."

"이러지 않으셔도 되는데……."

"허허, 이거 은자라도 넣었다간 경을 치겠군."

"어쨌든 감사히 받겠습니다."

"가보게. 일행을 따라잡으려면 서둘러야 하지 않겠나?"

"다음에 다시 이곳에 들를 일이 있다면 꼭 저희 집에 오십시오. 방은 항상 비워 있으니까요."

장한이 훈훈한 미소를 지으며 말했다.

"어허, 이 사람 보게나. 방이 항상 비워 있다니? 그러다가 아이라도 생겨 그 아이가 자란 후에 찾아오면 어쩌려고 그러나?"

"그, 그런가요?"

장한이 당황한 표정으로 머리를 긁적였다.

"허허."

"하하하!"

그 모습에 일순간 장내에 웃음꽃이 피었다.

"가보겠습니다. 모두 몸 건강하십시오."

연운비는 한 손에 보따리를 든 채 일행을 따라 마을을 뒤로했다.

第5章

믿음에는 조건이 필요치 않다

제5장

성도(成都)!

사천의 중심지. 하늘로부터 받은 풍요로운 땅이라는 의미처럼 겨울에
도 싱싱한 야채가 거래되고 사시사철 온화한 기후가 유지된다.

성도는 그 역사가 무척이나 깊다. 전국시대부터 시작하여 춘추전국시
대에는 촉(蜀)의 도읍지였고, 삼국시대 때 촉한을 통일한 유비(劉備)가
수도로 삼았던 곳이다. 오래된 역사만큼이나 성도에서 오래된 것이 있다
면 음식과 술이다. 사천 요리의 진수를 맛보고 싶다면 반드시 성도를 찾
아야 할 정도로 성도 전체가 사천 요리의 맛과 향으로 가득 차 있다.

"꺼윽, 잘 먹었다."

성도에서 몇 안 되는 유명한 식당 중 한 곳인 중화루에서 나오는 위지
악의 얼굴에 포만감이 가득했다.

타 지방 사람들에게 팔십 년의 전통을 자랑하는 중화루만큼이나 사천
요리를 입맛에 맞게 먹을 수 있는 곳은 많지 않다.

오래된 일이었지만 이전에 한 번 암왕 당문표의 소개로 중화루에 들른 적이 있었던 위지악은 성도에 들어서자마자 대뜸 연운비와 유사하를 끌고 중화루로 향했던 것이다.

"이제 당가로 가자."

앞장서서 걸어가는 위지악의 뒷모습을 보며 연운비와 유사하는 그 뒤를 따랐다.

'너무 늦지는 않았나 모르겠군. 이제 비무대회도 며칠 남지 않았는데……'

연운비는 문득 괜히 바쁜 이 시기에 가서 사제에게 폐를 끼치는 것은 아닌가 하는 걱정이 들었다.

최대한 서두른다고 서둘렀지만 이런 저런 일로 시간이 지체되어서 어쩔 수 없이 비무대회와 겹치게 되었다. 그렇다고 후회는 되지 않았다. 항상 그 상황에 최선을 다했고, 그 일로 인해 일이 틀어졌다면 그것은 어쩔 수 없는 일이었다.

"저기 당문이 보이네요."

성도를 나선 지 두어 시진 정도 되었을까?

유사하가 한곳을 가리키며 말했다. 그곳에는 사천당가라는 커다란 현판이 자리잡고 있었다.

"어떻게 오셨습니까?"

정문에 다가가자 입구를 지키던 몇 명의 무사 중 제법 지위가 되어 보이는 듯한 황의중년인이 다가왔다.

"어떻게 오긴 걸어서 왔지."

시큰둥한 표정으로 대꾸하는 위지악의 말투에 황의중년인의 안색이 살짝 변했지만 여전히 정중한 어조로 물었다.

정문은 곧 그 문파의 얼굴을 대변하는 것이다.

이런 저런 사소한 일이 많이 생기기 마련이고, 적어도 그런 일들을 해결할 수 있는 사람 한 명 정도는 정문 근처에서 항상 머무른다.

"성함을 말씀해 주시겠습니까?"

황의중년인은 위지악이 누구인지는 알지 못했지만 평범한 사람은 아니라는 생각에 공손히 머리를 숙였다. 하지만 위지악은 본 척도 하지 않은 채 딴청만 피웠다.

"곤륜의 연운비라 합니다. 제 사제가 이곳에 머무르고 있다고 하여 이렇게 찾아오게 되었습니다."

"보타암의 유사하예요. 비무대회의 초청으로 오게 되었습니다."

분란이 일까 두려워한 연운비와 유사하가 급히 나서며 대신 대답했다.

"아, 천상신녀(天上神女)이셨군요. 그렇지 않아도 기다리고 있었습니다."

미리 도착한 일행에게 언질을 받았던 것일까?

황의중년인이 급히 주위에 있던 한 명의 청년에게 눈짓을 준 뒤 가볍게 포권을 취했다.

눈짓을 받은 청년은 어디론가 급히 향했다.

"한데 곤륜에서는 소협 혼자 오신 것입니까? 다른 분들은……?"

"본산에서는 아직 도착하지 않은 모양이군요. 저는 이번 비무대회와는 별개로 단지 제 사제를 만나기 위해 온 것뿐입니다."

"아, 그러시군요. 한데 그럼 사제 분의 성함이 어떻게 되시는지……?"

"유이명이라 합니다."

"아, 유 대주의 사형 분이셨군요?"

황의중년인의 안색이 밝아지며 연운비의 손을 덥석 잡았다.

"말씀은 많이 들었습니다. 이렇게 만나뵙게 되어 반갑습니다."

"사제가 제 이야기를 하던가요?"

"하하, 물론이지요."

황의중년인이 넉살 좋게 웃으며 대답했다.

그제야 연운비는 황의중년인의 신분이 범상치 않다는 것을 알아차렸다.

광검 유이명은 비록 정식 당문 소속은 아니었지만 지닌 바 능력으로 당문이 자랑하는 오대 중 한 곳을 책임지고 있었다. 그런 유이명에게 하대를 할 정도라면 적어도 그 이상의 신분은 된다는 것이었다.

본시 정문을 지킬 정도라면 범상치 않은 신분이라고는 하지만 이 정도의 무인이 정문을 지키고 있다는 것 자체가 그만큼 당문에서 이번 비무대회에 신경 쓰고 있다는 사실을 의미하고 있었다.

"한데 이거 어떻게 하지요? 유 대주는 일이 생겨 지금 본 가에 없을 텐데……."

"무슨 일이라도……?"

"하하, 뭐, 별건 아닙니다. 아마 내일 중으로는 돌아올 것이니 바쁜 일이 없으시다면 본 가에 하루 정도 머무시는 것이 어떻겠습니까?"

"그렇게 하겠습니다."

황의중년인의 호의에 연운비는 고마움을 표시했다.

"일단 벽이 네가 안내를 하여 내원으로 모시도록 하거라."

위지악의 신분이 의심스럽기는 했지만 믿을 만한 사람들과 있는 이상 더 추궁할 수는 없는 노릇이라 황의중년인은 이들을 통과시키기로 마음먹었다.

"알겠습니다."

근처에 있던 무인들 중 훤칠하게 생긴 청년 한 명이 다가왔다.

"가시지요. 제가 모시겠습니다."

일행은 그렇게 청년을 따라 당문 안으로 걸음을 옮겼다.

"유 소저!"

"언니, 한참 기다렸어요."

내원으로 들어설 무렵 한 무리의 사람들이 다가왔다. 십여 명에 가까운 인원이었는데 그중에는 남궁도를 비롯하여 악소유, 단목헌 등도 있었다.

"소녀가 숙부님께 인사를 드립니다."

유사하는 그들 중 가장 연장자로 보이는 듯한 중년인에게 다가가 인사를 드렸다. 적화 악소유의 숙부이자 악가의 제일고수인 악단명이 바로 그였다.

"남궁 숙부님께서도 계시는군요. 소녀가 미처 몰라뵈었습니다."

커다란 체구의 악단명에 가려 미처 한 사람을 보지 못한 유사하는 그제야 남궁세가의 장로 절정검(絶頂劍) 남궁호를 보고 급히 고개를 숙였다.

"오느라 고생이 많았다."

남궁호는 되었다는 듯 가볍게 손을 저으며 한 발 앞으로 나섰다. 유사하와 함께 있는 위지악을 알아본 것이다.

"위지 선배께서는 그간 안녕하셨습니까?"

공손하기는 했지만 그다지 마땅찮은 태도였다. 조카인 남궁도가 그런 꼴을 당했는데 기분이 편할 리 없었다. 그런 남궁호의 태도에 위지악은 웬 개가 짖느냐는 듯 귓구멍을 후벼팠다.

"조카 아이가 폐를 끼쳤다고 들었습니다."

"하도 버르장머리가 없기에 내가 손을 좀 봐줬다. 왜, 불만이 있느냐?"

"그럴 리가 있겠습니까? 저는 다만 아이들과 다투셨다는 것이 혹시라도 알려지면 위지 선배의 입장이 난처해질까 걱정이 돼서 그런 것입니다."

남궁호가 은근슬쩍 남궁도나 단목헌이 잘못한 부분은 넘어가고 위지악의 체면을 깎아 내렸다. 어찌 되었거나 한 배분도 아닌 그 이상 차이가 나는 아이들에게 손을 쓴 것은 보기 좋지 않은 일이었다.

"요즘 세력을 좀 키운다 하더니 남궁세가가 보이는 것이 없나 보구나."

본시 돌려 말하는 것을 모르는 위지악이다. 위지악은 가소롭다는 듯 냉소를 흘리며 남궁호를 바라보았다. 남궁세가 정도야 두렵지 않다는 뜻이다.

남궁호의 안색이 딱딱히 굳어졌다. 아무리 위지악보다 반 배분 연배가 낮다 하지만 한 가문의 원로로서 이런 말을 듣고도 참고만 있을 수는 없었다.

"이곳에 계셨군요."

그 순간 자의를 입은 중년인이 장내에 나타났다. 기척을 죽인 것은 아니었지만 워낙에 위지악과 남궁호에게 시선이 집중되어 있었기에 대다수의 사람들이 다가오는 것을 알아차리지 못한 것이다.

"숙부님께서 처소에서 기다리고 계십니다."

"흥, 맨발로 마중을 나와도 시원치 않을 판에 기다리고 있다고?"

자의중년인의 신분은 당문을 이끌고 있는 독절 당운학, 바로 당문의 당대 문주였다.

전 중원에서 내로라한다는 고수들이 무려 네 명이나 이 자리에 모여 있었다.

"차를 대접하신다며 지금 차를 끓이고 계십니다. 해서 제가 대신 나왔으니 화를 푸시고 그만 안으로 드시지요."

"좋다. 일단 그 늙은이의 면상부터 봐야겠다."

"내 체면을 생각해서 이번만 양보해 주시오."

당운학은 누구도 알아채지 못하게 남궁호에게 전음을 날린 뒤 위지악을 내원으로 이끌었다.

만약 이곳에서 남궁세가와 위지악이 부딪친다면 당문으로서는 난감하기 그지없었다. 남궁세가의 편을 들자니 암왕 당문표가 가만있지 않을 테고, 위지악의 편을 들자니 그동안 적지 않은 친분을 쌓아온 오대세가와의 유대감이 흔들릴 수도 있었다.

"따라올 필요 없다."

위지악은 당운학이 안내하겠다는 것을 뿌리친 뒤 휭 하니 내원으로 향했다.

당운학은 한편에 서 있는 악이라 불린 청년에게 눈짓을 주어 위지악을 따라가게 했다. 이미 몇 차례 당문을 방문했었기에 길을 잃을 염려는 없었지만 혹시라도 문제가 생길 수 있어 조치한 것이다.

"나중에 나를 따로 찾아오도록 해라."

그렇게 위지악의 신형이 흐릿해질 무렵 연운비는 급작스럽게 날아든 위지악의 전음에 쓴웃음을 머금었다. 대답을 하려 해도 이미 사라져 버렸기에 이렇게 된 이상 찾아가 봐야 했다.

무엇 때문에 찾아오라 하였을까?

아마도 스승인 운산 도인에 대해 물어보고 싶은 것이 남았나 보다.

"남궁 가주께서 본 가의 입장을 고려해 양보해 주신 것에 대해 정말 감사드리오."

"아니오, 나야말로 괜히 소란을 일으켜 면목이 없소이다."

남궁호는 당운학이 고개까지 숙이며 사죄하자 당치도 않다는 듯 고개를 저었다.

당운학이야 무슨 잘못이 있겠는가? 오히려 객의 입장에서 민망할 따름이었다.

"그래, 자네가 위지 선배님의 삼 권을 받아내었다고?"

당운학이 시선을 돌려 연운비를 바라보았다. 이미 연운비가 위지악을 상대로 삼 권의 비무를 행한 것에 대해 모르는 사람이 없을 정도로 파다하게 알려져 있었다.

"사정을 봐주신 것 같습니다. 그렇지 않다면 제가 어찌 삼 권을 받아 낼 수 있었겠습니까?"

"권왕은 그 누구라도 사정을 봐줄 사람이 아닐세."

한편에 서 있던 남궁호가 가당치도 않다는 듯 코웃음을 쳤다.

실제로 비무 당시 위지악이 손속을 약하게 쓴 것도 아니었다. 그랬다면 위지악이 권왕으로 불리지도 않았으리라.

"강호에 신성이 출현했군."

당운학은 진심으로 연운비에게 감탄했다.

삼 초 정도 버티는 일은 이 자리에 모인 대다수의 사람들도 해낼 수 있는 일이다. 하지만 무엇보다 중요한 사실은 연운비가 삼 권을 모두 받아내고도 지금 돌아다닐 수 있는 정도로 부상이 경미하다는 사실이었다.

그것은 설령 구룡 중 가장 강하다는 광도 무하태나 천수신검 막이랑조차 장담할 수 없는 일이었다.

"일단 들어가세나. 듣자 하니 조카사위를 찾아왔다고 하던데, 내일 중으로는 돌아올 것일세."

"조카사위라면……?"

"아, 모르고 있었나? 내가 바로 비연이의 백부 되는 사람일세."

"제가 미처 알아뵙지 못해 죄송합니다. 정식으로 인사드리겠습니다. 이명의 사형인 연운비라고 합니다."

당가주라는 신분보다 사제 처의 백부라는 신분이 연운비에게 더 중요했던 것일까?

연운비는 웃어른을 대하는 자세로 공손히 한 번의 절을 한 뒤 자리에서 일어났다.

"허, 나 이 사람 참."

절까지 하는 연운비를 보며 당사자인 당운학뿐만 아니라 주위에 있던 대다수의 사람들까지 머쓱한 표정으로 고개를 돌렸다. 사제의 장인도 아니고 그 백부에게까지 이렇게 정중히 절을 하는 것은 흔치 않은 일이었다.

"다른 분들도 들어가시지요. 지금쯤이면 저녁 식사가 준비되었을 것입니다."

당운학은 조금 어색하다 할 수 있는 분위기를 벗어나기 위해 사람들을 이끌고 내원으로 향했다.

"연 소협, 우리도 이만 가죠."

유사하는 맨바닥에 엎드려서인지 도복에 묻은 흙먼지를 털어내고 있는 연운비를 보며 피식 실소를 흘렸다. 비웃음이라기보다는 기분이 즐거워 자신도 모르게 나온 실소였다.

"연 소협, 혹시 그거 아세요?"

"무슨……?"

"연 소협은 참 재미난 분이라는 사실을요."

말을 마친 유사하는 어느새 저만큼 걸어가고 있는 일행의 뒤를 따라 급히 걸음을 옮겼다.

기분 탓일까?

연운비는 그런 유사하를 보며 왠지 면사로 가려져 있는 그녀의 얼굴에 미소가 드리워져 있을 것이란 생각이 들었다.

새벽은 어김없이 찾아온다.

희뿌연 안개와 함께 불그스름하게 동이 터오르는 동쪽 하늘을 바라보고 있는 연운비의 얼굴에 희미한 미소가 걸려 있었다.

"후으읍!"

연운비는 숨을 깊게 들이켰다.

새벽의 청명한 공기가 폐부 깊숙한 곳까지 들어차며 연운비의 마음을 깨끗하게 해주었다.

"어떻게 변했을까?"

사제인 유이명을 만날 수 있다는 생각에 기분이 들떠서일까, 어제는 한 시진도 눈을 붙이지 못할 정도로 잠을 설쳤다. 그래도 기분만은 상쾌했다.

숙소를 벗어나 조금 떨어진 소연무장에 도착한 연운비는 검을 빼 들었다. 이제 아침마다 한차례 검무를 펼치는 것이 습관이 될 정도로 익숙해져 있었다.

덕양에서 성도까지 오는 동안 노숙을 하든 객잔에 묵든 새벽마다 어디론가 사라지는 연운비에게 궁금증을 느끼고 뒤따른 유사하는 어째서 연운비가 결코 많지 않은 나이에 그 정도의 경지에까지 이르게 되었는지 알 수 있었다.

그것은 집중력. 재질이나 신체 조건을 떠나 박투술을 펼치는 무인들과는 다르게 병장기를 사용하는 무인에게 필요한 것은 감각보다는 집중력이다.

한 시진. 단 한 번도 손에서 검을 놓지 않았다. 움직임을 멈춘 적도 없다. 물론 그다지 길지 않은 시간이라 할 수 있겠지만 매일 그렇게 한다는 것은 쉽지 않은 일이었다.

"여기 계셨군요."

수련이 끝나고 연운비가 숨을 고르고 있을 무렵 한 청년이 급히 뛰어왔다.

"연 소협이 맞으십니까?"

"그렇습니다. 한데 무슨 일이신지……."

"한참 찾아다녔습니다. 지금 전위대주님께서 도착하셔서 연락을 드리러 온 것입니다."

"사제가요?"

유이명이 맡고 있는 것은 다름 아닌 전위대. 당문의 전력 중에서도 핵심이라 할 수 있었다. 당문 직계도 아니고 외부에서 들어온 사람이 그런 핵심 전력의 수장이라는 것은 그만큼 유이명의 능력이 뛰어나다는 것을 의미했다.

"예. 어제 연 소협이 이곳에 도착하셨다는 이야기를 듣고 밤새 달려오신 것 같습니다. 지금 가주님께 인사를 드리러 갔으니 아마 잠시 후면 연 소협의 숙소로 오실 것입니다."

"알겠습니다. 제가 그리 가도록 하겠습니다."

연운비는 소식을 알려준 청년에게 고마움을 표시한 뒤 숙소가 있는 곳으로 발걸음을 향했다.

"어디를 다녀오시는 길이십니까?"

전각 근처에서 다른 사람들과 잡담을 나누고 있던 장학조가 연운비를 발견한 뒤 다가왔다.

"잠시 산책을 했습니다."

"그러시군요. 식사는 하셨습니까?"

"아닙니다. 아직 전입니다."

"마침 잘되었습니다. 그럼 저희와 함께 가도록 하시지요. 저희도 식당으로 가던 중이었습니다."

당문에서는 이번 비무대회에 맞추어 참가하러 온 사람들의 숙소를 모두 세 곳으로 나누었다.

연령에 맞추어 그렇게 한 것인데 모두 상당히 만족하는 분위기였다. 연운비의 나이는 올해로 스물여덟. 비록 비무대회 때문에 방문한 것은 아니라 하나 마땅히 머물 곳이 없어 중앙각이라는 전각에 숙소를 배정받았다.

"저는 사제가 이곳으로 오기로 하여 아무래도 기다려야 될 것 같습니다."

"아, 그러시군요. 그럼 사제 분도 식사를 하지 않으셨을 테니 기다렸다 함께 가도록 하지요. 어떻습니까?"

"저야 상관이 없습니다만 저분들께서는……."

연운비는 장학조와 함께 있는 사람들을 보며 괜히 폐를 끼치는 것이 아닌지 머뭇거렸다. 그중 유사하를 비롯해 몇 명은 안면이 있는 사람들이었지만 그렇지 않은 사람들도 있었다.

"괜찮습니다. 어차피 아직 조금 이른 시간이지 않습니다. 그것보다 제가 제 친우들을 소개시켜 드리지요. 이리 오십시오."

장학조는 곤란해하는 연운비를 보며 사람이 이렇게 유하고 성정이 순수할 수 있다는 사실에 새삼 놀랐다. 보면 볼수록 특이한 사람이었다.

"모두 인사드리게. 내가 말한 적이 있지? 나와 사매를 도와주셨다는 바로 그분일세."

"아! 단혼마창을 패퇴시켰다는……."

"어머, 말을 듣고 설마 했는데 정말로 저희와 같은 또래이시네요?"

여기저기서 탄성이 흘러나왔다. 그만큼 연운비에 대한 소문은 이미 중원 전체에 파다하게 퍼져 있었다.

권왕의 삼 권을 받아내었다는 사실도 알고 있었지만 그것보다는 단혼마창을 패퇴시켰다는 사실이 이들에게는 더 부각되어 있었다. 어느 정도 연륜이 있는 무인이라면 권왕의 삼 권을 받아내었다는 사실에 더 놀라워했겠지만 아직 그것은 이들에겐 낯선 세상이었다.

"당효라고 하외다."

"반가워요. 허약란이에요."

"이거 소문으로만 듣던 신성을 만나서 기쁘오. 팽도웅이라고 하외다."

이미 통성명을 나눈 유사하나 설운영을 제외한 나머지 사람들이 각자 자신의 이름을 밝혔다.

모두 상당한 신분의 사람들이었다.

당효나 팽도웅 모두 오대세가의 사람으로 구룡(九龍)에 속해 있었고, 비화 허약란 역시 화산파의 제자로 오봉(五鳳)에 속해 있었다. 그중 팽도 웅은 광도 무하태나 천수신검 막이랑을 제외한다면 구룡 중 가장 강하다고 알려져 있는 무인이었다.

"새벽부터 보이지 않으시던데 어디를 다녀오시는 길인가요?"

서로 통성명이 끝나자 유사하가 부드러운 목소리로 물었다.

그 순간 찰나지간이었지만 그 모습을 보고 있던 당효의 눈에 한광이 스치고 지나갔다. 유사하가 비록 차가운 성격은 아니라 하나 아무에게나 저런 모습을 보이는 것은 아니었다.

당효가 보타암을 한 번 방문한 뒤 그전부터 마음속으로 유사하를 연모하고 있다는 사실을 알 만한 사람은 알고 있었다.

"잠시 산책을 다녀왔습니다."

"그러시군요."

연운비는 어떻게 새벽에 자리를 비운 사실을 유사하가 알고 있는지 의아했지만 그렇다고 이 자리에서 물어보기도 애매하여 그냥 넘어갔다.

"한데 전위대주님의 사형 분이시라고 들었습니다만……."

당효가 조금은 미심쩍어하는 표정으로 물었다.

"예, 이명이 제 사제입니다."

"그렇군요. 전위대주님께 사형이 있다는 이야기를 듣긴 하였는데 설마 곤륜 문하였다니… 정말 뜻밖입니다."

"사제가 숫기가 없어 밝히지 않은 것 같습니다."

연운비는 쓴웃음을 흘리며 대답했다.

당효조차 모르는 것을 보면 정말로 사제인 우이명이 사문을 밝히지는 않은 것 같았다. 그래도 안심이 되는 것은 적어도 사문이 없다고 말하지 않았다는 사실이었다. 만약 그랬다면 무슨 일이 있더라도 용서하지 않았을 것이다.

'녀석아, 대체 무슨 사정이 있었느냐?'

무슨 말 못할 사정이 있었더라도 그냥 넘어갈 수는 없겠지만 가능한 한 눈감아줄 생각이었다. 그 어떤 이유라도 사제에게 벌을 내리는 것은 가슴 아픈 일이었다.

"하하, 전위대주님께서 숫기가 없다는 소리는 처음 들어봅니다. 정말 사형이 맞기는 하신지요?"

그렇지 않아도 면사 너머로 연운비를 바라보는 유사하의 눈길에 기분이 상해 있던 당효는 어이없다는 표정으로 피식 실소를 흘렸다. 비꼬는 기색이 역력했다.

"무슨 말씀이신지……?"

"말씀하신 것이 전위대주님의 성격과는 정반대라서 하는 말입니다. 웬만한 당문 문도라면 전부 알고 있는 사실이지요. 뭐, 이것은 제가 자세히 말할 사항이 아닌 것 같군요."

"아, 그렇군요. 사제가……."

문득 산에 있을 당시의 유이명에 대한 생각이 떠올랐다.

생긴 것과는 어울리지 않게 여자 앞에서는 제대로 말조차 하지 못할 정도로 숫기가 없었고, 사형인 연운비 앞에서도 그리 활동적이지 못했다.

그런 사제가 이렇듯 바뀌었다니 마음 한편으로는 아쉬운 면도 있었지만 잘 적응하고 있다는 생각에 마음이 놓였다.

"대사형!"

그 순간 어디선가 커다란 외침 소리가 울려 퍼졌다. 장내의 시선이 모두 목소리가 들려온 곳으로 모아졌다.

그곳에서는 당문 전위대 특유의 복장인 자의 무복을 입고 있는 한 사내가 달려오고 있었다.

신장은 육 척에 조금 못 미쳤고, 짙은 검미와 남자다운 강인한 턱 선, 눈과 코, 입의 이목구비가 무척이나 뚜렷하게 조화를 이루고 있는 사내였다.

광검(光劍) 유이명!

이것이 바로 그를 가리키는 말이었다. 당문 역사를 통틀어 외인이 전위대주의 자리에 오르게 된 것은 모두 두 번. 그중 한 번의 주인공이기도 했다.

"못난 사제 이명이 대사형을 뵙습니다."

유이명은 연운비의 고개가 돌려지는 순간 그대로 자리에 멈춰 무릎을 꿇고 진흙 바닥에 이마를 가져다 대며 절을 올렸다. 정중하기 그지없는 태도였다.

'이, 이게……'

한편에서 그 모습을 보고 있던 당효의 눈이 부릅떠졌다. 지금 자신이 헛것을 보고 있나 하는 생각이 들 정도였다.

난다 긴다 하는 당문 문도들이 모조리 들어가 있는 전위대의 대주답게 당가주 앞에서도 고개조차 제대로 숙이지 않을 정도로 자존심이 강하고 그럴 만한 자격이 있는 무인이 바로 유이명이었다.

그가 지금 진흙 바닥이나 다름없는 곳에서 무릎을 꿇고 있다.

단 두 걸음만 더 움직였다면 평평한 땅이 있음에도 불구하고 연운비가 시선을 돌리자 그렇게 행한 것이다.

"오랜만이구나. 녀석, 왜 이리 여위었느냐? 식사는 꼬박꼬박 하고 다니는 것이냐?"

연운비가 유이명에게 다가가 그를 부둥켜안았다. 천애 고아였던 연운비에게는 친동생과도 다름없는 막내 사제. 무려 오 년 만에 만나는 것이었으니 어찌 아니 반가울 수가 있을까!

"저는 오히려 대사형께서 마르신 것 같습니다."

유이명은 자리에서 일어나 재회의 기쁨을 누렸다.

"저 사람들은?"

한참을 그렇게 이야기를 주고받던 중 한편에 서 있는 사람들을 본 유이명이 물었다.

"아, 그만 깜박하고 이분들을 소개시켜 드리지 않았구나. 이리 오너라."

연운비는 유이명을 데리고 일행에게로 걸어갔다.

"제가 그만 사제를 너무 오랜만에 만나 실례를 범했습니다. 이쪽은 제 사제 유이명이라고 합니다."

"처음 뵙겠어요. 허약란이에요."

"팽도웅입니다."

"종남의 장학조입니다. 위명이 쟁쟁하신 광검 유 대협을 만나뵙게 되어 영광입니다."

연운비를 대할 때와는 다르게 허약란이나 팽도웅의 자세는 공손하기

이를 데 없었다. 구룡 중 가장 강하다는 광도 무하태나 천수신검 막이랑 조차 한 수 접어주는 무인, 그것이 바로 광검 유이명이었다.

'녀석……'

연운비는 유이명이 이렇듯 대접받는 모습을 보자 마음이 흐뭇했다. 질투심이라는 말은 이들 사형제에겐 낯선 말이었다.

"네가 여긴 어쩐 일이냐?"

통성명을 주고받은 유이명의 시선이 한편에 머쓱하게 서 있는 당효에게 향했다.

"치, 친우들이 이곳에 있기에 왔습니다."

당효는 무척이나 어려워하는 모습을 보이며 급히 대답했다.

허약란을 비롯하여 몇 명의 사람들이 그런 당효의 모습을 보며 의아해 했지만 당문의 속사정을 안다면 그렇지만도 않았다.

전위대주. 그 말이 가지는 의미는 당문 문도가 아니라면 결코 알지 못했다.

아무리 구룡에 속해 있다고 하나 당효 정도로는 감히 유이명 앞에 나설 수도 없는 신분이었다.

"식사는 하셨습니까?"

"그렇지 않아도 너를 기다리던 중이었다."

"그러셨군요. 가시지요. 제가 안내하겠습니다."

유이명은 무릎에 묻은 진흙을 털어내며 연운비와 일행을 식당이 있는 곳으로 안내했다.

유이명이 안내한 곳은 당문에서도 가주나 장로급은 되어야 식사를 할 수 있는 청정각이었다.

원체 사천은 요리로 잘 알려져 있어 당문에서는 특별한 손님에 대해 따로 이런 전각을 마련하였는데 그곳이 청정각이었다. 물론 전위대주라는 신분은 청정각을 이용하기에 부족함이 없었다.

"사람이 좀 많네. 상관없겠는가?"

청정각에 들어선 유이명은 부주방장인 당인기에게 다가가 말을 건넸다.

"물론이네. 이 친구, 그렇지 않아도 자네가 왔다는 소식에 내 기다리고 있었다네."

"주방장님은?"

"지금 자리를 비우셨네. 아주 귀한 손님이 오셔서 노가주께서 부르신 모양이야."

당인기는 당가 내에서 유이명과 친분이 아주 두터운 몇 안 되는 사람 중 하나였다.

당문 사람들은 아무리 직계라 하나 고작해야 요리사인 당인기와 호형호제하는 유이명을 이해할 수 없었다. 하지만 어려서부터 운산 도인과 사형인 연운비에게 가르침을 받은 유이명으로서는 오히려 이해 못하는 사람들이 이상할 따름이었다.

중요한 것은 마음이다. 당인기는 누구보다 마음이 통하는 친구였다.

"내가 말한 적이 있지? 바로 내 대사형일세."

유이명은 당인기에게 연운비를 소개시켰다.

"아, 반갑습니다. 말씀은 많이 들었습니다. 이 친구가 사형 자랑을 그렇게 하더니 과연 듣던 대로인 것 같습니다. 당인기라 합니다."

"처음 뵙겠습니다. 연운비라고 합니다."

"자, 이제 그만 다들 자리에 앉으시지요. 저는 요리를 준비하러 가보겠습니다.

"그럼 부탁하네."

유이명은 당인기가 요리를 하기 위해 주방으로 향하자 연운비를 비롯하여 일행을 데리고 중앙에 있는 탁자로 데려갔다.

"친한 사이인가 보구나."

"예, 정말 마음이 맞는 친우입니다."

"좋은 사람 같다."

연운비는 부드러운 미소를 지으며 유이명의 어깨를 토닥였다.

그 모습을 지켜보던 일행의 표정이 묘하게 변했다.

아무리 보아도 이해할 수 없는 사형제였다. 유이명의 신분으로 한낱 요리사와 호형호제하는 모습도, 그것을 당연하다는 듯이 받아들이고 있는 연운비도 그들에게는 아직 낯선 모습일 뿐이었다.

"한데 지금 이곳에 와도 상관이 없겠습니까?"

말문을 닫고 있던 당효가 걱정이 되는 목소리로 물었다.

아무리 전위대주라고는 하지만 평상시라면 몰라도 비무대회로 인하여 각파의 원로급 고수들이 많은 지금 이렇게 많은 사람들을 데리고 오기에는 껄끄러운 면이 없지 않아 있었다.

"상관없다. 내게 그들보다 중요한 손님은 바로 내 사형이다."

"예."

차가운 유이명의 답변에 괜히 나섰다가 본전도 찾지 못한 당효가 머쓱해진 표정으로 시선을 돌렸다.

"그게 무슨 소리입니까?"

두 사람의 이야기를 듣고 있던 연운비가 이상한 낌새를 눈치채고 입을 열었다.

"그것이……."

상황이 이렇게 되자 당효는 이 일에 대해 말을 할 수도, 그러지 않을 수도 없는 난처한 입장이 되어버렸다. 말을 하자니 괜히 유이명에게서 불똥이 떨어질 것 같고 말을 하지 않자니 연운비를 무시하는 꼴이 되어 버린다.

'젠장, 아까의 일을 가지고 꼬투리를 잡는 것이로군.'

당효가 마음속으로 욕설을 퍼부었다.

당효는 연운비가 진정 궁금해서 물어보았다기보다 이전에 자신을 무시했던 것에 대해 앙심을 품고 곤란하게 만들기 위해 보복한다고 생각하고 있었다.

잠시 생각한 당효는 결국 말을 하기로 마음먹었다. 어차피 알게 될 일이었다.

"알다시피 이곳은 아무나 드나들 수 있는 곳이 아닙니다. 각파에서도 원로 분들만이 들어올 수 있지요. 더구나 지금은 비무대회로 인하여……."

"당효, 내 사형은 아무나가 아니다!"

당효가 막 설명을 하려는 찰나 유이명이 차가운 목소리로 당효의 말을 끊었다. 더 이상 말을 할 필요가 없다는 일종의 경고였다.

'이놈이 보자 보자 하니까…….'

당효의 눈에 서슬 퍼런 빛이 감돌았다.

아무리 전위대주라 하나 어차피 본 가의 사람이 아닌 외인. 그에 비해 당효는 차기 문주의 자리까지 노릴 수 있는 위치에 있는 입장이었다.

지금이야 유이명의 지위가 높다 하지만 십 년 후에도 그럴 것이라곤 누구도 모르는 일이었다.

묘한 분위기에 일행은 서로의 눈치만 보며 입을 열지 못했다. 괜히 잘못 나섰다가는 한바탕 소란이 일 듯싶었다. 이럴 때는 숨죽이고 있는 것이 제일이었다.

"자, 음식이 나왔습니다."

그 순간 당인기가 주방에서 일하는 숙수들과 함께 요리를 들고 나왔다.

"맛이 있을지 모르겠습니다."

"하하, 자네가 만든 것인데 설마 맛이 없겠나?"

"이 친구, 오늘따라 무안을 주기로 작정했나. 그럼 모두 맛있게 드십시오. 저는 잠시 후에 오실 분들이 있어 이만 주방에 들어가 봐야 될 것 같습니다."

당인기는 요리를 모두 내려놓고 주방으로 향했다.

"사형, 드시지요."

"그래, 먹도록 하자."

연운비는 재차 물어보기도 무엇하여 그냥 넘어갔다. 대충 짐작은 갔지만 어차피 요리는 나온 후였고, 자리에서 일어날 수도 없었다. 다음부터 이곳에 오지 않으면 그만이었다.

"모두 드시지요."

연운비는 일행에게 식사를 권하며 젓가락을 들었다.

"클클, 뱃속의 식충이들이 밥 달라고 아우성을 치는구먼."

"그러기에 일찍 좀 일어나자니까."

"어제 우리가 한두 잔 마셨나? 숙취에는 잠보다 좋은 것이 없다네."

식사를 시작한 일행이 어느 정도 어색한 분위기에서 벗어나 담소를 나누고 있을 무렵 세 사람이 청정작 안으로 들어섰다.

"어라? 사람이 있었네?"

그들 중 누더기를 입고 있는 거지노인이 연운비 일행을 바라보았다.

"아니, 이거 유 대주가 아닌가? 언제 돌아왔나?"

그들 중 한 명이 유이명을 알아보고 반색을 하며 다가왔다.

"오늘 왔습니다. 아직 식사 전이신 모양이군요?"

유이명은 자리에서 일어나 다가온 중년인에게 포권을 취했다.

흑표(黑豹) 당철운.

이것이 바로 중년인의 신분이었다. 순수한 무공으로만 따지자면 당가 내에서 암왕 당문표와 원로 몇 명을 제외하곤 그 누구도 적수가 되지 못한다는 무인이었다. 심지어 오절에 속하는 당문의 가주조차 이긴다고 장담할 수 없었다. 오대 중 암기를 다루는 암혼대의 대주를 맡고 있었다.

"마침 잘됐군. 이리 와보게. 내가 소개시켜 줄 사람들이 있다네."

당철운은 유이명을 억지로 끌다시피 데려가 자신의 일행에게 소개시켰다.

"이 사람이 내가 말한 유 대주일세."

"아, 비연이의 남편이라는?"

"클클, 훤칠하니 잘생겼군."

"유 대주, 이쪽은 내 친우이자 개방의 장로인 풍두개일세. 그리고 이쪽은 하북팽가(河北彭家)의 진철도 팽악일세. 무식하기 이를 데 없는 도쟁이지."

"유이명이라고 합니다."

유이명은 정중히 고개를 숙여 인사했다.

"풍두개라 하네."

"이 친구가 말했다시피 팽악이네."

무공은 그리 강하지 않았지만 개방의 풍두개 하면 경공에 있어서만큼은 가히 천하제일이라 일컬어지는 경공의 고수였고, 진철도 팽악은 도로는 천하에 적수가 몇 없다고 알려진 도객이었다.

"한데 웬만해서는 숙소에서 식사를 하는 자네가 이곳엔 웬일인가? 아, 아는 사람들과 왔나 보군."

"예, 제 대사형께서 오셔서 인기도 소개할 겸 들렀습니다."

"대사형? 아! 그 친형이나 다름없다는 사형 말인가?"

당철운 역시 당인기와 마찬가지로 상당히 친분이 있는 사람 중 하나였기에 연운비에 대해 들어본 적이 있었다.

"그렇습니다."

"잘됐군. 그럼 인사나 시켜주게."

"알겠습니다."

유이명은 당철운의 부탁을 거절하지 못하고 당철운을 데리고 탁자로 걸어갔다.

"클클, 나는 되었네. 자네나 인사 받고 오게나."

"나 역시 마찬가지이네. 해장술이나 걸치고 있을 테니 천천히 오게나."

풍두개와 팽악은 귀찮다는 듯이 손을 내저은 뒤 창가에 붙어 있는 자리로 향했다.

팽악은 한편에서 조카인 팽도웅이 인사를 하기 위해 자리에서 일어서려는 모습을 보이자 되었다는 듯 고개를 저었다. 그것을 본 팽도웅은 머쓱해진 표정으로 엉거주춤 자리에 다시 앉았다.

"사형, 이분은 암혼대를 책임지고 있는 흑표 당철운 선배입니다."

"당철운이외다."

"곤륜의 연운비입니다."

연운비를 시작으로 자리에 있던 모두가 일어나 한 배분 위라 할 수 있는 당철운에게 인사를 건넸다.

"숙부님."

"너도 있었구나."

당효도 자리에서 일어나 숙부인 당철운에게 정중히 인사했다.

"한데 지금 곤륜이라 했는가?"

"그렇습니다."

고개를 살짝 갸웃거리는 당철운을 보며 연운비가 주저없이 대답했다.

"유 대주의 사문이 곤륜이었구먼. 그러면서 왜 이야기하지 않았나? 나는 하도 말하지 않기에 신분을 드러내서는 안 되는 문파인 줄 알았지 않은가?"

당철운은 섭섭하다는 표정으로 유이명을 바라보았다.

"저, 그것이……."

유이명의 안색이 급변했다. 무엇인가 크게 곤란한 것처럼 힐끗 연운비의 표정을 살폈다. 아나나 다를까, 연운비의 안색이 딱딱하게 굳어져 있었다.

"명아."

"예, 대사형."

유이명은 감히 연운비를 쳐다보지도 못한 채 고개를 숙이며 대답했다.

"나는 너에게 한 가지 사실을 물으려 한다."

연운비의 기세가 달라졌다. 유이명은 누구보다도 빠르게 그 달라진 기세를 느낄 수 있었다.

"말씀하십시오."

"내가 들은 소문에 의하면 네가 특별히 사문이 없다고 한다. 이 일이 어찌 된 일이냐?"

서릿발과 같은 기세.

그간 항상 부드러운 연운비의 모습만을 보아왔던 장학조나 유사하의 표정에 변화가 일었다. 그만큼 달라진 연운비의 기세는 좌중을 압도하고 있었다.

"죄송합니다."

유이명이 그 자리에서 무릎을 꿇었다.

"그 소문이 사실이더냐?"

"그렇습니다."

"놈!"

연운비의 입에서 일갈이 터져 나왔다.

스르르릉!

연운비가 검을 빼 들었다. 검에 시리도록 차가운 기운이 서려 있다. 그것은 검기. 연운비의 전신 내력이 들어가 있었다.

"네 입으로 밝힌 사실이더냐?"

끊임없이 들려오던 수많은 소문. 그런 소문들을 들으면서도 유이명을 믿고 있었다.

그것은 마음 깊숙한 곳에서부터 오는 신뢰, 그리고 흔들리지 않는 믿음이었다.

하지만 지금 그 믿음이 깨졌다.

그 대가는 분노보다는 허탈함. 연운비의 표정에는 그것이 묻어 있었다.

"아닙니다. 소문은 사실이지만 결코 저 스스로 사문이 없다고 말한 적은 없습니다."

"그럼 어찌 된 영문이더냐?"

"염치는 없지만 변명을 해도 되겠습니까?"

"해보아라."

누구도 입을 여는 자가 없었다. 배분이 높은 당철운조차 침을 삼키며 상황을 주시할 뿐이었다.

"단, 이것 하나만은 명심해라. 만약 네 말이 합당한 이유가 되지 않는다면 네 무공을 거두고 나 역시 본산 참회동으로 향해 십 년을 그곳에 머물 것이다. 대사형으로서 사제조차 책임지지 못했으니 스승님을 보기에 부끄러울 따름이다."

단지 사문을 밝히지 않았다는 사실에 화가 난 것이 아니다.

까짓 사문의 이름을 밝히는 것이 무에 그리 중요할까.

그것보다는 스스로에 대한 당당함. 사제를 잘못 가르쳤다는 사실에 연운비는 마음이 아팠다.

이런 일이 일어날 것을 각오하고 있었던 것일까?

유이명이 고개를 숙인 채 말문을 열었다.

"고의로 숨긴 것은 아니었습니다."

"하면 왜 말하지 않았느냐?"

"제가 산을 내려와 당문에 도착하여 지금의 제 아내를 만났을 때 아내가 저에게 이런 말을 했습니다. 어찌하여 산을 내려왔냐고. 스승님과 사형들을 잊을 수 있겠냐고……. 해서 제가 말했습니다. 잊을 수 없다고. 제 아내가 말하더군요. 잊을 수 없다면 견딜 수 있겠느냐고. 역시 마찬가지였습니다. 저는 그럴 수 없다고 대답했습니다. 제 아내가 부탁하더군요. 제가 고통스러워하는 모습을 볼 수 없다며 산으로 돌아가라고. 저는 그 역시 이제는 늦었다고 말했습니다."

잠시 한 호흡을 쉰 유이명이 말을 이었다.

"그럼 아내는 이곳에 남는 대신 한 가지 조건이 있다고 했습니다. 제가 어느 정도 마음이 정리될 때까지 사문과 제 신분에 대해 입 밖에 내지 말라는 것입니다. 어차피 아는 사람이 몇 명 없으니 거론되지 않으면 고통스럽지도 않을 것이라고. 저는… 그것을 승낙했습니다."

"지금까지 한 말이 모두 사실이더냐?"

"제가 어찌 거짓을 고하겠습니다."

"하면 묻겠다. 사문을 말하지 않았으면서 어째서 나에 대한 이야기는 말한 것이더냐?"

조금은 누그러진 표정으로 연운비가 물었다.

"사형들이 그리웠습니다. 보고 싶었지만 지은 죄가 있어 찾아가지 못했습니다. 견디다 못한 그리움이 술자리에서 흘러나왔습니다. 하지만 아내와 약속한 일이 있었기에 사문이 어디라는 것만은 밝히지 않았습니다."

유이명의 말을 들은 연운비는 두 눈을 감았다. 어찌해야 되는가를 고민하고 있는 모습이었다.

'스승님께서 계셨다면…….'

적당한 조치를 내렸을 것이다.

하지만 이제 스승인 운산 도인은 이 세상에 없다. 그 책임을 져야 하는 것은 바로 연운비 자신이었다.

"처벌을 내리겠다."

유이명은 어떠한 처벌이라도 달게 받겠다는 듯 고개를 숙였다.

"산을 내려가겠다고 말한 것은 너의 의지. 그것을 감당해야 하는 것도 역시 너의 몫. 아무리 고통스럽다 하나 너는 결코 해서는 아니 될 약속을 네 처와 하였다. 그에 대한 내 처벌은 이와 같다."

깊게 숨을 들이킨 연운비가 계속 말했다.

"향후 너는 누구의 앞에서도 네가 곤륜의 문하라는 사실을 거론해서는 아니 될 것이다. 이것이 내가 네게 내리는 벌이다."

"대사형!"

마치 피를 토하듯 유이명이 땅에 머리를 박으며 큰 소리로 외쳤다.

"차라리 이 자리에서 저를 죽여주십시오!"

파문과도 다름없는 선고. 움켜쥔 유이명의 손에서 핏물이 흘러내렸다.

"과한 처벌이라 생각하느냐?"

유이명은 아무런 말도 하지 못했다.

다만 마지막에 연운비가 했던 말이 메아리처럼 귓가에서 맴돌 뿐이었다.

"보자 보자 하니 너무하는군. 내가 간섭할 일은 아니지만 스스로 사문이 없다고 밝힌 것도 아니고 소문이 그렇게 난 것뿐인데 그렇게까지 하여야 하는가?"

한편에서 지켜보고 있던 당철운이 못마땅하다는 표정으로 입을 열었다.

"저희 사문의 일입니다."

연운비는 정중하지만 단호한 태도로 대답했다.

"허, 좋네. 그깟 곤륜이 뭐가 그리 대단하다고."

당철운이 코웃음을 치며 유이명에게 걸어갔다.

"유 대주, 일어나게나. 곤륜에서 받아들이지 않는다면 앞으로 우리 당문이 자네를 받아들이겠네."

당철운은 보란 듯이 유이명을 자리에서 일으키려 했으나 유이명은 석상처럼 그 자리에서 미동조차 하지 않았다.

"이것 보게, 연 소협. 이곳은 당문이네. 당문 한복판에서 이게 무슨 짓인가? 당문을 너무 무시하는 처사라 생각하지 않는가?"

평소 유이명이 사형에 대해 어떻게 말해 왔는가를 기억해 낸 당철운은 유이명을 설득시키는 것을 포기하고 조금은 협박 어린 말투로 연운비를 다그쳤다.

"이곳은 당문이지만 저와 제 사제는 곤륜 사람입니다."

조금의 망설임도 없이 단호했다. 독과 암기로 무장한, 꺼려하지 않는 강호인이 없을 정도로 위명이 쟁쟁한 당가였지만 연운비에게만큼은 의미가 없었다.

"과한 처벌이라 생각하느냐 물었다."

"제가 어찌 감히 대사형의 결정에 토를 달겠습니다."

"너는 아직도 잘못을 뉘우치지 못하고 있구나!"

유이명의 입에서 호통이 터져 나왔다.

"무엇에 대한 처벌을 내리고 있다고 생각하느냐!"

"……."

유이명이 눈을 감았다. 옛 기억이 주마등처럼 머리 속을 스치고 지나 갔다.

누구보다도 자신을 아껴주었고 친동생처럼 대해주었던 대사형.

실수나 잘못을 했을 때에도 야단보다는 감싸주는 쪽을 택했고, 그로 인해 항상 운산 도인에게 질책을 받았음에도 표정 한 번 변하지 않았다. 지금 그 대사형이 화를 내고 있다.

무엇을 잘못했을까?

어느 정도 질책이 있을 것이라 생각했다. 하지만 이와 같이 파문과도 다름없는 벌을 내릴 것이라 생각하지는 않았다. 과연 무엇이 대사형을 분노하게 했단 말인가?

"아!"

어느 순간 유이명의 입에서 탄성이 흘러나왔다. 잘못을 깨달은 것이 다.

"못난 사제 이명이 대사형을 뵐 낯이 없습니다."

"네 잘못을 알았느냐?"

"예."

"말해 보아라."

"피했습니다. 제가 선택했고, 이겨내야 할 일임에도 그것을 견디지 못 하고 피했습니다."

"그것이 전부이더냐?"

"중요한 것이 어느 것인지 이해하지 못했습니다."

눈을 감고 대답하는 유이명을 보고 있는 연운비의 얼굴빛이 조금이나마 풀렸다.

"그렇다. 거론되지 않는다고 그 사실이 변하는 것은 아니다. 무엇보다 중요한 것은 마음이다. 앞으로 너는 곤륜이라는 말이 나오려고 할 때마다 그것을 참고 견디어 네가 곤륜의 사람이라는 것을 기억하도록 하여라."

"명심하겠습니다."

"일어서거라."

연운비는 검을 집어넣고 유이명을 일으켜 주었다.

"괜히 저희 일로 식사를 방해한 것은 아닌지 모르겠습니다."

유이명은 일행은 물론이요, 한편에서 식사를 하고 있는 풍두개와 진철도 팽악에게도 사과를 했다.

"클클, 나 같은 거지야 누가 떠든다고 무슨 상관이 있겠나. 신경 쓰지 마시게."

"나는 본래 귀가 어두워 잘 들리지도 않았으니 가서 식사나 하도록 하게."

풍두개와 팽악은 상관없다는 태도로 손을 내저었다.

"시끄럽게 떠든 것은 잘 알고 있군."

오직 당철운만이 인상을 쓰며 못마땅하다는 눈초리로 연운비를 바라보았다.

"죄송합니다."

"죄송하다면 단가? 아침부터 밥맛이 다 달아났네그려."

모욕이라고까지 할 것은 없지만 그래도 체면이 상했던 당철운이 언성을 높였다.

"클클, 그만 하게. 내가 듣기엔 자네 목소리가 더 시끄럽다네."

보다 못한 풍두개가 나서자 당철운은 어쩔 수 없이 연운비에게 가라는 눈짓을 주었다.

"…이건 제가 어렸을 적의 일인데 저와 제 사매가 종남산에서 길을 잃은 적이 있답니다."

연운비가 탁자로 돌아오자 그곳에서는 장학조가 옛 이야기를 꺼내며 일행과 담소를 주고받고 있었다. 아마도 조금은 어색해진 분위기를 위해 연운비를 배려한 듯싶었다.

잠시 후 식사가 끝나자 연운비를 비롯한 일행은 청정각에서 나와 숙소로 발걸음을 향했다.

"먼저들 가시지요. 저는 사제와 함께 잠시 이야기를 나누다 가도록 하겠습니다."

다만 연운비만이 유이명이 잠시 할 이야기가 있다는 말에 일행과 헤어졌다.

"그렇게 하시지요."

"나중에 다시 뵙도록 할게요."

장학조를 비롯한 일행은 숙소에서 기다리겠다는 말을 남긴 후 계속 걸음을 옮겼다.

"그래, 할 이야기가 무엇이더냐?"

"다른 것은 아니고… 제 처를 아직 보지 못하셨지 않습니까. 그래서 제가 머무르는 곳도 보여 드릴 겸……."

"아!"

그제야 연운비는 아직 유이명의 처를 보지 못했다는 생각을 떠올리고는 미안하다는 표정으로 말을 이었다.

"미안하구나. 내가 먼저 말을 했어야 하는 일인데……."

"아닙니다. 오히려 제가 처와 함께 오지 못하여 죄송할 따름입니다. 손님이 오셨다며 노가주님께서 부르셔서 함께 오지 못했습니다."

"하하, 아무렴 어떠하냐. 어서 가기나 하자."

연운비는 얼굴 가득 미소를 머금으며 발걸음을 재촉했다.

무엇보다 우선적으로 스승인 운산 도인의 소식을 알려주어야 했지만 왠지 지금은 아니라는 생각이 들었다.

그것은 사제의 처와 처음 만나는 자리에서 좋지 않은 사제의 표정을 보고 싶지 않다는 조금은 이기적인 마음인지도 몰랐다. 연운비의 마음에는 그렇게 즐겁지만 한편으로는 우울한 기분이 동시에 스며들고 있었다.

"저곳이 제 처소입니다."

비록 당문의 외곽에 있었지만 전위대주의 처소답게 유이명이 머무르는 전각의 규모는 상당했다. 거기에 따로 조그마한 정원도 마련되어 있어 운치도 있었다.

"들어가시지요."

"그래, 어서 들어가자."

연운비는 유이명의 안내를 받아 정원을 지나 전각 안으로 들어섰다.

"연 매, 안에 있소?"

"유 가가, 돌아오셨군요!"

문을 지날 때쯤 안에서 자의를 입은 한 여인이 뛰쳐나오며 유이명의 품에 안겼다.

칠흑(漆黑)처럼 윤기 나는 머리카락과 아미 선, 도톰한 입술이 무척이나 매력적인 여인이었다. 거기에 무척이나 늘씬해 그 아름다움이 더해 보였다.

유빙화(柔氷花) 당비연!

이것이 바로 그녀를 가리키는 말이었다. 오봉 중 일인이자 부드러운 성정과는 달리 당문에서 누구보다 독을 잘 사용한다 하여 얻어진 별호였다.

"왜 이렇게 늦으셨어요?"

"하하, 삼협에서의 일이 늦는 바람에 그렇게 되었소. 이해를 해주시구려."

"흥! 몰라요! 저번에도 이러시더니! 하여간 이번엔 그냥 못 넘어갈 줄 아세요!"

당비연은 단단히 화가 났다는 것을 알리기라도 하듯 토라진 표정으로 입술을 삐죽였다. 하나 그녀의 표정과는 다르게 그녀의 몸은 유이명과 붙어 떨어질 생각을 하지 않았다.

"한데 저분은……?"

그제야 연운비를 발견한 당비연이 급히 몸을 추스르고 유이명의 허리에 둘렀던 손을 풀었다.

"보고도 누구인지 모르겠소? 내가 그리 많이 말했건만……."

"글쎄요……."

당비연은 연운비의 얼굴을 뚫어져라 주시했지만 좀처럼 연운비의 신분을 알아차리지 못했다.

"몇 번 듣기는 하였는데 이렇게 뵙는 것은 처음이군요. 연운비라 합니다. 저 못난 녀석의 사형이지요."

"어머나!"

연운비가 신분을 밝히자 당비연은 당황한 모습을 감추지 못하며 얼굴을 붉혔다. 그도 그럴 것이, 처음 보는 남편의 사형 앞에서 껴안고 있는 모습을 보였으니 민망하기 그지없었다.

"죄송해요. 제가 아무도 없는 줄 알고……."

"하하, 아닙니다. 괜찮습니다. 아무렴 어떻습니까? 남도 아닌데요."

연운비는 부드러운 미소를 지으며 대답했다.

"오셨다는 이야기는 어제 들었어요."

여전히 어쩔 줄 몰라 하는 표정으로 당비연은 고개를 들지 못했다.

"밖에 누가 왔느냐?"

그 순간 길게 이어져 있는 통로의 한 방에서 굵직한 목소리라 흘러나왔다.

"누가 계시오?"

당연히 처인 당비연을 제외하고는 아무도 없을 것이라 생각하고 있던 유이명이 고개를 갸웃거리며 물었다.

"큰할아버님께서 제가 끓이는 차를 드시고 싶다고 해서 친구 분과 함께 오셨어요."

"아, 그러셨군."

당비연이 큰할아버지라고 부르는 사람은 당문 내에 오직 한 사람뿐. 바로 노가주이자 강호를 위진시키고 있는 오왕(五王) 중 일인. 암왕 당문표였다.

유이명은 가끔 당문표가 들러 당비연이 끓여주는 용설차를 마신다는 사실을 알고 있었기에 고개를 끄덕였다.

"전위대주 유이명입니다! 계신 줄 모르고 소란을 피웠습니다!"

유이명은 방 안을 향해 큰 목소리로 대답했다.

"함께 온 사람은 누구이더냐?"

"제 사형입니다."

"그래? 일단 들어와 보도록 해라!"

"예."

아무리 전위대주라 하나 감히 노가주인 암왕 당문표의 명령을 거절할 수는 없는 노릇. 유이명은 순순히 그러겠다고 대답했다.

"잠시 안에 들어갔다 오겠습니다. 당신이 사형을 방으로 안내해 드리구려."

"알겠어요."

당비연이 화사한 웃음을 지으며 걱정하지 말라는 듯 고개를 끄덕였다.

"혼자 들어오라는 것이 아니다! 같이 들어오도록 해라!"

"아……!"

방으로 들어서려던 유이명은 들려오는 당문표의 목소리에 뒤로 돌아 연운비를 쳐다보았다. 연운비의 의사를 묻는 것이었다.

다른 사람 같았다면 당연히 함께 들어가자고 말하겠지만 상대는 다름 아닌 사형인 연운비. 연운비가 만나고 싶지 않다며 거절한다면 결코 권유할 생각이 없었다.

"사형, 어쩌실 생각입니까?"

"어쩌다니?"

"들어가시겠습니까?"

"무슨 소리냐? 네 처에게 큰할아버님이면 너나 나에게 있어서도 마찬가지이다. 그런 분이 계신데 들어오지 말라고 하셔도 당연히 들어가 인사를 드려야지."

연운비는 앞장서라는 듯 웃으며 대답했다.

'사형은 정말 하나도 변하지 않으셨구나.'

그런 연운비를 보며 유이명은 문득 마음 한구석이 뭉클해지는 것을 느낄 수 있었다.

"들어가겠습니다."

유이명은 방문을 두드린 후 안으로 들어섰다. 연운비도 그 뒤를 따라 걸음을 옮겼다.

방 안에는 한 명의 노인과 한 명의 중년인이 마주 앉아 이야기를 나누고 있었다. 두 사람을 본 연운비의 얼굴에 이채가 어렸다. 두 사람 중 한 사람의 얼굴이 익숙한 까닭이었다.

　"이놈! 나중에 나를 찾아오라는 소리를 듣지 못했느냐, 아니면 내 말을 물로 들은 것이냐?"

　중년인은 바로 권왕 위지악. 연운비를 본 위지악의 입에서 대성이 터져 나왔다.

　"어르신도 계셨군요. 처음 뵙겠습니다. 연운비라 합니다."

　갑자기 터져 나온 고함 소리에 놀랄 만도 하건만 연운비는 조금의 흔들림도 없는 자세로 두 사람에게 정중히 인사를 올렸다.

　"이노오옴! 내가 그리 우습게 보이더냐?"

　그런 연운비의 반응에 기분이 더욱 상한 위지악이 언성을 높여 연운비를 다그쳤다.

　"어제는 너무 늦은 것 같아 오늘 찾아뵈려 하였습니다."

　"흥! 핑계 한번 좋구나."

　"아니, 자네는 어제 고주망태가 되어서 방까지 가지도 못하고 그대로 쓰러져 잤으면서 무슨 소릴 하는가?"

　보다 못한 당문표가 나서며 위지악을 말렸다.

　"잘했네. 어차피 찾아와 봤자 보지도 못했을 것이네."

　"크흠."

　당문표가 사실을 밝히고 연운비를 두둔하자 위지악은 멋쩍은 표정으로 고개를 돌렸다.

　사실 위지악이 연운비를 그렇게 다그친 것은 함께 있는 동안 도무지 표정의 변화라고는 찾아볼 수 없는 연운비의 놀라는 모습을 보기 위한 행동이었다. 물론 실패로 돌아갔지만 말이다.

"그간 평안하셨습니까?"

어느 정도 분위기가 가라앉자 조용히 서 있던 유이명이 당문표에게 고개를 숙였다.

"그래, 자네가 유 대주의 사형이라고?"

당문표는 건성으로 유이명의 인사를 받은 후 연운비에게 시선을 돌렸다.

"그렇습니다."

"그럼 곤륜의 문하겠군."

당문표는 유이명의 신분에 대해 알고 있는 몇 안 되는 사람 중 하나였다.

당문표 정도 되는 무인이라면 유이명이 무공을 사용하는 것만 보아도 사문이 어디인지는 판별할 수 있었다.

"만나서 반갑네. 이야기를 좀 더 나누고 싶지만 보다시피 오랜만에 친우를 만났는지라 이해하게."

"아닙니다. 그럼 저는 이만 나가보겠습니다."

"그러게. 아, 유 대주는 잠깐 남게나."

유이명이 연운비와 함께 나가려고 하자 당문표가 그런 유이명을 불러 세웠다.

"무슨 일이신지……?"

연운비가 방문을 닫고 나가자 유이명이 공손한 태도로 물었다.

"이번 일에 고생이 많았다고 들었네."

"아닙니다. 응당 해야 할 일이었습니다."

"그건 그렇고, 그들의 세력이 어느 정도나 되는 것 같나?"

"모르면 몰라도 예전 세력의 칠팔 할은 회복한 듯싶습니다."

"그렇게나?"

당문표가 상당히 놀라는 모습으로 반문했다.

"확실하진 않습니다. 다만 제 추측으로는 그런 것 같습니다."

"흠, 알았네. 그 일에 대해선 차후에 다시 이야기하도록 하지. 어쨌거나 오랜만에 사형을 만났으니 좋은 시간 보내도록 하게."

"알겠습니다."

"가보게."

당문표는 그만 가보라는 듯 손을 내저었다.

"놈, 눈빛 한번 사납구나."

그 순간 위지악의 입에서 싸늘한 외침이 흘러나왔다.

찰나간이었지만 유이명이 방 안에 들어섰을 당시 결코 곱지 않은 눈빛으로 자신을 바라보았다는 사실을 기억하고 있었기 때문이다.

"위지 선배님이십니까?"

유이명은 그런 위지악의 태도에도 조금도 주눅 들지 않은 모습으로 대꾸했다.

"그렇다."

"말도 안 되는 트집으로 제 사형께 부상을 입히셨다고 들었습니다."

"말도 안 되는 트집?"

"제가 듣기엔 그렇습니다."

"허! 그렇다면 네가 어쩔 것이냐?"

위지악은 가소롭다는 태도로 코웃음을 쳤다.

"그냥 그렇다는 말입니다. 제가 감히 위지 선배께 무슨 말을 할 수 있겠습니까?"

"이놈이?"

위지악의 눈썹이 역팔자로 휘어졌다.

누가 봐도 명백한 의도. 대놓고 말하는 것만 아니었지 시비를 걸고 있었다.

"전위대주, 왜 이러나?"

평상시와는 전혀 다른 유이명의 태도에 당문표가 이해할 수 없다는 모습을 보이며 말했다. 이대로라면 필경 한바탕 큰 소란을 피할 수 없을 터였다.

"그만 나가보게."

당문표가 목소리를 높였다.

"알겠습니다. 괜히 제가 쓸데없는 말을 한 것 같습니다."

엄연히 당문 소속으로 노가주인 암왕 당문표의 말까지 무시할 수는 없는 노릇인지라 유이명은 공손히 고개를 숙이고 몸을 돌렸다.

"멈춰라!"

위지악의 입에서 싸늘한 음성이 터져 나왔다. 하지만 유이명은 고개조차 돌리지 않은 채 묵묵히 걸어갈 뿐이었다.

"멈추라 했다!"

위지악의 손이 벼락처럼 내질러졌다.

퍼퍼펑!

마치 대비라도 하고 있던 것처럼 유이명은 너무나 자연스럽게 검을 꺼내 권풍에 대항했다.

"지금 먼저 손을 쓰신 것입니까?"

"놈! 제법 재간이 있구나!"

위지악의 눈빛이 변했다.

아무리 앉은 자리에서 공격했다고는 하지만 그래도 적지 않은 힘이 실려 있던 일격. 유이명은 그것을 미동조차 하지 않고 그 자리에서 견뎌냈다.

"당문 안에서 당문에 속한 무인에게 손을 쓰는 그 순간부터 당문의 손님이 아니라는 것을 알고 계신지요?"

"그런 개뼈다구 같은 규칙 따윈 알고 싶지도 않다!"

"노가주님의 손님이시니 제가 한 번은 참겠습니다."

유이명은 무표정한 얼굴로 검을 집어넣었다.

"하지만 이것만큼은 알아두십시오. 사형께 만약 무슨 일이라도 생긴다면 그때는 제 검이 노선배님의 목줄기를 노리고 달려들 것입니다."

"이놈이!"

면전에 대놓고 하는 유이명의 협박에 눈살을 찌푸리던 위지악이 돌연 너털웃음을 흘리며 말을 이었다.

"허허, 좋다. 기억하도록 하지."

"소란을 피워서 죄송합니다. 나가보겠습니다."

유이명은 가볍게 두 사람을 향해 고개를 숙인 뒤 방을 벗어났다.

"어떤가?"

유이명의 기척이 사라지자 당문표가 입을 열었다.

"무서운 놈이로군."

"지난 삼 년 사이 무공이 배는 강해졌네. 처음 당문에 발을 디뎠을 때를 생각하면 장족의 발전이지."

"곤륜의 말코도사가 엄청난 놈들을 두 명이나 키워냈군."

"두 명이라니?"

"사형이라는 놈 역시 저놈에 못지않다네."

"설마……?"

당문표가 믿지 못하겠다는 듯 고개를 주억거렸다.

알려진 유이명의 무공 수준은 당문의 원로급 무인들과 비슷한 수준. 하지만 숨겨져 있는 능력은 그 배를 상회했다. 적어도 당문에서는 암왕 당문표를 제외한다면 흑표 당철운만이 유이명을 상대할 수 있었다.

"내 삼 권을 견뎌냈네."

"사정을 봐준 것이 아닌가?"

"사정은 무슨, 내가 그럴 사람인가? 팔성이 넘는 공력을 사용했네. 한데도 놈은 부상조차 입지 않더군. 물론 죽일 생각은 없었지만."

"허!"

"아무튼 재미있게 되었어. 적어도 이번 길에 심심하지는 않을 것 같으니."

위지악의 입가에 의미심장한 미소가 어렸다.

오랜만에 만난 사형제는 서로에게 묻고 싶은 것도 많았고 하고 싶은 말도 많았다.

해가 중천을 지나 땅거미가 질 때까지 시간 가는 줄도 모르고 대화를 나눴다. 덕분에 피곤해진 것은 당비연이었다. 큰방에 자리잡고 있는 노가주 당문표와 위지악이 좀처럼 갈 기미가 보이지 않은 상황인지라 함부로 자리를 비울 수도 없었고, 그렇다고 처음 만나는 남편 사형의 식사를 시비에게 시켜 만들 수도 없었다. 몸이 열 개라도 부족할 상황이었다.

"이제 일어나야겠구나."

시간이 너무 늦은 것 같자 연운비가 마시던 차를 모두 들이키고 풀어놓았던 검을 챙겼다.

"저희 집에서 주무시지요. 남는 방이 많습니다."

"짐이 처소에 있다. 내일이나 그렇게 하도록 하자."

"그럼 조금만 더 있다 가시지요."

"아니다. 오늘은 너무 늦은 것 같구나."

"그래도……."

"녀석, 네 처의 입장도 생각을 하거라. 그렇지 않아도 아래층에 어르신들이 계셔 힘든 마당에 나까지 부담을 주어서야 되겠느냐?"

"예, 알겠습니다."

유이명은 처를 생각해 주는 연운비의 마음에 미소로 답했다.

"그건 그렇고, 다음부터는 그분께 무례를 범하지 말거라. 스승님과 친분이 있으신 분이다."

"알고… 계셨습니까?"

유이명은 권왕 위지악과 있었던 일을 연운비가 알고 있자 적잖이 놀라는 모습을 보였다.

당시 분명히 연운비의 기척은 당비연과 함께 멀어졌고, 그 정도 거리에서 알아차릴 수 있을 만한 소동이 아니었다.

"우연히 듣게 되었다."

"조심하도록 하겠습니다."

"그리고 어르신들이 가시면 나중에 나를 따로 찾아오도록 하여라. 내가 너에게 할 말이 있다. 가능하면 빨리 오는 것이 좋겠구나."

"알겠습니다."

"가마."

연운비는 자리에서 일어나 유이명과 당비연의 배웅을 받으며 처소로 향했다.

第6章

눈물은 가슴을 적시다

처소로 돌아온 연운비는 곤륜에서 사람이 도착했다는 소식에 곧장 발걸음을 돌렸다.

오랜만에 반가운 사람들을 만날 수 있다는 생각에 연운비의 마음은 절로 들떴다.

"사숙님!"

그렇게 발걸음을 재촉할 무렵 연운비는 익숙한 얼굴에 반가운 마음을 참지 못하고 소리를 질렀다.

"허허, 네가 여기 있다는 소리는 들었다."

목소리의 주인공을 확인한 운영 도인이 환한 미소로 연운비를 맞아주었다.

운영 도인은 운산 도인의 사제이자 연운비를 가장 아껴주었던 사람들 중 하나였다.

"연 사형을 뵙습니다."

"오랜만입니다, 연 사형."

같은 배분인 유양(流陽), 유광(流光) 역시 오랜만에 만난 연운비를 반갑게 맞아주었다.

"이번에 비무대회에 참가하러 온 것이구나."

"그렇습니다. 곤륜에서는 이번에 제가 나가기로 하였습니다."

비영검(飛影劍), 유광이라는 도호를 사용하는 그가 멋쩍은 표정으로 대답했다.

"연 사형, 저는 이만 일이 있어서 가보아야 할 듯싶습니다. 오랜만에 만났는데 죄송합니다. 나중에 다시 찾아뵙겠습니다."

"일이라니?"

"예, 참가자들은 모두 모이라는 전갈이 있었습니다. 아직 무당에서 사람이 도착하지 않았지만 전할 말이 있나 봅니다."

"아, 그렇구나. 어서 가보도록 해라."

"스승님, 가보겠습니다."

운영 도인에게 고개를 숙여 보인 후 유광이 빠른 걸음으로 사라졌다.

"그간 잘 지냈느냐?"

운영 도인이 부드러운 말투로 물었다.

"예, 사숙께서도 무고하셨습니까?"

"허허, 나야 뭐 별일있겠느냐. 어제 도착했다 들었는데 어디에 머물고 있다냐?"

"중양각입니다."

"그렇구나. 사형께서는 오지 않으신 것 같던데… 어찌 된 영문이냐? 나는 네가 왔다기에 당연히 사형도 오신 줄 알았다. 늘 이맘때면 사형이 곡차를 마시자며 나를 찾았었는데……."

운산 도인이 곤륜을 떠날 당시 눈물로 배웅했던 운영 도인. 그의 마음이 연운비의 가슴에 전해졌다.

"스승님은……."

연운비는 운산 도인이 입적했다는 사실을 전해주어야 했지만 차마 입이 떨어지지가 않았다.

"설마……?"

연운비의 표정을 본 운영 도인의 신형이 미세하게 떨렸다. 불안한 느낌이 든 탓이리라.

"미련은 없으신 것 같았습니다. 다만 사숙님을 뵙지 못하고 가 미안하다는 말씀을 전해달라 하셨습니다."

"어떻게 이럴 수가……?"

한탄을 토하는 운영 도인의 눈에 이슬이 맺혀 있다.

반평생이 넘는 시간을 함께 보내온 사형. 그 사형이 산을 내려가는 것을 보며 얼마나 마음 아파했는가.

잡고 싶었지만 마음을 알기에 잡을 수 없었다. 그래도 마음 한편으로 위로가 되었던 것은 언젠가 돌아올 것이라 기대했기에. 한데 지금 그 기대가 무너져 내렸다.

"언제 떠나셨더냐?"

"두 달 남짓 되셨습니다."

"허허, 인생이 덧없음인가? 누가 사형께서 그렇게 가실 줄 상상이나 할 수 있었던 말인가……."

"죄송합니다. 응당 본산에 소식을 알렸어야 했으나 차마 전서로 알릴 수 없어 사제를 만난 후 직접 갈 생각이었습니다."

"잘했다. 아마 사형께서도 네 사제의 절을 먼저 받는 것을 원했을 것이다."

연운비의 어깨를 토닥여 준 운영 도인이 말을 이었다.

"그럼 이제 어쩔 생각이더냐?"

운영 도인이 연운비의 거취 문제를 물었다.

"잘 모르겠습니다."

"산으로 돌아오너라. 사형께서 어찌하여 너의 정식 입문을 두고 보자고 했는지는 모르지만 나는 네가 누구보다도 속세와는 어울리지 않는다고 생각한다."

"우선은 갈 곳이 있습니다. 그 후에 결정해도 되겠는지요."

"시간이 필요하다거나 속세를 둘러보고 싶다면 그렇게 하여라. 본산에 이 소식은 내가 알리도록 하겠다."

"감사합니다."

연운비가 깊숙이 고개를 숙였다. 마치 무거운 짐을 덜어놓은 듯한 기분이었다.

"차후에 다시 만나서 이야기를 하자꾸나. 오늘은 시간이 너무 늦은 것 같다."

"쉬십시오."

"그래, 너도 쉬거라."

운영 도인이 힘없는 모습으로 발걸음을 돌렸다.

십 년은 나이가 더 들어 보이는 듯한 모습이었다. 그 뒤를 유양이 조심스레 따랐다.

터벅터벅.

연운비 역시 힘없는 발걸음으로 중앙각으로 향했다.

잠시 후 숙소에 도착하자 그곳에는 이미 유이명이 도착해 기다리고 있었다.

"사형, 어디를 갔다 오셨습니까?"

"운영 사숙께서 오셔서 인사를 드리고 오는 중이다."

"그러시군요. 한데 무슨 일이 있으셨습니까? 힘이 없어 보입니다."

"아니다. 그보다 앉도록 하거라."

"예."

유이명이 침상 한쪽 끝에 걸터앉았다.

"하실 말씀이라는 것이……?"

"이곳 생활은 할 만하더냐?"

"나쁘진 않습니다."

"그래, 다행이구나. 잘 지내서 정말 다행이다."

"사형……."

유이명은 뜬금없이 이런 이야기를 꺼내는 연운비를 조금 의아하다는 눈빛으로 쳐다보았다.

누구보다 연운비에 대해 잘 알고 있었기에 고작 이런 이야기나 하자고 부를 리 없다는 것 정도는 알고 있었다.

"그동안 스승님은 보고 싶지 않더냐?"

"……."

유이명은 목구멍까지 말이 나왔지만 지은 죄가 있기에 차마 대답을 하지 못했다.

"녀석, 그렇게 보고 싶었으면 한 번 찾아오기라도 하지. 그리 먼 길도 아니건만……."

사천에서 기련산이라면 못 잡아도 수천 리.

먼 길이 아니라 하는 것은 단순히 그 거리를 말하는 것이 아니라 유이명의 마음을 말하는 것이다.

"눈이 참 많이 내리더구나. 그런데도 이상하게도 햇살만큼은 눈부셨지."

"사형……."

지금 이 순간 유이명의 눈에는 큼지막한 눈물이 고여 있다.

십여 년을 함께 지내온 그들이었기에 서로의 눈빛만 보아도 그 안에 담긴 뜻을 이해할 수 있었다.

"북쪽이다. 편히 가셨으니 안타까워하지 말거라."

"스승님!"

고인 눈물이 쌓이고 쌓여 물줄기를 이루며 흘러내렸다.

유이명은 슬픔을 참지 못하고 대성통곡을 터뜨렸다. 간신히 몸을 일으켜 북쪽을 향해 절을 하지만 제대로 된 방향에 절을 하고 있는 것인지 분간이 가지 않았다.

일 배……

다시 일 배…….

삼 배가 끝나고 자리에서 일어서는 유이명의 얼굴에는 회한과 안타까움이 감돌고 있었다.

'스승님…….'

이것 때문에 얼마 전 문득 스승님께 한 번 가보고 싶다는 생각이 든 것일까?

'하아……!'

차마 내키지 않은 걸음으로 운남으로 향한 것이 한스럽기 그지없었다.

그때 마음이 가는 대로 발걸음을 향했다면… 마지막 모습만은 볼 수 있었을 텐데……. 생각할수록 아쉬움만이 더해갔다.

"그만 일어나거라."

"둘째 사형께서는 이 일을 알고 계십니까?"

"아직 모를 것이다. 산을 내려와 바로 향한 곳이 이곳이니……."

"그렇군요."

유이명의 얼굴에 또 다른 그리움이 스치고 지나갔다.

"앞으로 어떻게 하실 생각이십니까?"

"무악(武岳) 사제를 만나봐야겠지."

"어디 있는지는 아십니까?"

"강호는 넓으면서도 좁다 하였으니 발길 닿는 곳으로 가다 보면 언젠가는 만나지 않겠느냐?"

"조금이라도 머물고 가십시오. 오 년 만에 보는 것인데……"

산을 내려오며 가장 마음이 아팠던 것은 나이 드신 스승님과 너무나 유한 대사형의 마음에 상처를 입혔다는 사실, 그리고 그런 와중에도 자신을 생각하여 대사형이 마지막 했던 말 한마디가 아직까지 잊혀지지가 않았다.

"목부불인이라……. 눈앞에 없다 해서 존재하지 않는 것은 아니다. 스승님 걱정은 하지 말거라. 비록 몸은 떨어져 있다지만 마음만은 늘 함께 있지 않더냐?"

언제나 자신보다는 두 사제를 위해 노력했던 대사형. 이대로 떠나보낼 순 없었다.

"비무대회 준비로 바쁠 터인데 괜히 신경 쓰이게 하기 싫다."

"사형, 무슨 말씀을 그렇게 하십니까? 신경이 쓰이다니요!"

좀처럼 연운비 앞에서만큼은 언성을 높이지 않는 유이명이었지만 이번만큼은 달랐다.

"그런 소리 하지 마십시오. 그리고 어차피 저는 비무대회 준비와는 상관도 없습니다."

"녀석, 알았다. 그럼 열흘 정도만 머물다 가도록 하겠다."

"너무 짧습니다. 그래도 한 달은……."

"나중에 다시 들르마."

"휴, 알겠습니다."

단호한 연운비의 태도에 유이명은 어쩔 수 없다는 듯 짧은 한숨을 내쉬었다.

연운비의 성격으로 보아 붙잡는다면 차마 떠나지 못하겠지만 이곳에 무작정 머무는 것이 결코 편하지만은 않을 터였다.

"어르신들께서는 가셨느냐?"

"조금 전에 가셨습니다."

"네 처가 기다리겠다. 그만 가보도록 하여라."

"예, 편히 쉬십시오."

유이명은 떨어지지 않는 발걸음을 옮기며 그렇게 중양각을 나왔다.

"후으으읍!"

이제 일과가 되어버린 새벽 수련. 그동안은 혼자였지만 오늘은 한 사람이 더 있었다.

연운비가 그렇듯이 유이명 역시 단 하루도 이 수련을 거른 적이 없었다. 피치 못할 사정이 생겼을 경우에도 어떻게 해서든 수련할 시간은 내었다.

"괜히 나 때문에 이 먼 곳까지 와서 수련을 하는구나."

"아닙니다. 얼마 걸리지도 않는 거리인데요."

유이명의 처소에서 중양각 근처에 위치한 소연무장까지는 그리 가깝지 않은 거리. 하지만 그 정도의 시간보다는 오랜만에 사형과 함께하는 이 순간이 무엇보다 소중했다.

"많이 는 것 같다. 태청검법은 몇 성까지나 익혔더냐?"

"이제 팔성을 바라보고 있습니다."

"역시 내 사제답다."

연운비의 얼굴에 만족스러운 미소가 스치고 지나갔다.

팔성이라면 운 자 배분의 사숙들이나 오를 수 있는 경지. 유이명이 산을 내려갈 당시만 해도 육성에 미치지 않았으니 얼마나 노력했는지 알수 있는 것이다.

"오랜만에 검이나 한번 섞도록 하자."

"예."

유이명이 짧은 대답과 함께 정중히 고개를 숙였다.

저벅저벅!

연운비가 앞장을 서고 유이명이 그 뒤를 따랐다. 그렇게 연무장 중앙으로 걸어간 사형제는 서로를 향해 검을 세웠다.

"이 비무는 내가 그동안 스승님께 배운 것을 너에게 전하고자 하는것, 최선을 다해야 할 것이다."

연운비의 표정이 진중해졌다. 그와 더불어 일신에서 느껴지는 기운 또한 달라졌다.

"명심하겠습니다."

그것을 느낀 유이명이 공손히 대답했다.

"오너라."

"그럼."

자세를 잡은 유이명이 부드럽게 검을 뻗쳐 갔다.

"단조롭다!"

일수.

강하게 내려친 연운비의 검이 공격해 들어오는 검로를 그대로 흐트러뜨렸다.

물러선 유이명의 검이 이번에는 폭풍처럼 빠르게 몰아쳐 갔다.

"빠르지만 힘이 없다!"

또다시 빈틈을 찾아드는 연운비의 검. 일순간 유이명의 얼굴에 당혹스러움이 스치고 지나갔다.

'이것이……'

유이명이 하산할 당시만 하더라도 연운비의 무공은 그리 높지 않았다. 비영검 유광 도인은커녕 동배의 문도들에게도 미치지 못하는 실력이었다. 유이명과의 격차는 그보다 컸다. 하지만 지금 느끼는 사형 연운비의 실력은 전력을 다하지 않는다면 장담할 수 없는 수준이었다.

"계속 가겠습니다."

오 년. 짧지 않은 시간이었지만 아무리 그렇다 하여도 이해할 수 없는 일이다. 유이명은 한 번 더 연운비의 실력을 보기 위해 검을 휘둘렀다.

쩌정!

웅장하면서도 쾌속한 검의 기세가 연운비를 압박해 들어갔다. 태청신공과 가장 잘 어울리는 것이 바로 태청검법. 그 위력에 있어서만큼은 상청무상검도를 능가하고 있었다.

쾅!

충돌음과 함께 유이명의 신형이 비틀거리며 두어 발자국 물러섰다.

"힘은 있지만 그것을 받쳐 줄 내공이 부족하다."

"다시 가겠습니다."

유이명은 자세를 달리했다.

그와 동시에 펼쳐지는 초식도 그것을 받쳐 주는 내공의 흐름도 바뀌었다.

캉! 카카카캉!

유이명은 그간 수련해 온 모든 초식들을 펼쳤다.

내공도 어느새 팔성 이상을 끌어올리고 있었다. 평범한 대련 비무라면 육성을 사용하는 것이 일반적이었다.

연운비의 자세도 신중해졌다. 이기고자 하는 욕심 따위는 없었지만 스승인 운산 도인에게 배웠던 그 모든 것을 이번 비무에서 보여주어야만 했다.

콰과과강!

몇 차례의 충돌과 함께 연운비도 반격에 나서기 시작했다. 수비만 하는 것으로 유이명을 상대하는 것은 버거웠고, 아직 전하고자 하는 것은 많았다.

일각.

결코 짧지 않은 시간.

그 시간 동안 사형제의 몸에서 흘러내린 땀방울은 소연무장을 뒤덮고 있었다.

"파하!"

세찬 기합성과 함께 틈을 발견한 연운비의 검이 매섭게 몰아쳤다. 잠시 신형이 흐트러진 유이명이 궁지에 몰렸다.

휘릭!

그것을 벗어난 것은 유이명의 순간적인 기지.

공격할 듯이 빠르게 검을 휘둘렀지만 신형은 어느새 뒤로 물러나 있었다.

분명히 어떤 깨달음에 있어서는 연운비가 앞서 있었지만 초식의 정확도나 경험, 감각은 유이명이 앞서 있었다. 다만 상대적으로 유이명이 조금 밀리는 것은 내공의 차이 때문이었다.

유이명의 내공이 부족하다기보다 연운비의 내공 수준이 동배에서 벗어나 있었다.

'후욱! 녀석아, 정말 훌륭하다.'

'언젠가 사형께서 해내실 것이라고 믿고 있었습니다.'

말은 없었지만 사형제는 서로의 눈빛으로 상대의 마음을 읽고 있었다.

"간다!"

연운비가 검을 치켜세웠다.

이제는 비무를 끝내야 할 시간이었다.

천운봉에서, 그리고 권왕과의 비무에서 얻은 모든 것을 보여주었다. 그럼에도 망설이며 끝내지 못하고 있는 것은 유이명에게서 느껴지는 분위기 때문이었다.

이대로 시간이 조금만 더 흐른다면 왠지 유이명이 또 다른 경지에 이를 것만 같았다.

'좋다.'

연운비는 이를 악물었다. 지금은 무리를 해서라도 유이명과 호흡을 맞춰주고 싶었다.

"곤륜의 검은 모든 것을 포용하는 대지와 같다!"

연운비의 입에서 일갈이 터져 나왔다.

우우웅!

검이 가는 대로 손이 움직였다. 의지보다 앞선 그것은 사제인 유이명을 생각하는 마음.

모든 것을 펼쳐도 부족하다는 것을 느낀 것일까?

이 순간 연운비의 손에서 펼쳐지는 초식들은 그가 알지 못하는 새로운 검로의 초입들이었다.

그것들을 받아들이고 있는 유이명에게도 변화가 일어났다.

희미하게 보이고 있던 길에 일광(日光)의 숨결이 닿았다.

파악!

처음 시야에 들어온 것은 알지 못하는 검로들.

낯설면서도 이상하게도 친숙하기에 받아들이기가 어렵지 않았다. 하지만 시간이 흐를수록 그런 검로들보다 강하게 와 닿는 것은 모든 것을 전해주고자 하는 연운비의 따스한 마음이었다.

쨍그랑!

어느 순간 정적을 깨는 소리와 함께 사형제의 몸이 무너져 내렸다. 한 사람의 손에는 여전히 검이 들려 있었지만 다른 한 사람의 손에는 그렇지 않았다.

차이점이라고도 할 수 있었지만 그보다 우선하는 것은 쓰러진 상황에서도 서로에 대한 걱정으로 간신히 고개를 일으키며 상대를 확인하고자 하는 모습.

눈을 마주친 두 사람의 고개가 떨구어졌다.

그런 두 사람의 입가에는 희미하지만 너무나 환한 미소가 그려져 있었다.

"휴! 대체 무슨 짓을 하신 건가요?"

정신을 차리면서부터 시작된 당비연의 질책에 유이명은 멋쩍은 얼굴로 머리만 긁적일 뿐 별다른 말을 하지 못했다.

"소연무장이 완전히 벌집이 되었더군요. 화약이라도 터뜨리신 거예요?"

한편에 누워 있는 연운비 때문에 목소리를 높이지는 못했지만 눈초리만은 매서웠다.

물론 매서운 눈초리 안에 담겨 있는 것은 분노가 아니라 사랑하는 사람을 걱정하는 마음이었지만 말이다.

"죄송합니다. 제가 괜히 비무를 하자고 하는 바람에……."

"아, 아니에요. 무슨 말씀이세요. 전 다만 걱정이 되어서……."

너무나 정중히 사과하는 연운비의 모습에 오히려 민망한 표정으로 당비연이 어쩔 줄 몰라 했다.

최대한 조용한 목소리로 말했지만 그것이 귀에 흘러들어 갔나 보다.

"비무를 하더라도 적당히들 하세요. 이러다간 두 분 몸이 남아나질 않겠어요."

비무가 끝나고 정신을 잃은 연운비와 유이명을 발견한 사람은 수련을 한다며 새벽부터 처소를 나간 유이명을 찾기 위해 분주히 걸음을 옮기던 당비연이었다.

평상시와는 다르게 시간이 걸리는 것을 이상히 여긴 당비연은 혹시나 하는 마음에 연운비가 묵고 있는 중앙각에서 가까운 소연무장으로 향했고, 죽은 듯이 쓰러져 있는 두 사람을 발견할 수 있었다.

놀란 마음에 급히 사람을 부르고 한바탕 난리법석을 피웠다.

다행히 두 사람의 몸에 이상은 없는 듯 보여 그나마 안심이 되었지, 그렇지 않았다면 당문 안에 있는 의원이란 의원은 모조리 불러들였을 터였다.

"아참, 이럴 게 아니라 식사라도 가져다 드려야겠네요."

그제야 두 사람이 아침도 먹지 않았다는 것을 상기한 당비연이 날랜 발걸음으로 식당으로 향했다.

"사형."

당비연의 기척이 사라지자 유이명이 조심스레 입을 열었다.

"왜 그러느냐?"

"고맙습니다."

당시에는 알지 못했지만 지금은 느낄 수 있었다. 또 다른 경지에 들려 하는 자신을 위해 사형인 연운비가 취했던 행동과 그 안에 들어 있는 그의 마음을.

"녀석, 사형제 사이에는 그런 말을 하는 것이 아니다."

"예……."

유이명이 멋쩍은 표정으로 머리를 긁적였다.

"언제 그렇게 익히신 겁니까?"

"글쎄, 잘 모르겠다. 그냥 어느 순간 이렇게 되더구나. 그건 그렇고, 나에게 거짓말을 했더구나."

"저, 그것이……."

돌연 유이명이 당혹해하며 말을 머뭇거렸다.

태청검법이 팔성을 바라보고 있다는 유이명을 말.

그것은 상대적으로 무공이 그리 높지 않았던 사형인 연운비를 생각해 조금 낮춰 말한 것이었다. 이미 유이명의 태청검법은 팔성을 넘어서 구성을 바라보고 있는 수준이었다.

"되었다. 팔성이면 어떻고 구성이면 어떠하냐? 중요한 것은 우리가 같은 문하의 사형제라는 사실이 아니겠느냐?"

어쩔 줄 몰라 하는 유이명의 모습에 연운비가 다른 곳으로 화제를 돌렸다.

"비무대회가 모레부터라고 하던데……."

"예. 이미 모든 문파에서 도착한 상황이고, 준비도 모두 끝났습니다."

"그거 다행이구나."

"본 문에서는 유광 사형이 나가기로 했다 합니다."

"들어서 알고 있다."

"사형께서 출전하시면 좋을 텐데……."

유이명은 아쉬운 마음을 금하지 못했다.

지금으로부터 팔 년 전,

오래된 일이었지만 유이명은 아직까지도 당시의 비무대회를 잊지 못하고 있었다.

당시 약관의 나이에 불과했던 연운비는 비무대회에 나가 예선전도 통과하지 못하고 떨어졌다. 그것도 모든 상대에게 수십 초 이상을 버티지 못하는 일방적인 패배였다.

얼마나 비웃는 사람이 많았던가.

곤륜 문도들조차 연운비와 동문인 것을 부끄럽게 여기고 마주치면 피해갔다.

그것이 너무 분해 한 번은 비무대 위에서 사형에게 모욕을 주었던 상대를 찾아가 검집으로 얼굴을 후려친 적도 있었다.

그럼에도 연운비는 인상 한 번 찌푸리지 않았고, 언제나 당당하게 상대를 맞이했다. 그랬던 사형이 이제는 자신조차 상대가 되지 않을 정도로 강한 무인이 되어 있다.

언제나 자랑스러웠던 사형. 그것은 지금 이 순간도 마찬가지였다.

"되었다. 그보다 이번 비무대회에 이상하게도 각 문파에서 많은 분들이 오셨더구나. 혹시 그 이유를 알고 있느냐?"

남궁세가의 가주를 비롯하여 산동악가와 진주언가의 가주, 진철도 팽악, 구파일방의 장문인이나 원로 등, 아무리 비무대회가 큰 행사라고는 하지만 그 신분을 본다면 모자람이 있었다.

"사실 그분들은 이번 비무대회 때문에 오신 것이 아닙니다."

잠시 머뭇거린 유이명이 말을 이었다. 함부로 말할 사안이 아니었지만 그 대상이 연운비라면 달랐다.

"사형께서도 들어보셨을 것입니다. 운남 묘독문이라고. 그들이 발호했습니다."

"지금 뭐라 했느냐?"

연운비의 두 눈이 부릅떠졌다.

웬만해서는 이런 모습을 보이지 않는 연운비였기에 그 놀라움이 어느 정도인지 가히 짐작할 수 있었다.

팔황(八荒)의 난.

백 년 전 일어났던 저주받을 이름.

세외의 여덟 세력이 힘을 합쳐 중원을 쳐들어온 것으로 시작된 팔황의 난은 무려 십 년이라는 시간을 끌며 중원 천지에 피바람을 불러일으켰다.

당시 죽은 강호인들의 수만 해도 수천. 그 피해를 복구하는 데에 걸린 시간이 오십 년이었다.

묘독문이 바로 그 팔황 중 한곳에 속해 있었다.

비록 팔황 중 세력은 가장 약하다고 평가받았지만 당문이나 천독문조차 두려워할 독으로 무장한 그들이었기에 어떤 면에서는 가장 두려운 존재라 할 수 있었다.

"하지만 그들이 발호했다는 소문은 들은 적이 없거늘……."

묘독문이 발호했다면 그 소문이 벌써 중원 천지를 뒤흔들고 있었을 터. 연운비로서는 이해할 수 없는 일이었다.

"당가와 아미, 청성에서 소문을 차단하고 있습니다. 덕분에 지금 운남으로 가는 상단이나 상인들은 모두 발이 묶인 상황이지요."

"묘독문만 발호한 것이더냐?"

"현재는 그렇습니다. 하지만 빙궁과 대막혈랑대의 움직임 역시 심상치 않은 상황입니다."

"배교나 포달랍궁의 움직임은 없다 하더냐?"

"그런 것 같습니다."

"그나마 다행이구나."

신강의 배교나 서장의 포달랍궁은 곤륜과 가장 가까이 붙어 있는 팔황의 세력들이었다.

　그것은 배교나 포달랍궁이 중원으로 들어오기 위해서는 곤륜을 넘어야 한다는 뜻. 걱정이 되지 않을 수 없었다. 물론 포달랍궁 같은 경우는 곧장 사천으로 넘어올 수가 있었지만 그래도 걱정이 되는 것은 매한가지였다.

　"어찌한다 하더냐?"

　"출정을 할 것 같습니다. 빙궁과 대막혈랑대의 움직임이 심상치 않아 섬서, 산서, 하남에서만 움직이지 못하고 있고, 그 외에 각파에서 은밀히 병력을 이동시키고 있는 상황입니다."

　사실 이것은 각파의 장로급 이상의 무인이 아니라면 결코 알 수 없는 사항들이었다. 유이명이 이러한 사실들에 대해 소상히 알고 있는 것은 전위대주라는 위치도 있었지만 묘독문 정찰에 책임자로서 갔다 온 이유 때문이었다.

　"당문에서는 어쩐다더냐?"

　"전위대와 암혼대가 출정할 예정입니다."

　"그럼 네가……?"

　"예, 저와 흑표(黑豹) 당철운 대주님이 책임자로 가게 되었습니다."

　"위험한 일인데……."

　연운비는 걱정이 되는 눈빛으로 유이명을 바라보았다.

　비록 유이명의 무공이 고강하다고는 하지만 상대는 다름 아닌 운남의 묘독문. 차라리 다른 곳이었다면 이렇게까지 마음이 불안하지는 않았을 터였다.

　비록 당문에서 중책은 맡고 있다지만 유이명이 독에 대해 배웠을 리 없었다. 직계라 하더라도 함부로 가르쳐 주지 않는 것이 당문의 독술이었다.

"출발은 언제더냐?"

"이십여 일 정도 남은 것으로 알고 있습니다. 아마 각파에서 보낸 병력이 모두 도착하는 때가 되겠지요."

유이명이 조심스럽게 대답했다.

"늦었지요? 만드는 데 시간이 조금 걸렸어요."

그 순간 당비연이 방문을 두드린 후 몇 명의 시비와 함께 방 안으로 들어왔다.

"어서 식사들 하세요."

"번번이 폐만 끼칩니다."

"별말씀을요. 차린 게 없어서 오히려 제가 민망하네요."

연운비가 먼저 자리에 앉자 유이명도 이내 자리에 앉아 식사를 시작했다.

연운비는 묘독문에 대해서 유이명에게 조금 더 물어보고 싶었지만 당비연이 자리에 함께 있는지라 말을 꺼낼 수 없었다.

"잘 먹었습니다."

"벌써 다 드셨어요?"

당비연이 입가심을 할 수 있도록 한 잔의 차를 따라주었다.

"그럼 저는 이만 가보겠습니다."

이런 저런 이야기를 나누다 시간이 적지 않게 흘러간 것을 느낀 연운비가 자리에서 일어났다.

"무슨 일이라도 있으십니까? 별일없으시면 저와 성도나 구경하시는 것이 어떻겠습니까?"

유이명이 성도를 구경시켜 주겠다며 말을 꺼냈다.

"아니다. 오늘은 위지 어르신을 찾아뵈어야 할 것 같구나. 다음에 같이 가도록 하자."

　　"알겠습니다."

　　"나오지 말아라."

　　연운비는 자리에서 일어나려는 유이명을 만류하고 걸음을 옮겼다.

第7章

천기는 죽음을 예고하고

제7장

당문 안에 위치한 송죽림(松竹林)은 당문의 노가주 암왕 당문표가 머무르고 있는 곳이자 당문의 삼대금지구역 중 하나이다.

금지라고는 하지만 다른 두 곳과는 다르게 실상 송죽림에 잘못 발을 들여놓았다고 해서 처벌을 받는다든지 하는 것은 아니었다. 다만 노가주이자 오왕 중 일인인 당문표가 머물고 있는 곳이기에 예의상 그렇게 부르는 것뿐이었다.

실제로 송죽림을 지키는 무사라고 해보았자 두어 명에 불과한 정도였다.

"멈추시오! 이곳은 아무나 함부로 들어올 수 있는 곳이 아니오!"

연운비가 송죽림에 들어서자 암중에서 송죽림을 지키고 있던 당문 무인 한 명이 길을 막아섰다.

"누구를 찾아오셨소?"

"연운비라 합니다. 권왕 어르신께서 이곳에 있다 하시어 찾아왔습니다."

"아! 연 소협이셨군요. 약속이 되어 있으십니까?"

당문 무인이 종전과는 다른 공손한 태도로 물었다.

이미 당문 내에서 연운비라는 이름 석 자를 모르고 있는 사람은 없었다.

타 문파 사람들이 단혼마창이나 권왕과의 비무로 알고 있다면 당문 사람들은 전위대주의 사형이라는 사실 때문에 잘 알고 있었다.

연운비는 알지 못했지만 유이명이 당문에 미치는 힘은 실로 적지 않았다.

당문 문주와 암혼대주인 흑표 당철운이 누구보다 신임하는 무인. 더구나 성격 또한 광명정대하고 수하들에게도 인기가 많아 따르는 무인이 많았다.

"약속은 되어 있지 않습니다만 어르신께서 찾아오라 하셨습니다."

"그러시군요. 잠시만 기다리시지요. 제가 전갈을 넣겠습니다."

당문 무인은 아직 모습을 드러내지 않고 있는 동료에게 전음을 날렸다.

"되었습니다. 들어오시라는군요."

잠시 후, 전음으로 전갈을 받은 당문 무인이 길을 비켜주었다.

"그럼."

연운비는 길을 따라 걸음을 옮겼다. 알싸하면서도 상쾌한 솔잎과 대나무의 향기가 금지라는 이름 때문인지 긴장하고 있던 연운비의 마음을 부드럽게 풀어주었다.

"어르신들을 뵙습니다."

한 채의 묘옥이 보이는 곳에 도착한 연운비는 그리 멀리 떨어지지 않은 곳에서 바둑을 두고 있는 당문표와 위지악을 볼 수 있었다.

연운비가 인사를 했음에도 삼매경에 빠져 있는 두 노인은 고개조차 돌리지 않은 채 바둑에 열중하고 있었다.

'기다려야 하나?'

연운비는 엉거주춤 두 사람에게 다가가 근처에 자리를 잡고 앉았다. 이대로 돌아갔다간 또다시 찾아오지 않았다며 날벼락을 맞을지도 모르는 일이었기에 어쩔 수 없었다.

탁! 탁!

조용한 가운데 바둑돌만이 놓여지는 소리가 울려 퍼졌다.

단 한 판에 불과했지만 워낙에 두 사람이 두는 속도가 느렸기에 바둑은 좀처럼 끝날 기미가 보이지 않았다.

별달리 할 일도 없는 상황인지라 연운비는 바둑판을 유심히 바라보았다.

바둑을 배운 지 얼마 되지 않아 그리 잘 두는 편은 아니었지만 그렇다고 못 두는 편도 아니었다.

"이런!"

어느 순간 위지악의 입에서 당혹스런 음성이 흘러나왔다.

그만 실착을 한 것이다.

기회를 잡은 당문표가 주저없이 돌을 놓았다.

단 한 수로 말미암아 좌측에 있는 대마가 다 죽게 생겼다. 도무지 빠져나갈 방도가 보이지 않았다.

"크흠, 한 번만 물리세."

방법이 없다고 여긴 위지악이 헛기침을 하며 슬며시 바둑판으로 빈손을 내뻗었다.

"어림없는 소리! 세상에 내기 바둑에서 물리는 것이 어디 있나?"

당문표는 들고 있던 부채로 위지악의 손을 가로막으며 단호히 거절했다.

"허! 그거 한 수도 못 물려주나? 나도 다음에 한 수 물려줄 터이니 물려주게."

"안 되네."

당문표도 필사적이었다. 그렇지 않아도 밀리고 있던 상황에서 간신히 잡은 기회를 포기하고 싶지는 않은 것이다.

"끄응……."

위지악이 장고에 들어갔다.

"바둑 두는 사람 어디 갔나?"

"조금만 기다리게."

아무리 용을 써보아도 도무지 방법이 없었다.

"좌측 대마를 압박하고 있는 우측 대마의 꼬리 부분을 자르시면 어느 정도 만회하실 수 있을 것입니다."

그 순간 연운비가 입에서 한마디 말이 흘러나왔다. 자신도 모르게 흘러나온 말이었다.

"옳거니! 그런 수가 있었구나!"

위지악의 표정이 환해졌다.

확실히 연운비가 말한 것처럼 둔다면 좌측 대마는 잃겠지만 상대 우측 대마에게 타격을 줄 수 있어 전체적인 형상으로는 큰 손해가 아니었다.

'아차!'

위지악의 표정은 환해졌지만 그와는 반대로 당문표의 안색은 흙빛으로 물들었다.

위지악의 입장에서야 좋겠지만 그 상대자인 당문표의 입장에서는 날벼락을 맞은 꼴이었다.

"죄송합니다. 저도 모르게……."

"아니, 죄송하다면 단가? 지금 이게 어떤 바둑인데!"

당문표가 버럭 소리를 질렀다.

평소 진중하다고 할 수 있는 당문표의 모습과는 거리가 멀었지만 그만큼 당문표의 기분이 좋지 않다는 뜻이기도 했다.

"커험! 뭐, 그럴 수도 있는 일 가지고 닦달하고 그러나. 그거보다 두던 바둑이나 마저 두세나."

"이 바둑은 무효일세!"

돌연 당문표가 손을 내저어 바둑판을 밀어버렸다. 바둑판 위에 올려져 있던 바둑알들이 와르르 떨어졌다.

"아니, 이런 법이 어디 있나?"

"그럼 내기 바둑에 훈수를 두는 것은 또 어디 있나?"

당문표는 조금도 물러서지 않은 채 눈을 치켜떴다.

"제가 두 분의 즐거움을 방해한 것 같습니다. 모쪼록 두 분께서는 화를 푸시지요."

연운비는 떨어진 바둑돌을 주워 담으며 두 사람에게 정중히 고개를 숙였다.

"크흠!"

"험험!"

당문표와 위지악도 그런 연운비의 모습에 차마 더는 화를 내지 못하고 헛기침을 흘렸다.

"할 말이 있으니 앉아라."

"예."

어느새 바둑돌을 다 치운 연운비가 두 사람의 앞에 앉았다.

"운산 도인께서 입적하셨다고 들었다. 사실이더냐?"

그간 운산 도인을 항상 말코도사라고 부르던 위지악이 진중한 표정으로 입을 열었다.

"그렇습니다."

"허!"

"이런 일이……."

누가 먼저랄 것도 없이 당문표와 위지악의 입에서 탄식이 흘러나왔다.

연운비가 운산 도인의 입적 사실에 대해 말을 꺼낸 지 하루밖에 되지 않았지만 워낙 중요한 사안이었던만큼 어느 정도 위치에 있는 사람들에게는 그 사실이 알려졌다.

"하필이면 이런 시기에……."

당문표의 얼굴이 침중히 굳어졌다.

"혹시 유 대주가 무슨 말을 하지 않던가?"

이들 사형제가 서로에 대해 어떤 감정을 가지고 있는지 대충이나마 알고 있던 당문표가 물었다.

"어떤……?"

"묘독문의 일 말일세."

"예, 어쩌다 보니 듣게 되었습니다."

잠시 고민한 연운비가 어쩔 수 없다는 표정으로 입을 열었다.

사천의 세 문파가 소문을 차단하는 것은 그만큼 묘독문의 일이 중대하다는 것을 의미했다.

아무리 사형제지간이라지만 사사로이 그런 비밀을 밝혔다는 것은 유이명에게 좋지 않은 영향을 끼칠 수도 있었다. 그렇다고 거짓을 말할 수도 없으니 연운비의 입장만 난처했다.

"어차피 자네도 알게 될 일이었으니 유 대주에게 문책이 있거나 하지는 않을 걸세."

그런 연운비의 마음을 알아차리기라도 한 듯 당문표가 담담한 목소리로 말했다.

"제가 알게 될 일이었다 하심은……?"

연운비가 조심스럽게 물었다.

소문을 차단하고 병력을 암중으로 이동시키고 있다 함은 이번 일이 끝날 때까지 이 일을 함구하겠다는 것이었다. 일개 곤륜 제자에 불과한 연운비가 그 사실을 알 이유가 없었다. 더구나 연운비는 이번 싸움에 참가하는 것도 아니었다.

"네놈도 이번 운남행에 참가하라는 뜻이다! 나이도 젊은 놈이 그렇게 말귀가 어두워서야 되겠느냐?"

위지악이 답답하다는 표정으로 소리쳤다.

"아!"

그제야 돌아가는 상황을 파악한 연운비가 짧은 탄성을 흘렸다.

"저… 죄송한 말이지만 저는 할 일이 있습니다."

"무슨 일이냐?"

위지악이 뜻밖의 연운비의 태도에 고개를 갸웃거리며 물었다.

그간 보아온 연운비의 성격이라면 거절하지 못할 것이라 생각했기 때문이다.

팔황 중 다른 다섯 곳과는 달리 묘독문과 대막혈랑대, 배교는 무림인뿐만 아니라 민간인에게도 살겁을 자행했다. 그 피해가 얼마나 컸으면 무림과는 될 수 있으면 충돌을 피하려고 하는 관에서조차 나섰을까.

그런 묘독문이 발호했다는 것은 운남을 비롯하여 근처 세력 범위에 들어 있는 사천, 귀주, 광서의 일반 백성들에게는 큰 피해를 끼칠 수 있다는 의미였다.

"급한 일인가?"

이번에는 당문표가 물었다.

"급한 일은 아닙니다만 저에게는 중요한 일입니다."

"무슨 일인지 들어볼 수 있겠나?"

"죄송합니다."

연운비는 고개를 저었다. 둘째 사제인 무악에 대해서는 가능한 한 말을 하지 않을 생각이었다.

"강요하는 것이 아니라 내가 자네에게 도움이 될 수도 있을 것 같아 이러는 것일세. 뭐, 자네가 참가하지 않는다면 내가 어쩌겠나? 유 대주의 사형이라니 남 같지 않아 도와주고 싶어 이러는 것이네."

"예."

한참을 망설인 연운비가 무엇인가를 결심한 듯 말을 꺼냈다.

"사람을… 찾고 있습니다."

"사람이라……. 누군가?"

"무악(武岳)이라 합니다."

혹시라도 이 일이 곤륜에 알려질 수도 있었기에 연운비는 차마 사제라고 말할 수 없었다.

"성은?"

"모르겠습니다."

"몰라?"

"사정이 있는지 말을 하지 않았습니다."

"그럼 특징 같은 것이 있으면 이야기해 주게."

"신장이 육 척 정도의 장신입니다. 무기로는 도를 사용하고 얼굴은 눈썹이 짙고 남자답게 생겼습니다."

"그게 단가?"

"그렇습니다."

연운비가 힘없는 표정으로 대답했다.

"사막에서 잃어버린 바늘 찾기로군."

한편에서 무엇인가 마음에 들지 않는다는 표정으로 상황을 주시하고 있던 위지악이 코웃음을 쳤다.

"보아하니 어디 있는지도 모르는 것 같은데 네놈이 무슨 수로 찾겠느냐?"

"그래도 해보는 데까지 해볼 생각입니다."

"가관이 따로 없군. 세상 물정에 어두워도 이렇게 어두운 놈이 있다니."

위지악은 정말 한심하다는 눈빛으로 연운비를 바라보았다.

강호인이라는 조건이 붙긴 했지만 단지 그와 같은 사항만으로 사람을 찾을 수 있다면 중원이 넓다 하지도 않을 터였다. 물론 어느 정도 이름이 알려진 사람이라면 모르겠지만 상황을 보아하니 그런 것 같지도 않았다.

"그럼 이렇게 하는 것이 어떤가?"

잠시 고민하던 당문표가 입을 열었다.

"자네는 일단 이번 전투에 참가하는 것으로 하고 그 일에 대해서는 내가 따로 조치를 취해주겠네."

"조치를 해주시겠다 하심은……?"

"자네가 알지 모르겠지만 개방의 태상장로와 내가 약간의 친분이 있다네. 내 부탁이라면 그 친구도 거절하지 못할 터, 자네 혼자 찾아다니는 것보다는 훨씬 낫지 않겠나?"

"그렇게만 해주신다면……."

연운비의 얼굴이 일순간 환해졌다.

그렇지 않아도 개방을 염두에 두지 않았던 것은 아니다. 하지만 연줄이 없는지라 마음에 두고만 있었다. 물론 사문인 곤륜을 통한다면 그리 어렵지 않은 일이었지만 그것은 있을 수 없는 일이었다.

만약 천하제일방이라는 개방의 정보력이 도와준다면 둘째 사제인 무악을 찾는 것도 불가능한 일만은 아닐 터였다.

"되었군. 그럼 그렇게 하는 것으로 알고 준비하도록 하게나. 출발은 이십여 일 정도 후가 될 걸세."

"알겠습니다."

연운비가 고개를 끄덕였다.

어차피 이번에 출정하는 유이명이 이상하게도 마음에 걸리던 터. 함께 간다면 조금이나마 마음을 놓을 수 있으리라.

"아, 또 한 가지. 이번 전투는 상대가 상대이니만큼 사, 마도의 세력에서도 병력을 보내오기로 하였다네."

"사, 마도의 세력이라면……?"

"귀주를 차지하고 있는 천독문과 광서성을 차지하고 있는 십팔도궁이네. 아마 유 대주가 이끄는 전위대는 그들과 합류하게 되겠지."

"한데 제가 참가한다 해서 큰 도움이 되겠습니까?"

연운비가 조심스럽게 물었다.

"자네는 아무래도 자네 자신의 능력에 대해 너무나 모르는 것 같군."

"무슨 말씀이신지……?"

"이 애송이 놈아, 당금 천하에 이패, 삼검, 오왕을 제외한다면 너를 상대할 수 있는 무인이 몇이나 된다고 보느냐? 내 생각엔 적어도 열을 넘지 않을 것이다. 물론 비슷한 정도라면 그보다 훨씬 많겠지만. 그런 네놈이 어찌 도움이 아니 되겠느냐!"

한편에서 보고 있던 위지악이 답답하다는 듯 큰 소리로 외쳤다.

"어찌 제 능력이 그 정도나 되겠습니까."

연운비는 천부당한 소리라는 듯 급히 고개를 숙였다.

하지만 실제로 위지악의 말은 결코 과장된 것이 아니었다. 연운비는 알지 못했지만 이미 그의 명성은 곤륜신검이라 하여 당문에 와 있는 사람들 사이에는 파다하게 알려져 있었다.

"답답해서 못 봐주겠군. 점심이나 하러 가세. 네놈은 그만 나가보거라."

위지악이 한차례 인상을 쓴 후 손을 내저었다.

"그럼 이만 나가보겠습니다."

연운비는 두 사람에게 읍을 한 뒤 신형을 돌려 송죽림을 벗어났다.

"잠깐 멈춰보게!"

일개 세가라고는 하지만 그 부지만 해도 수천 평에 달하는 큰 규모인지라 송죽림에서 나와 한참 길을 가고 있던 연운비는 등 뒤에서 들려오는 목소리에 고개를 돌렸다.

"저를 부르셨습니까?"

그곳에는 낡은 도포로 몸을 감싼 백발의 노인이 서 있었다.

"그럼 여기 자네 말고 다른 사람이 있나?"

노인은 퉁명한 말투로 연운비를 쏘아붙인 후 말을 이었다.

"이리 와보게."

"예."

연운비는 무슨 이유 때문에 부르는지는 알 수 없었지만 존장에 대한 예우로 따랐다.

"이상하단 말이야? 분명히 점괘에는 그다지 큰 문제가 없는데 어떻게 귀상(鬼相)이 서려 있을까?"

노인이 알 수 없는 말을 중얼거렸다.

"무슨 말씀이신지……."

"자네 이름이 어떻게 되나?"

"연운비라 합니다."

"연운비라⋯⋯."

노인은 품 안에서 무엇인가를 꺼내 흔들었다.

조그마한 호리병 같은 그것에는 이상한 글자가 잔뜩 적혀져 있는 쌀톨이 가득 들어 있었다. 노인은 몇 개의 쌀톨을 꺼내 그것에 적혀져 있는 글자를 읽었다.

"또 이러는군. 내 평생 동안 이런 일은 없었는데⋯⋯. 대체 왜 이러는지 알 수가 없으니⋯⋯."

"오늘 어르신의 몸 상태가 좋지 않은 것 같습니다. 푹 주무시고 나면 괜찮아지실 겁니다."

생전 처음 보는 사람을 붙잡다 놓고 귀상이니 뭐니 하며 무례한 행동을 하고 있는 노인이었지만 연운비는 얼굴조차 찌푸리지 않은 채 오히려 미소로 노인을 대했다.

"흠."

순간 노인의 눈빛이 묘하게 빛났다.

"자네는 내가 누군지 알고 있나?"

"모르겠습니다."

"한데 내 몸 상태가 어쩌니 하며 나를 우롱하는가?"

"예?"

"보아하니 의원도 아닌 것 같은데, 그럼 이것이 나를 우롱하는 처사가 아니고 무엇인가? 내가 지금 늙어서 점을 제대로 치지 못한다고 말하는 것이 아닌가?"

"그것이 아니라⋯⋯."

그런 의도를 가지고 말한 것은 아니었기에 연운비는 당황하며 급히 해명했다.

어느 정도 눈치가 있는 사람이었다면 노인이 뭔가 목적을 가지고 이러는 것인지를 짐작했겠지만 아쉽게도 연운비에게 그런 눈치는 없었다.

"여기 있었구먼. 정문을 지났다는 전갈을 받았는데 오지 않아 한참이나 찾았다네."

그 순간 한 노도인이 멀리서부터 다가왔다. 노도인은 노인이 무척이나 반가운 듯 얼굴 가득 미소를 머금고 있었다.

"길을 잃었네."

노인이 별거 아니라는 듯이 대꾸했다.

"허허, 자네가 길을 잃을 때도 있나? 정 아니 되면 점괘로 길을 찾으면 될 것이 아닌가?"

"내가 무슨 신선이라도 되는 줄 아는가? 큰 지리라면 몰라도 이런 전각들이 첩첩이 싸여 있는 곳에서는 불가능하다네."

"허허, 그런가?"

"그건 그렇고, 자네 마침 잘 왔네. 이놈이 가진 힘만 믿고 나를 사기꾼 점쟁이로 취급하니 자네가 혼을 좀 내줘야겠네."

노인은 돌연 얼토당토않은 말로 연운비를 몰아세웠다.

"어르신, 제가 언제……."

"정말 그랬나?"

노도인이 엄중한 목소리로 연운비를 꾸짖었다.

"이 친구가 장난을 치는 것 같으니 장단을 좀 맞춰주게나. 보아하니 곤륜 문하인 것 같은데, 나는 무당의 일학자라고 하네. 자네에게 해를 끼치려 이러는 것은 아닐 걸세."

연운비가 그것이 아니라고 변명하려는 찰나 노도인의 전음이 들려왔다.

"알겠습니다."

연운비는 감히 노도인의 부탁을 거절하지 못하고 전음으로 대답했다.

노도인의 입에서 흘러나온 일학자라는 말 때문이었다.

일학자(一鶴子)!

당금 무당파 장문인의 사숙으로 전대의 기인이었다. 무공보다는 각종 도리에 달통해 세인들의 존경을 받고 있는 도인이기도 하였다.

"자네, 보아하니 곤륜의 문하인 것 같은데 존장에 대한 예의가 형편없 군."

"정말 죄송합니다. 다음부터는 이런 일이 없도록 하겠습니다."

"더구나 사기꾼 점쟁이라니, 이 친구가 누구인지 알고 그런 허튼소리 를 하는 겐가?"

일학자는 언성을 높이며 연운비를 다그쳤다.

"귀곡신유! 귀곡자가 바로 이 친구라네."

"아! 귀곡자 어르신이셨군요?"

돌연 연운비의 안색이 환하게 밝아졌다.

귀곡자(鬼谷子)!

천하를 방랑하며 천문지리와 풍수, 기문둔갑에 달통하여 이 시대 최고 의 기인으로 불리는 인물이었다.

물론 단순히 그런 기인을 만났다 하여 연운비가 이리 반가워할 리는 없었다. 그보다는 귀곡자가 스승인 운산 도인과 막역지우(莫逆之友)라는 사실 때문이었다.

"스승님께 말씀은 많이 들었습니다. 연운비라 합니다."

"나에 대해 들었다고? 곤륜… 흠, 혹시 운산의 제자이더냐?"

"그렇습니다."

연운비가 고개를 끄덕였다.

"하남에서 보았을 때 제자를 두었다는 소리는 들었건만 그 제자가 벌써 이렇게 장성했을 줄이야."

귀곡자가 세월이 무상하다는 듯한 표정을 지으며 중얼거렸다.

"네 나이가 올해로 몇이더냐?"

"스물여덟입니다."

"후우, 그래도 이런 제자가 있어 운산이 가는 길에 마음만은 편했겠구나."

"알고… 계셨습니까?"

연운비가 놀란 눈빛으로 물었다.

조금 전 당문에 들어선 귀곡자가 벌써 소식을 접했다고는 생각할 수는 없는 일. 그것은 귀곡자의 일신 능력이 천기조차 읽을 수 있다는 뜻이다.

"천기가 운산의 죽음을 알리고 있어 최대한 서둘러 이곳으로 향하였거늘……. 어느 곳이더냐?"

"기련산 천운봉에……."

연운비는 차마 말을 끝마치지 못하고 고개를 떨구었다.

"평생에 걸쳐 다섯 명의 친우를 사귀었거늘 그중 셋이 덧없이 갔구나. 허허, 이제 내 차례도 멀지 않은 것인가……."

"이 사람, 무슨 말을 그렇게 하나?"

"아닐세. 사실 살기도 오래 살았지. 대체 나 같은 늙은이가 무슨 할 일이 있다고 지신께서 이렇게 오래 붙잡고 계시는지 모르겠네."

귀곡자가 힘없는 표정으로 중얼거렸다.

"손을 이리 줘보거라."

"예."

연운비가 공손한 태도로 손을 내밀었다.

"손금 역시 마찬가지. 점괘는 동일하다. 한데 얼굴에 서린 귀상은 무어란 말인가?"

종전과는 다른 신중한 태도로 귀곡자가 점괘를 짚기 시작했다.

처음 연운비를 불러 세웠던 것은 특이한 관상 때문이었지만 절친한 친우인 운산의 제자라는 사실을 알게 된 이상 철저히 밝히고 넘어가야 할 일이었다.

귀상이 서린 자는 죽을 운명이다.

아무리 귀곡자라 하여도 천기를 거스르며 하늘이 내린 죽음을 피하게 만들 방법은 없었다.

유일한 희망이라면 연운비가 단명할 상이 아니라는 사실이었다. 점괘에도 그렇게 나와 있고, 손금이나 성명 풀이로 보아도 역시 마찬가지였다.

"제(祭)를 올려야겠네. 자네가 좀 도와주게."

돌연 귀곡자가 짊어지고 있던 멍석을 깔고 봇짐에서 제를 올리는 데 필요한 간단한 도구들을 꺼냈다.

"이곳에서 말인가?"

"그렇다네."

"알았네."

귀곡자가 이런 일을 하는 데에는 필경 그만한 이유가 있을 터. 일학자는 순순히 승낙했다.

"제가 도와드리겠습니다."

"너는 아니 된다. 내가 지금 올리는 제는 너에 대해 알아보고자 하는 것. 당사자의 손이 탈 경우 자칫 무위로 돌아갈 수도 있다."

준비를 마친 귀곡자가 서북 방향으로 한 번의 절을 올린 뒤 무엇인가를 중얼중얼 읊기 시작했다.

그렇게 얼마나 지났을까.

마침내 귀곡자가 자리를 털고 일어났다.

"연운비라 하였더냐?"

"그렇습니다."

"본명이 아니구나."

"예?"

연운비가 영문을 모르겠다는 표정으로 반문했다.

"본명이 아니라 하였다."

"그럴 리가……."

연운비는 눈을 감고 기억을 되짚어보았다. 천애 고아였기에 확실히 기억이 나는 것은 아니었지만 적어도 기억이 나는 순간부터는 연운비라는 이름을 사용했다.

"내가 본명이 아니라 하는 것은 한 번 바뀐 적이 있다는 뜻이다. 너는 모를 수도 있겠지."

"본명을 알 수 있겠습니까?"

연운비가 떨리는 목소리로 물었다.

어쩌면 이번 일을 통해 얼굴도 보지 못한 부모님의 신분이나 자신의 신분을 알 수도 있는 일이었다.

"미안하지만 거기까지 알 수는 없구나."

"그렇군요."

조금은 풀이 죽은 목소리로 연운비가 대답했다.

"어쨌든 천신(天神)의 보살핌이 있는지 점괘가 나왔다."

"경청하겠습니다."

"운산은 죽었으니 예외로 치고… 지금 너에게 가장 소중한 사람은 누구이더냐?"

"제 사제들입니다."

연운비가 조금의 망설임도 없이 대답했다.

"사제들이라……. 한 명이 아니란 말이냐?"

"그렇습니다. 두 명의 사제가 있습니다."

"하면 그 둘 중 더 소중한 사람은?"

"두 사람 모두 소중합니다."

이번에도 망설임은 없었다.

"허."

귀곡자의 입에서 나지막한 한숨 소리가 흘러나왔다. 이래서야 점괘를 밝힐 방법이 없었다.

"그래도 한 사람을 고르라면 누구를 고르겠느냐?"

"……."

"어쩔 수 없군. 일단 점괘를 말해 주도록 하겠다. 네 얼굴에 서려 있는 귀상은 네가 아니라 너와 가장 가까운 사람이 곧 죽을 운명이라는 것을 의미하는 것이다."

"그것이……."

"어째서 그들 중 한 사람이 죽을 운명인데 귀상이 너에게 나타났는지는 모르겠지만 그렇게 알고 신경 쓰지 말도록 하여라."

"어르신!"

돌연 연운비가 무릎을 꿇고 머리를 조아렸다.

"이게 무슨 짓이냐?"

"신경 쓰지 말라니, 어떻게 그럴 수가 있겠습니까? 도와주십시오."

"도와달라니?"

"제 사제들을 살려주십시오."

죽을 운명이라니?

대체 이게 무슨 소리란 말인가?

청천벽력(靑天霹靂)과 같은 소리에 연운비가 멍석을 말고 있는 귀곡자의 도포 자락을 붙잡고 매달렸다.

"아무리 나라 해도 천기를 바꿀 능력은 없다. 그러니 그런 줄 알고 마음이나 단단히 먹고 있거라."

"제발… 이렇게 부탁드립니다. 제가 사제들 대신 죽겠습니다."

연운비의 눈가에 이슬이 맺혔다.

이럴 수는 없었다. 막내 사제인 유이명은 이제 결혼한 지 일 년도 되지 않은 신혼이었고, 둘째 사제인 무악 역시 이대로 죽기엔 너무 아까운 나이였다.

"네 마음이 가상키는 하다만 방법이 없다."

"어르신!"

도포 자락을 움켜쥐고 있는 연운비의 손에 힘이 들어갔다.

"정말 방법이 없는 것인가?"

연운비의 처지를 딱하게 여긴 일학자가 말문을 열었다.

"한 가지 방법이 있긴 한데……."

귀곡자가 말꼬리를 흘리며 힐끗 연운비를 바라보았다.

"그것이 무엇입니까? 무슨 일이든 제가 할 터이니 제발 가르쳐 주십시오!"

연운비가 간절한 표정으로 물었다.

"흠, 보통 귀상이 본인에게 직접 나타난 경우에는 대라신선이 와도 생명을 구할 수 없다. 하지만… 귀상이 너에게 나타났다는 것이 유일한 희망이다."

"희망이라 하시면……."

"네가 그들의 죽을 운명을 구해주는 것이다. 물론 그로 말미암아 네가 죽을 수도 있겠지."

"하겠습니다!"

연운비가 큰 소리로 대답했다.

"아직 내 말이 끝나지 않았다. 또 한 가지 중요한 사실은 나로서도 이 것은 어디까지나 처음 겪어보는 일이기에 확신할 수 없다는 것이다. 그 래도 하겠느냐?"

"조금의 가능성이라도 있다면 하겠습니다! 방법을 가르쳐 주십시오!"

"허!"

결국 귀곡자의 입에서 한차례 탄식이 흘러나왔다.

일말의 머뭇거림도 없었다.

아무리 우애가 깊은 사형제지간이라고 하지만 그래도 엄연한 타인인 사제들을 위해 이렇게까지 하는 사람이 있을 것이라고는 생각하지 못했 다.

"하지만 문제는 단순히 그것만이 아니다."

"무슨 말씀이십니까?"

"내가 너에게 물었던 말을 기억하느냐? 분명 너는 소중한 사람이 둘이 라 했다. 점괘만 가지고는 그들 중 누가 죽을 운명인지 밝혀낼 수 없다."

"그런……."

연운비의 표정에 당혹한 기색이 역력했다.

"누구를 택하겠느냐?"

"……."

연운비는 차마 대답을 할 수 없었다.

"어서 대답을 하거라."

귀곡자가 재촉했다.

'무악아, 미안하다.'

마음 약한 연운비의 눈에서 한 방울의 눈물이 떨어져 내렸다.

이 상황에서 무악을 택할 수는 없었다.

어디에 있는지도 모를뿐더러 얼마 후면 유이명이 전위대를 이끌고 묘독문과 싸움을 하기 위해 출정한다. 필시 위험이 있을 것이고, 귀상은 막내 사제 유이명의 것이 유력했다.

더구나 무악의 무공은 지금의 연운비와 비교해도 떨어지지 않는 수준이었다.

산에 올라왔을 당시에도 상당한 무공을 지니고 있었고, 하산할 당시에는 스승인 운산 도인을 제외한다면 곤륜에 적수가 없을 정도였다.

하나 얼마 전 손속을 섞어본 유이명의 수준은 그에 미치지 못했다. 무승부라 생각할 수도 있었지만 만약 처음부터 이기고자 마음먹었다면 상황은 달라졌을 것이리라.

"막내 사제를 택하겠습니다."

연운비는 떨리는 목소리로 간신히 대답했다.

"좋다. 그럼 방법을 가르쳐 주마. 귀상이 서린 자는 빠르면 보름, 늦어도 삼 개월 안에는 반드시 죽는다. 귀상은 사고에 의한 급살을 의미한다. 병마나 수명이 다한 것과는 다르지. 네가 삼 개월이라는 기간 동안 네 막내 사제 옆에 붙어다니며 네 얼굴에서 귀상이 사라졌을 때 네 사제 역시 죽음을 면할 수 있을 것이다."

"제 얼굴에서 귀상이 사라진 것을 어떻게 확인할 수 있겠습니까?"

"이 부적을 목에 걸고 있거라. 귀상이 사라지는 날 부적 역시 사라질 것이다."

귀곡자가 품 안에서 한 장의 부적을 꺼냈다.

"울컥!"

연운비가 부적을 받아 실에 꿰어 목에 걸고 있을 무렵 돌연 귀곡자가 한 움큼의 검붉은 선혈을 토해냈다.

"어르신!"

"괜찮다. 쓸데없는 말을 좀 했더니 천신께서 노하신 모양이다."

귀곡자는 부축하기 위해 다가오는 일학자와 연운비을 저지한 후 호흡을 골랐다.

"괜히 저 때문에……."

"허허, 아니다. 어차피 내가 살면 얼마나 더 살겠느냐."

귀곡자는 자상한 미소를 지으며 말을 이었다.

"사제를 생각하는 네 마음이 갸륵해 한 가지 도움을 주겠다. 위험이 닥쳐왔을 때 이 말을 기억하도록 하여라. 살고자 하면 죽을 것이요, 죽고자 하면 살 것이다."

"명심하겠습니다."

연운비가 고개를 깊숙이 숙이며 대답했다.

"이제 나는 천운봉으로 향할 것이다. 너와 나의 인연은 이것으로 끝났으니 향후 다시는 나를 보지 못하리라."

귀곡자는 말을 마친 후 그대로 몸을 돌려 사라졌다.

축지법이라도 펼쳤는지 어느새 귀곡자의 신형은 뒷모습조차 보이지 않았다. 무공을 익히지 않았다는 점을 감안하면 실로 이해할 수 없는 일이었다.

"이 친구, 겨우 얼굴만 간신히 보았거늘……."

몇 마디 말조차 제대로 나누지 못하였거늘 어느새 멀어져 가는 귀곡자를 보며 일학자가 아쉬운 감정을 감추지 못하고 탄식을 흘렸다. 이제 헤어지면 언제 다시 볼지 모르는 일이었다.

"연운비라 했던가?"

"그렇습니다."

"오늘 자네 덕분에 새로운 눈으로 세상을 볼 수 있었네. 훗날 호북을 지날 일이 있다면 무당에 들러 나를 찾아오도록 하게. 귀곡자가 자네와

의 인연이 끝났다고는 했지만 왠지 나와의 인연은 지금부터인 것 같으
니. 허허허."

　일학자는 자애스러운 미소가 함께 연운비의 어깨를 한차례 두드린 후
발걸음을 돌렸다.

第8章

강호인의 길을 택하다

제8장

당문에서 개최하는 비무대회가 시작되었다.

참가자는 모두 이백여 명.

구파일방을 비롯하여 오대세가, 정도에 속한 명문에서는 모두 참가자를 보내왔다.

이백여 명 중 본선에 올라갈 수 있는 인원은 열여섯. 그전까지 참가자는 예선이라고 할 수 있는 다섯 번의 싸움을 거치게 된다. 그중 한 번이라도 패한 사람은 본선에 올라갈 수 없다.

"사형이 나가셨으면 정말 좋았을 텐데……."

본선 진출자 열여섯 명을 바라보고 있는 유이명의 얼굴에 아쉬움이 가득하다.

그중 곤륜의 문도인 유광 도인의 모습도 보였지만 그것은 오히려 아쉬움을 가중시킬 뿐이었다.

"그런 말 하지 말아라. 그렇지 않아도 이전 비무에서 유광 사제 대신 내가 출전하여 본 파의 명예를 실추시켰던 것을 생각하면 부끄러울 따름이다."

"부끄럽다니요? 아닙니다. 당시 사형은 너무나 당당하셨습니다. 제가 보았던 사형의 모습 중 그날만큼 멋져 보인 적은 없었습니다."

유이명이 말도 되지 않는 소리라는 듯 강하게 항변했다.

"녀석."

연운비는 말없이 유이명의 어깨를 한 번 두드려 주었다.

"유광 사형이 저기에 계시는군요."

유이명이 열여섯 명의 참가자 중 가장 끝에 서 있는 유광 도인을 가리켰다.

사 년마다 개최하는 비무대회에는 각 문파에서 오직 세 명만이 출전할 수 있었다.

본시 유광 도인의 실력이라면 진작에 참가했어야 하지만 배분을 중시하는 곤륜에서는 연운비를 비롯해 배분이 높은 몇 명을 먼저 출전시켰고, 전 대회에서도 다른 사람을 출전시켰다.

"대진표를 보아하니 유광 사형께서 준결승전까지는 무난히 올라가실 수 있을 것 같습니다."

"그렇구나."

유광 도인의 첫 번째 상대는 산동악가의 청협 악소방. 비록 실력을 본 적은 없지만 강호의 평판으로 본다면 악소방은 유광 도인의 상대가 아니었다.

"이번 대회를 위해 특별히 네 분의 공증인(公證人)을 모셨습니다."

진행자가 네 명의 공증인을 소개하자 장내에 열화와 같은 함성과 박수가 쏟아졌다. 전 대회와는 다르게 공증인들의 신분이 엄청난 것이 그 이유였다.

산동악가의 악단명을 비롯해서 화산의 청양 진인, 아미의 매영 신니, 진철도 팽악 등 유명하지 않은 사람이 없었다.

"이것은 어디까지나 순수히 무공을 겨루는 비무대회입니다. 어쩔 수 없는 상황이라 하더라도 실수를 사용한 것이 밝혀지면 여러 공중인들의 합의 하에 탈락이 되겠습니다. 그럼 첫 번째 비무를 시작합니다."

진행자가 큰 소리로 두 명의 참가자를 호명했다.

남궁세가의 무유검 남궁도와 산서 태원방의 소방주 이후운이 그들이었다.

비무대회는 열흘에 걸쳐 시행된다.

예선전을 제외한다면 본선은 삼 일. 결승전까지 올라가기 위해서는 모두 세 번의 비무를 이겨야 했다.

"이게 누구야? 아주 오랜만에 보는 얼굴인걸?"

인적이 없는 멀리 떨어진 곳에서 연운비와 유이명이 담소를 나누며 비무대회를 구경하고 있을 무렵 어디선가 싸늘한 목소리가 울려 퍼졌다.

"오랜만입니다."

고개를 돌려 목소리의 주인공을 확인한 연운비가 가볍게 고개를 숙였다.

"보아하니 비무대회에 참가하러 온 것 같지는 않고, 구경이나 하러 왔나 보군. 하긴 일각도 버티지 못하고 떨어졌는데 창피해서라도 나올 수 없었겠지."

얼굴에 깊은 흉터가 있는 사내는 바로 천수신검 막이랑. 팔 년 전 있었던 비무대회에서 연운비를 모욕해 유이명에게 검집으로 얼굴을 얻어맞은 자였다.

"얼굴의 흉터가 늘어나고 싶지 않다면 말을 조심해라."

유이명의 눈에 한광이 번뜩였다.

다른 일이라면 몰라도 사형인 연운비를 무시하는 말만은 참을 수 없었다.

"죽고 싶어 환장을 했구나."

막이랑도 기죽지 않고 유이명을 노려보았다.

"죽고 싶다라? 네 실력으로 말이냐? 함부로 날뛰지 마라. 지금 너와 나는 격이 다르다."

"이놈이!"

비웃음에 가까운 유이명의 말을 들은 막이랑의 전신에서 살기가 흘러나왔다.

실제로 전위대주라는 유이명의 신분이라면 아무리 구룡이라도 해도 후기지수의 위치에 있는 막이랑과는 차이가 있었다.

"그만 하시지요. 예전 일은 사고였습니다. 이명아, 너도 그만 하거라."

마치 칼부림이라도 날 것 같은 분위기에 연운비가 두 사람을 만류했다.

"네놈은 빠져 있어라. 나한테 이십 초도 버티지 못했던 놈이 뭐가 잘났다고 충고까지 하는 것이냐?"

"다시 한 번 경고한다. 사형을 모욕하지 마라."

막이랑을 노려보고 있는 유이명의 전신에서도 살기가 흘러나오기 시작했다.

"여기들 계셨군요."

그 순간 천상신녀 유사하를 비롯해 몇 명의 사람들이 멀리서부터 웅성거리며 다가왔다.

"어머, 막 소협도 계셨네요?"

"사형, 한참 찾았어요."

일행 중 막이랑을 알아본 악소유와 동문인 화산의 설중화 허약란이 반가운 기색을 보이며 손을 흔들었다.

"운이 좋았다고 생각해라. 다음에 만나면 결코 이렇게 넘어가지만은 않을 것이다."

보는 시선이 많아지자 막이랑이 살기를 거두며 물러섰다.

"내가 할 소리를 하는군."

유이명 역시 살기를 거두고 물러났다.

다른 사람들을 보아서가 아니라 연운비가 이 자리에 있다는 이유에서였다.

그제야 분위기가 그다지 좋지 않은 것을 알아차린 일행의 안색이 급격히 굳어졌다.

아무리 비무대와는 어느 정도 떨어진 곳이라고는 하나, 만에 하나 이런 소란이 벌어진 것을 문파 장로들이 알기라도 한다면 날벼락이 떨어질 터였다.

"막 형, 나와 저리로 가십시다. 내일 대회도 치러야 하는데 이래서야 되겠소?"

평소 막이랑과 친분이 있는 팽도웅이 잡아끌다시피 하며 막이랑을 데리고 다른 곳으로 향했다.

"명심해라. 다신 내 눈에 뜨이지 말아라. 그때는 이렇게 곱게 넘어가지 않을 것이다."

그렇게 마지못해 몇 걸음을 끌려가던 막이랑이 연운비와 유이명을 매섭게 노려보며 한마디 한 후 고개를 돌렸다.

"곱게 넘어가지 않을 것이라고?"

순간 유이명의 눈에서 불길이 뿜어져 나왔다.

모욕을 당한 것이 혼자라면 참겠지만 그 대상이 연운비까지 포함된다면 사정이 달라진다.

"더 이상 봐줄 수가 없구나. 소연무장으로 가자. 네 실력이 얼마나 보 잘것없는 것인지 느끼게 해주마. 이것은 어디까지나 정당한 비무, 이들 이 공증인이 되어줄 것이다."

"흥! 아쉽지만 나는 내일 비무가 있는 몸이라 그럴 수 없다. 물론 너 따위에게 상처를 입을 리야 없겠지만 그래도 만에 하나 조금이라도 부상 을 입는다면 나만 손해이지 않겠느냐?"

막이랑이 가당치도 않다는 듯 코웃음을 쳤다.

스르릉!

"검을 뽑아라! 아니면 너는 이 자리에서 죽는다!"

검을 쥔 유이명의 전신에서 흘러나오는 기세가 달라졌다.

종전까지는 위협에 불과한 기세였다면 지금은 상대를 죽이고자 하는 살기였다.

"이놈이!"

막이랑도 달라진 유이명의 기세를 느끼고는 검으로 손을 가져갔다.

"아니, 이게 무슨 짓인가!"

그 순간 멀리서부터 이상한 분위기를 감지한 흑표 당철운이 목소리를 높이며 다가왔다.

"유 대주, 어서 검을 넣게. 자네도 마찬가지고."

당철운이 초조한 표정으로 말했다.

다행히 아직 누구의 눈에는 띈 것 같지는 않았지만 혹여 각 문파의 장문인이나 가주들의 눈에 띄기라도 한다면 엄중한 문책을 각오해야 했 다. 유이명을 조카처럼 아끼는 당철운으로서는 그런 일을 바라지 않았 다.

"어서!"

하나 두 사람은 당철운의 호통에도 서로 한 발자국도 물러서지 않은 채 매서운 눈빛으로 상대를 바라보고 있었다.

"이명아, 지금 뭐 하는 짓이더냐? 언제부터 네가 이리 막무가내가 되었더냐!"

보다 못한 연운비의 입에서 대성이 터져 나왔다.

"스승님은 우리를 이렇게 가르치지 않으셨다! 네가 어찌 스승님의 얼굴에 먹칠을 한단 말이냐!"

"죄송합니다. 제가 그만 순간의 감정을 참지 못하고 우를 저질렀습니다."

연운비까지 나서자 유이명은 어쩔 수 없다는 듯 고개를 숙인 후 검을 집어넣었다. 하지만 막이랑을 바라보는 매서운 눈빛만은 수그러들지 않았다.

"무슨 일이냐? 왜 이리 시끄러운 게냐?"

그 순간 울려 퍼진 목소리. 그것은 장내를 싸늘한 적막감에 빠져들게 만들었다.

터벅터벅!

목소리가 울려 퍼진 곳에서는 당문의 노가주이자 오왕 중 일인인 당문표가 권왕 위지악과 함께 느릿한 걸음걸이로 다가오고 있었다.

'이런……'

'맙소사!'

장내에 있던 그 어느 누구도 감히 함부로 입을 열지 못했다. 그나마 다행인 점이라면 검을 집어넣은 상태인지라 얼버무린다면 조용히 넘어갈 수도 있다는 사실이었다.

하지만 이어지는 당문표의 말에 장내에 있던 사람들은 그것이 얼마나 헛된 생각인지 깨달을 수 있었다.

"검까지 들었던 것을 보면 필경 연유가 있었을 터, 말해 보거라."

"이자가 제 사형을 모욕했습니다."

유이명이 조금의 망설임도 없이 대답했다.

"유 대주, 흥분을 가라앉히고 진정하게. 더 이상 일을 크게 벌여서는 아니 되네."

당철운이 급히 전음으로 유이명을 만류했다.

노가주 당문표가 고작 비무대회나 구경하러 나왔을 리 만무하니 그야말로 운이 없어 지나가던 길에 눈에 띄었다고 말할 수밖에 없었다.

"먼저 검을 뽑은 것은 네놈이다!"

막이랑도 지지 않고 맞섰다.

"헐, 언제부터 강호인이 말로써 일을 해결했지? 그렇게 서로 싸우고 싶어 안달이 났으면 주둥아리만 처놀리지 말고 검을 뽑아라."

상황을 지켜보고 있던 위지악의 입에서 터져 나온 냉소.

그것은 그렇지 않아도 이를 갈고 있던 두 사람에게 기름을 들이부은 격이었다.

"뽑지 않을 생각이냐?"

"자네 왜 이러나? 지금은 비무대회 중이라네."

당문표가 눈살을 찌푸리며 위지악을 만류했다.

만약 지금 싸움이 일어난다면 당문의 얼굴에 먹칠을 하는 것. 후일 따로 불러 문책을 한다면 모를까 지금 상황에선 당문표로서도 일을 크게 만들고 싶지 않았다.

"저놈들의 꼬락서니가 보이지 않나? 마지막 경고다! 두 놈 다 싸우지 않으면 내 손에 죽을 줄 알아라!"

위지악이 주먹을 움켜쥐었다.

"후우!"

당문표도 이제는 포기한 듯 한숨을 내쉬며 고개를 설레설레 내저었다.

적어도 그 누구보다 위지악에 대해서 잘 알고 있는 당문표였다. 이럴 경우 위지악은 그 누구라 해도 말릴 수 없었다.

'이런 일이…… 괜히 나 때문에 사제가 피해를 입겠구나.'

연운비 역시 마음속으로 한숨만 내쉬며 안타까운 마음으로 상황을 지켜볼 수밖에 없었다.

위지악이 나선 이상 연운비가 두 사람의 싸움을 말릴 경우 그것은 위지악을 무시하는 처사가 되어버린다.

"소연무장으로 가자."

그래도 어느 정도 상황을 인지하고 있는 막이랑이 장소를 옮기자고 제안했다. 비무대와 어느 정도 떨어진 곳이라고는 하지만 이곳에서 싸움을 벌인다면 이목이 집중되지 않을 수 없었다.

더구나 벌써 상당수의 사람들이 이상한 낌새를 눈치채고 이곳을 바라보고 있는 판국이었다.

"좋다!"

유이명도 순순히 막이랑의 의견에 동의했다.

"다른 놈들은 따라올 필요 없다. 당사자들만 따라오도록 해라."

유이명과 막이랑이 소연무장으로 향하고 일행이 그들을 따라가려 하자 위지악이 그것을 제지했다.

"네가 다른 놈들이 따라오지 못하도록 조치해라."

"알겠습니다."

그렇지 않아도 일이 이 이상 커지지 않도록 하려 마음먹고 있던 당철운이 짧은 한숨을 내쉬며 대답했다.

"가세."

오직 연운비의 동행만을 허락한 위지악이 당문표와 함께 소연무장으로 향했다. 연운비가 힘없는 표정으로 그들의 뒤를 따라 발걸음을 옮겼다.

잠시 후 소연무장에 도착한 유이명과 막이랑이 서로를 노려보며 연무장 한가운데에 자리를 잡았다.

"그렇지 않아도 이 빚은 꼭 갚고 싶었는데 잘되었다. 오늘 빚을 갚아 주마."

막이랑이 얼굴에 새겨져 있는 흉터를 매만지며 먼저 검을 뽑아 들었다.

"그때나 지금이나 너는 내 아래다."

"이놈!"

비웃는 듯한 유이명의 말투에 막이랑의 눈에서 시퍼런 한광이 번뜩였다.

명문 정파 화산의 제자라고는 볼 수 없는 수양심이었지만 그만큼 유이명에게 가지고 있는 감정이 좋지 않다는 뜻이기도 했다.

"지금 뭐 하는 짓거리들이냐?"

그 순간 위지악이 어처구니가 없다는 표정으로 입을 열었다. 자연 두 사람의 시선이 위지악에게로 향할 수밖에 없었다.

"왜 너희 두 놈이 싸우고 있는 것이냐?"

"자네 또 무슨 트집을 잡으려 이러나?"

당문표가 이제는 완전히 체념한 듯한 표정으로 위지악을 바라보았다.

"트집이라니? 그게 무슨 소린가? 나는 당연히 저 두 놈이 싸우는 것이라 생각하고 있었네."

위지악은 손가락으로 연운비와 막이랑을 가리켰다.

"시비를 걸었으면 응당 그 상대가 나와야지 옆에 있는 놈이 왜 나서느냐?"

"이것은 제 싸움입니다. 왜 사형을 들먹이십니까?"

억지와 다름없는 위지악에 말에 유이명이 목소리를 높이며 항변했다.

"너는 자존심도 없는 녀석이더냐?"

평소 위지악의 성격대로였다면 당장 주먹이 나가도 시원치 않을 일. 하지만 특이하게도 위지악은 눈살만을 한 번 찌푸린 뒤 시선을 연운비에게 돌리며 큰 소리로 외쳤다.

"강호에 나왔으면 강호인으로서 지켜야 할 것이 세 가지 있다. 첫째는 신념이요, 두 번 째는 신의, 세 번째가 명예다. 어떠냐? 너는 강호인이더냐?"

"저는……."

머뭇거리며 대답을 하려던 연운비는 돌연 입을 다물었다.

'내가 강호인이었던가?'

머리 속에 여러 가지 생각이 맴돌았다.

강호에 나오기는 했지만 아직까지 강호인이라는 사실이 실감이 나지 않았고, 확신 또한 서지 않았다.

실제로 지금까지의 비무 중 연운비가 원해서 행한 비무는 없었다. 항상 수동적인 상태에서 비무를 치러왔다.

"싸움은 피하는 것만이 능사가 아니다! 사문과 사제들은 끔찍이 생각하는 녀석이 제 놈이 당한 모욕은 참는구나! 이제 보니 너는 곤륜의 문도가 아니었구나!"

계속되는 위지악의 호통. 그것은 연운비의 마음에 조금씩 변화를 가져오고 있었다.

"저는… 강호인입니다."

한참을 고민하던 연운비가 숨을 들이쉬며 대답했다.

검선지로(劍仙之路)!

도(道) 대신 검(劍)을 택했다.

도를 추구하는 도인이 되고자 했다면 갖지 않았을 목표.

그것은 연운비가 이루고자 했던 것이며, 무엇으로도 대신할 수 없는 꿈이었다.

"사제, 이 비무는 내가 대신하도록 하겠다. 아니, 본시 내 비무였으니 내가 하도록 하겠다."

연운비가 굳은 표정으로 걸음을 옮겼다.

조금은 뜻밖이라는 모습으로 연운비를 지켜보고 있던 유이명이 말없이 길을 비켜주며 물러났다. 강요가 아닌 사형 스스로가 원한다는 사실을 느낀 것이다.

"곤륜의 연운비, 화산의 막 소협에게 정식으로 비무를 신청합니다."

"천수신검 막이랑, 비무에 응하겠소."

검을 손에 쥔 연운비. 그의 전신에서 뿜어져 나오는 기세에 막이랑의 태도도 달라졌다.

'이건 마치……'

거대한 산악을 대하는 기분.

막이랑의 본능이 말하고 있었다, 상대는 전력을 다해도 자신할 수 없는 고수라는 것을.

스르르릉!

거친 쇠 울음소리와 함께 두 사람의 손에서 검이 뽑혀져 나왔다.

"파하!"

선공을 가한 것은 막이랑이었다. 전신을 조여오는 연운비의 기세를 감당하지 못한 것이다.

화산의 절기 중 하나인 매화검법(梅花劍法)이 막이랑의 손끝에서 펼쳐졌다. 천수라는 호칭이 무색하지 않을 정도로 막이랑의 검은 빠르고도 화려했다.

대여섯 개의 매화가 연운비의 전신을 노리고 쇄도해 들었다. 연운비는 검을 횡으로 세워 차분히 막이랑의 공격을 막으며 틈이 보이는 곳으로 검을 내려쳤다.

"헛!"

막이랑이 헛바람을 들이키며 급히 뒤로 물러섰다.

틈이 있다고는 생각한 적이 없었다.

단 일 수. 하지만 상대는 너무나 쉽게 허점을 파고들며 공격해 왔고, 그것을 막을 마땅한 방법이 없었다.

파파팟!

물러섰던 막이랑의 공격에 변화가 일었다.

신행백변(神行百變).

화산의 또 하나의 절기.

막이랑의 신형이 빠르게 움직이며 연운비의 주위를 맴돌았다. 검법과 보법이 절묘한 조합을 이루며 연운비를 압박해 들어갔다.

"호오, 잘난 척만 하는 화산의 놈팡이도 제법 쓸 만한 제자를 키워냈는걸?"

종전과는 전혀 다른 모습을 보이는 막이랑을 보며 위지악이 제법이라는 듯 나직한 감탄성을 흘렸다.

화산검성(華山劍星)!

천하삼검(天下三劍) 중 일인이자 막이랑의 스승. 그가 아니라면 누가 저만한 제자를 키워낼 수 있었을까.

구룡 중 제일이라 불리기에 손색이 없을 만큼 막이랑의 보법과 검법은 훌륭했다.

쩌정!

하지만 안타깝게도 상대는 막이랑의 수준으로는 어찌할 수 없는 거대한 벽이었다. 연운비는 너무나 쉽게 막이랑의 공세를 차단하며 무용지물로 만들어 버렸다.

"이익!"

막이랑은 지금 이 현실을 도저히 믿을 수가 없었다.

십칠 초. 연운비를 처음 상대했을 때 막이랑이 펼친 초식의 숫자이다. 그런 상대에게 이토록 허무하게 패한다는 것은 있을 수 없는 일이었다.

물론 팔 년이라면 짧지 않은 시간이다.

하지만 막이랑 역시 그 시간 동안 오직 수련에만 몰두해 왔고, 광도 무하태와 함께 구룡 중 최고라는 찬사를 들어왔다.

지금 이대로 물러선다는 것은 막이랑의 모든 것을 부정하는 것이나 다름없었다.

이를 악문 막이랑의 얼굴에 자색의 기운이 감돌았다. 자하신공(紫霞神功)을 극성으로 끌어올렸을 때 일어나는 현상이었다.

쐐애애액!

매화만개(梅花滿開).

매화검법의 후팔식 중 하나.

아직 완벽히 익히지 못한 초식이었지만 막이랑은 그것을 펼침에 있어 조금의 주저함도 없었다. 그것을 가능하게 만든 것은 바로 긍지와 자존심이었다.

열둘… 스물넷…… 매화의 숫자가 끊임없이 늘어만 갔다.

그와 동시에 막이랑의 눈에 핏발이 솟으며 입과 코에서 검붉은 선혈이 흘러나왔다. 과도한 내력의 운용과 능력이 미치지 못하는 초식을 펼친

대가였다.

멈춰야 했다. 막이랑도 그것을 알고 있었고, 지켜보던 모든 사람들도 그것을 인지하고 있었다.

그러나 그 순간 막이랑이 택한 것은 검을 쥔 손에 힘을 더하는 것.

죽더라도 포기할 수 없는 그것은 바로 무인으로서의 의지였다.

마침내 매화의 숫자가 서른여섯 개로 늘어났을 때 그것은 화산의 또 하나의 전설이 이루어지는 순간이었다.

주르륵.

막이랑의 눈에서 한줄기 눈물이 흘러내렸다.

그 스스로도 느끼고 있었다. 그간 무엇인가에 막혀 있던 장벽이 사라지고 새로운 세상이 열렸다는 것을.

그간 조금은 수비적인 입장을 보였던 연운비가 앞으로 나서며 검을 휘둘렀다. 이대로 부딪친다면 양패구상(兩敗俱傷) 이상의 결과를 만들어내기 어렵다는 것을 인지한 까닭이다.

우우우웅!

한줄기 흔적없는 바람인 양 부드럽게 뻗어나간 검이 무수한 검화와 부딪치며 충돌을 일으켰다. 꽃잎이 날리듯 매화의 숨결이 하나둘씩 꺾여져 나갔다.

초식은 알지 못했지만 느낌만은 익숙했다. 부딪침이 이는 곳에서도 잔상이 생기는 것은 기의 동화. 그것을 가능하게 만든 것은 연운비가 한 번 겪은 길이라는 사실이었다.

퍼펑!

마침내 모든 매화가 떨어졌을 때 더 이상 막힘이 없는 연운비의 검이 막이랑의 목줄기로 날아들었다.

"사형!"

"위험하다!"

누가 먼저랄 것도 없이 비무를 지켜보고 있던 세 사람의 입에서 경악성이 터져 나왔다.

이대로라면 필경 막이랑의 목숨은 끊어질 터. 위지악과 당문표가 발을 박차며 날아올랐다. 하지만 이미 연운비의 검은 지척에 이른 상황. 막기엔 늦은 감이 있었다.

질끈!

모든 힘을 소진한 막이랑이 눈을 감았다. 원하는 것을 얻었기에 아쉬운 것은 없었지만 다만 한 가지, 그동안 쓸데없는 것에 집착하고 있었다는 사실만이 마음에 걸렸다.

"이번 비무에서는 제가 이긴 것 같습니다."

그 순간 눈을 감고 있는 막이랑의 귓가에 한줄기 따스한 목소리가 들려왔다.

"……."

막이랑이 눈을 떴을 때 볼 수 있는 것은 어느새 검을 집어넣고 포권을 취하는 연운비의 모습이었다.

"휴우!"

"놈, 간 떨어질 뻔했다."

모두가 막이랑의 목이 떨어질 것이라 생각했다. 그만큼 연운비의 검은 진중했고, 막강한 기세가 담겨 있었다.

하나 검은 막이랑의 목에서 반 치 앞에 멈춰 선 채 미동조차 하지 않고 있었다.

"훗날 기회가 된다면 다시 한 번 비무를 할 수 있겠습니까?"

마음이 열리면 그릇 또한 달라진다.

막이랑은 무인이 보일 수 있는 가장 정중한 태도로 포권을 취하며 입을 열었다.

"물론입니다. 곤륜의 문은 언제나 열려 있으니 같은 길을 가는 도우의 방문을 어찌 거절하겠습니까."

연운비가 담담한 미소를 지으며 답했다.

"오늘 비무에서 적지 않은 것을 배웠습니다. 또 다른 검의 길을 가르쳐 준 연 형에게 감사를 드립니다."

천수신검 막이랑. 그가 후기지수라는 껍질을 벗어던지고 진정한 무인의 반열에 올라서는 순간이었다.

회상

십오 년 전

회상

어느 날 스승님이 두 눈망울이 너무나 커다란 소동 한 명을 데려오셨다.

귀여웠다. 내 사제란다.

그동안 나보다 키가 무려 두 뼘은 더 크고 수염까지 난 징그러운 무악 사제를 보다 보니 그렇게 귀여울 수가 없었다.

"넌 이름이 뭐니?"

"이명(理明)⋯⋯."

내가 묻자 소동은 고개를 푹 수그리며 대답했다.

부끄러움을 많이 타는 성격 같았다. 말을 하면서도 눈은 땅바닥을 보고 있었고 얼굴은 붉게 물들어 있었다.

"성은?"

"유이명이에요."

"멋진 이름이구나. 나는 연운비라고 해. 앞으로 잘 지내보자."

"예……."

"나는 올해로 열네 살이야. 너는 몇 살이니?"

"열둘."

조금 놀랐다. 열 살도 되지 않았을 것이라는 내 생각과는 다르게 이명의 나이는 그보다 훨씬 많았다.

"열둘? 정말이야?"

"예."

"많이 먹어야 되겠구나. 헤헤, 걱정하지 마라. 이래 뵈도 내가 이 근방의 지리는 훤하거든. 매일 맛있는 과일들이랑 나물들을 잔뜩 가져다줄게. 헤헤."

나는 신이 나서 목소리를 높였다.

"운비야, 그동안 심심하지는 않았느냐?"

그 순간 스승님과 이야기를 끝낸 운영 사숙께서 방에서 걸어나오셨다.

"사숙님, 잘 다녀오셨어요?"

"녀석, 오늘도 흔들바위에 올라갔다 왔느냐?"

운영 사숙은 내 머리를 쓰다듬어 주시며 자애로운 미소를 지으셨다.

"예, 거기 있으면 이상하게 마음이 편해지거든요."

"허허, 그래도 위험한 곳이니 항상 조심해야 한다."

"알고 있어요."

"새로온 사제와 잘 지내도록 하여라. 하긴 너라면 그런 말을 할 필요도 없겠지."

"헤헤."

"그래, 나는 이만 가보마."

"살펴가세요, 사숙님!"

나는 어느새 저만치 걸어가고 있는 운영 사숙의 등 뒤에 대고 큰 소리로 외쳤다.

"이리 와봐."

"예?"

"이리 와보라고. 재미있는 것을 보여줄게."

"아……."

그제야 내 말뜻을 이해한 이명이 나에게로 다가왔다.

"이것 가지고 있어."

"이게 무엇인데요?"

"헤헤, 이름은 나도 모르겠어. 그냥 심심할 때 내가 나무에서 따서 먹는 요깃거리인데 이걸로 녀석들을 불러낼 수 있거든.

"녀석들이라면……?"

"있어. 와보면 알아."

나는 이명을 데리고 숲으로 조금 들어갔다.

"자, 그것을 나처럼 이렇게 손바닥에 내밀어봐."

나는 품속에서 조그만 나무 열매를 꺼내 손바닥에 올려놓고 팔을 쭉 내밀었다.

찌르르르륵!

그와 동시에 어디선가 나지막한 울음소리와 함께 무엇이 나뭇잎을 건드리며 다가오는 소리가 울려 퍼졌다.

"뭐, 뭔가 오고 있어요!"

"겁먹지 마. 우릴 해치지는 않을 테니. 뭐, 물론 그럴 수도 없겠지만."

나는 웃으며 이명을 안심시켜 주었다.

잠시 후, 몇 마리의 다람쥐가 나무에서 뛰어내려 내 어깨에 올라타고 얼굴을 비벼댔다.

"어어……?"

이명은 다람쥐를 처음 보는 듯 놀라움을 감추지 못하며 귀여운 두 눈을 동그랗게 뜨고 있었다.

"귀엽지?"

"그게 무슨 동물이에요?"

"다람쥐야. 여기서는 볼 수 없던 녀석들인데 어떻게 하다 보니 이곳에 정착하게 됐나 봐. 내가 이 녀석들 중 다친 녀석이 있어 치료해 주었는데 그때부터 이렇게 친해지게 됐어."

"그거 만져 봐도 돼요?"

이명이는 무척이나 신기한 듯 연신 다람쥐를 주시하고 있었다.

"음, 아직은 안 돼. 이놈들이 너와 익숙하지 않아서 놀라 도망갈 수가 있거든."

"네."

"하하, 하지만 그렇게 실망하지 마. 너도 조금만 있으면 나처럼 이놈들과 친해지게 될 거야. 일단 이 녀석들에게 먹이를 줘보도록 해봐. 그것이 가장 쉽게 친해질 수 있는 길이니까."

"어떻게 하면 돼요?"

"내가 아까 준 그 나무 열매 있지? 그것을 나처럼 이렇게 손바닥에 올려놓고 팔을 내밀어."

"이렇게요?"

이명은 내가 시키는 대로 따라 했다.

"응, 잘했어. 이제 곧 녀석들이 먹이를 먹기 위해 너한테 갈 거야. 하지만 그렇다고 해서 녀석들을 만지면 안 돼. 그럼 바로 도망갈 수도 있거든."

"알겠어요."

이명은 고개를 끄덕이며 대답했다.

끼리리릭!

얼마 지나지 않아 나무 열매를 모두 먹어치운 다람쥐들은 먹이가 떨어지자 일제히 이명의 손에 있는 나무 열매를 쳐다보았다. 하지만 낯선 이명의 모습에 경계심을 느꼈는지 좀처럼 다가설 생각을 하지 않았다.

"얘들아, 저거 보이지? 저걸 먹도록 해. 나는 더 이상 가진 것이 없단다."

말이 통하는 것은 아니었지만 나는 이명의 손에 올려져 있는 나무 열매를 가리키며 다람쥐들을 쓰다듬었다.

끼륵! 끼르륵릭!

다람쥐들은 내가 말하고서도 한참 동안 나에게서 떠나가려 하지 않았다.

하지만 나에게서 더 이상의 먹이가 없다는 것을 알아차린 다람쥐들은 하나둘씩 이명에게 다가가기 시작했다.

"우와!"

결국 다람쥐들은 이명의 손에 올려져 있는 먹이에 대한 욕심에 낯선 사람에 대한 경계심을 잊어버리고 이명의 몸을 타고 올라가 먹이를 물었다.

이명은 다람쥐가 몸을 타고 올라오는 것이 신기한지 감탄성을 연발했다.

"사형, 이거 보세요. 다람쥐들이 제 몸을 타고 올라와요."

"응."

나는 기분이 좋아져 나도 모르게 실실 웃음을 흘렸다.

그것은 조금 전 이명이 나에게 했던 사형이라는 한마디 말 때문이었다.

'사형이라……. 헤헤.'

"어라?"

그 순간 먹이를 문 다람쥐들이 곧장 이명에게서 도망쳐 나에게로 돌아왔다.

먹이를 물자 낯선 사람에 대한 경계심이 본능적으로 다시 느껴진 것이다.

"웅!"

찰나간이었지만 이명의 얼굴이 울상으로 변했다. 그것을 본 나는 이명의 마음을 풀어주기 위해 입을 열었다.

"너무 아쉬워하지 마. 이 녀석들이 아직 너를 잘 몰라서 그래. 앞으로 차차 친해지면 되잖아? 안 그래?"

"네."

위로는 했다지만 그다지 기분이 풀어지지 않았는지 이명이 힘없는 목소리로 대꾸했다.

"많이 서운한가 보구나. 좋아, 그럼 이렇게 하도록 하자. 오래는 아니지만 이 녀석들을 만져 보게 해줄게. 어때?"

"헉! 정말요?"

"그럼. 대신 잠깐만이야."

"예!"

이명이 활기찬 목소리로 힘차게 대꾸했다.

"자, 어느 녀석으로 할까?"

나는 내 몸을 타고 이리저리 돌아다니는 다람쥐 중 나와 가장 친한 다람쥐를 물색해 슬며시 손으로 잡았다.

"잠시만 참도록 하렴. 대신 나중에 좋은 먹이를 구해다 줄게."

나는 다람쥐를 쓰다듬으며 이명에게 다가오라는 손짓을 취했다.

"자, 만져 봐."

"놀라지 않을까요?"

"내가 잡고 있어서 괜찮을 거야."

다람쥐는 조금은 불안했는지 몸을 살짝 떨고 있었지만 그래도 심하게 반항하지는 않았다.

"우와! 너무 부드러워요!"

다람쥐를 쓰다듬어 본 이명이 신기한 듯 벌어진 입을 다물지 못했다.

"그렇지?"

"전 언제쯤 이 녀석들과 친해질 수 있을까요?"

"서로 마음이 통한다면 그리 오래 걸리지 않을 거야. 그건 그렇고, 이제 그만 이 녀석을 놓아주어야 할 것 같아. 괜찮겠지?"

"네, 아쉽지만 다음에 기회가 또 있으니까요."

이명이 고개를 끄덕이며 대답했다.

"자, 이제 그만 가보렴. 다음에 또 보자꾸나."

나는 다람쥐를 땅바닥에 내려놓으며 손을 흔들었다. 다른 녀석들도 몸에서 떼어놓았다.

오랜 시간 나와 함께 있었기에 내 행동이 무엇을 뜻하는지 알고 있던 다람쥐들은 아쉬운 모습을 뒤로하고 빠른 몸놀림으로 나무 위로 올라갔다.

"사형은 산에 올라오신 지 얼마나 되었어요?"

어느 정도 나에게 마음을 터놓은 이명이 궁금하다는 표정으로 나에게 물었다.

"음, 한 육 년 정도? 근데 정식으로 입문한 지는 아직 이 년밖에 되지 않았어."

"아, 그렇군요?"

그제야 이해를 한 이명이 고개를 끄덕이며 계속 물었다.

"그럼 아까 그 처소에서는 이제 스승님과 사형, 저 셋이 지내는 것인가요?"

"아니, 한 명이 더 있어."

"한 명이라면······?"

"무악 사제. 지금은 수련을 하러 연무동에 들어가 있어 보이질 않는 건데 너는 둘째 사형이라고 부르면 될 거야."

"무악 사형은 나이가 어떻게 되세요?"

"좀 많아. 나도 정확히는 잘 모르는데 아마 나보다 열 살 정도는 많을 거야."

"헉!"

이명이 놀란 모습을 감추지 못하며 경악성을 흘렸다.

"그런데 어떻게······."

"왜 내가 무악 사제라고 부르냐고?"

"네."

이미 이런 질문이 나올 것이라 생각하고 있었기에 나는 아무렇지도 않다는 모습으로 대답했다.

"그게… 나이는 많지만 무악 사제가 내가 입문하고 한 달 정도 지났나? 아무튼 그 정도쯤 해서 산에 올라왔어. 그래서 내가 사형이 된 거지."

"그렇군요."

"내가 사형이지만 무악 사제보다는 무공이 많이 약해서 도움을 많이 받는 편이지. 헤헤."

비록 나이가 많다고는 하지만 어쨌든 사형의 입장에서 말하기에는 부끄러운 일이기에 나는 얼굴을 붉히며 입을 열었다.

"어라? 놀다 보니 시간이 벌써 이렇게 되었네? 자, 이만 돌아가도록 하자. 스승님께서 기다리시겠다."

"그래요, 사형."

그렇지 않아도 오랜 시간 산을 탄 탓에 조금은 피곤했던 이명이 손에 묻은 먼지를 털어내며 말했다.

나는 이명을 이끌고 그렇게 처소로 돌아왔다.

그것이 나와 이명의 첫 만남이자 정식으로 사형제가 된 첫 번째 날이었다.

*　　　　*　　　　*

이명이가 산에 올라온 지 일 년이라는 시간이 흘렀다.

적지 않은 시간이었던 만큼 많은 변화가 있었고, 그중에서 가장 큰 변화는 우리가 머물고 있던 곳을 떠나 명운봉에 새 처소를 꾸렸다는 것이다.

명운봉은 무악 사제가 대부분의 시간을 보내고 있는 연무동과 가까운 곳이었고, 아마도 스승님은 그 이유 때문에 처소를 옮기신 것 같았다.

"하압!"

이명이가 내지른 날카로운 기합성이 산봉우리에 울려 퍼지며 메아리를 타고 되돌아왔다.

"잠깐 멈춰봐."

"사형, 왜요?"

"응, 틀린 부분이 있어서."

조금 떨어져서 수련을 하고 있던 나는 틀린 부분을 지적해 주기 위해 이명이에게 다가갔다.

"어느 부분이요?"

"삼초에서 사초로 연결되는 부분에서 허리를 조금 더 뒤로 빼고 왼쪽 발에 힘을 더 실어봐."

"이렇게요?"

"아니, 내가 직접 시범을 보여줄게."

나는 이명이에게 조금 물러나 있으라고 한 뒤 이명이가 틀린 부분을 최대한 느리게 보여주었다.

"아하! 사형, 제가 한 번 해볼게요."

다른 것은 몰라도 이명이는 검술에 있어서만큼은 본 문의 어느 누구보다 자질이 뛰어났다.

비록 늦게 입문한 탓에 내공이 조금 부족했지만 시간이 흐르고 노력을 한다면 그 정도 차이는 어렵지 않게 따라잡을 수 있을 것이다.

"이렇게 하는 거 맞죠?"

"그래, 잘했어."

나는 싱긋 웃으며 이명이를 칭찬해 주었다.

"이명이는 정말 검술에 소질이 있구나."

"뭘요. 아직 멀었는데요."

"아니야. 나만 해도 거기까지 배우는 데 삼사 년은 족히 걸렸는데, 정말 잘하고 있는 거야."

나는 대견하다는 표정으로 이명이를 추켜세웠다.

"자, 오늘은 여기까지만 하자."

어느새 서산 너머로 기울기 시작하는 해를 보며 내가 말했다.

"벌써요?"

"이제 들어가서 저녁을 먹고 방 청소도 해놔야지. 스승님께서 돌아오실 시간이 되었잖아."

"아, 맞다. 오늘이 스승님께서 오시는 날이었지?"

이명이는 그제야 기억이 났다는 듯 짧게 탄성을 흘렸다.

"한데 스승님은 어디 가신 거예요? 무슨 일 때문에 산을 내려가신 거라고 들었는데……."

"응, 이번에 속가제자였던 분이 표국을 하나 여시는데 마침 친분이 있는 사이라 그곳에 가셨어."

"그렇군요."

"그건 그렇고, 오늘로써 네가 산에 올라온 지도 벌써 일 년째가 되는 날이구나."

"알고 계셨어요?"

이명이는 뜻밖이라는 표정으로 나를 쳐다보았다.

"물론이지. 설마 내가 그것도 모를 것이라 생각했어?"

"헤헤."

이명이는 쑥스러운지 얼굴을 붉히며 머리를 긁적였다.

"자, 가자."

"예."

나는 앞장을 서서 명운봉 봉우리에서 내려와 처소로 향했다.

처소 근처에도 검술 연마할 곳은 충분했지만 산길을 걷는 것 또한 일종의 수련이었기에 나와 이명이는 항상 명운봉 꼭대기에서 검술을 연마했다.

"오늘도 무악 사형은 연무동에서 나오지 않으시는 건가요?"

"아마도 그럴 거야. 보통 연무동에 들어가면 짧게는 열흘에서 길게는 보름 정도 있으니까."

"무악 사형도 보고 싶은데……."

일순간이었지만 이명이의 얼굴에 조금 아쉬운 빛이 스치고 지나갔다.

그 이유를 알고 있는 나는 빙그레 웃으며 이명이의 머리를 한차례 쓰다듬었다.

"왜? 무악 사제가 잡아 구워주는 토끼 고기가 먹고 싶어서?"

"아, 아니에요."

마음을 들킨 것이 부끄러웠던 것일까?

이명이는 세차게 고개를 저으며 아니라는 듯 항변했다.

"매일 벽곡 하고 채식만 하니 힘들지?"

"……."

"괜찮아. 나도 지금은 익숙해졌지만 처음 일이 년간은 힘들어서 상당히 고생했거든."

"사형도 그러셨어요?"

슬그머니 내 눈치를 보며 이명이가 물었다.

"응, 물론이지."

"사실 조금 힘들기는 해요. 한데 스승님께선 참 이상하세요."

"이상하다니?"

"무악 사형은 고기를 먹어도 아무런 말씀도 하지 않으시잖아요. 그런데 사형이나 제가 먹으면……."

"하하, 스승님께서는 이미 무악 사제가 그런 것에 신경을 쓰지 않아도 될 정도라 하셨어."

"그게 무슨 소리예요?"

"움… 나도 잘은 모르겠는데 무공이 어떤 일정 이상의 경지에 이르면 큰 상관이 없는 것 같아. 물론 벽곡을 하면 더 좋겠지만 하지 않아도 큰 상관은 없는 건가 봐."

"그렇군요."

"왜, 고기가 먹고 싶어?"

"조금요."

이명이가 기어들어 가는 목소리로 대답했다.

"하하, 그럼 오늘은 너와 내가 만난 지 일 주년이 되는 기념일이니까 내가 한번 토끼를 잡아 구워줄게."

그 모습이 너무나 귀여웠던 나는 큰 소리로 웃으며 대답했다.

"헉! 정말요?"

"물론이지."

"하지만 사형은 한 번도 그런 것을 잡아본 적이……."

"아니야. 네가 몰라서 그렇지 나도 예전에는 고기가 먹고 싶은 적이 있어 무악 사제를 졸라 사냥하는 법을 배워두었어."

"우와!"

이명이는 신이 난 듯 입을 크게 벌리며 웃음을 감추지 못했다.

"자, 스승님께 들키면 혼나니까 서두르도록 하자."

"네, 사형!"

내가 앞장서 숲으로 향하자 이명이는 힘찬 걸음걸이로 내 뒤를 따라왔다.

"아직 멀었어요?"

"이제 조금만 더 가면 돼."

무슨 이유 때문인지는 모르겠지만 명운봉 근처에는 동물들이 그다지 많이 살고 있지 않았다.

물론 골짜기 깊은 곳으로 들어가면 다른 어느 곳보다도 많은 동물들이 살고 있었지만 그곳에는 늑대나 곰 같은 위험한 동물도 있었기에 조금 떨어진 곳으로 갈 수밖에 없었다.

"자, 이제부터는 조금 조용히 해야겠다."

"이 근처에 토끼가 사는 거예요?"

"응, 예전에 이곳에 왔을 때 본 적이 있어."

나는 나직한 목소리로 대답했다.

"조심해. 이제부터 소리 내면 안 돼."

이명이 알겠다는 듯 힘차게 고개를 위아래로 끄덕였다.

"저기 있다."

나는 한곳을 가리키며 이명이의 귓가에 대고 속삭였다.

이명이는 고개를 두리번거리며 내가 손짓한 곳을 유심히 쳐다보았다. 하지만 수풀에 가려 잘 보이지가 않는지 아직 발견하지 못한 모습이었다.

"덩굴 옆에 오른쪽 아랫부분을 잘 봐. 보이지?"

"앗! 저기였구나!"

그 순간 토끼를 발견한 이명이가 큰 소리로 외쳤다.

파파팟!

그와 동시에 그 소리를 들은 토끼는 귀를 쫑긋 세우며 세차게 우리가 있는 반대 방향으로 뛰기 시작했다.

"아차!"

그제야 자신의 실수를 알아차린 이명이가 탄식을 흘렸다.

"괜찮아. 아직 잡을 수 있어."

나는 걱정하지 말라고 이명이를 안심시킨 후 토끼가 도망간 곳으로 내달려 갔다. 비록 도망은 쳤다 하지만 이 정도라면 충분히 잡을 수 있는 거리였다.

타타타타!

자기의 목숨이 걸려 있다는 사실을 본능적으로 느낀 것일까?

토끼는 혼신의 힘을 다해 방향을 이리저리 비틀며 도망갔고, 덕분에 추격전은 상당히 길어졌다.

"사형, 어디 계세요?"

조금 처진 이명이 소리치는 소리가 등 뒤에서 들려왔다.

"이쪽이야!"

나는 큰 소리로 대답하면서 계속해서 토끼를 뒤쫓아갔다.

그렇게 추격전을 반 각 정도 벌였을 무렵, 나는 마침내 조금씩 지쳐 가고 있는 토끼를 내 돌팔매질의 사정거리 안에 들어오게 만들 수 있었다.

쐐액!

나는 주저없이 미리 준비해 두었던 돌을 재빨리 토끼에게 던졌다.

픽!

아쉽지만 첫 번째 공격은 토끼가 갑작스레 방향을 튼 탓에 나무에 박히며 무위로 돌아갔다.

타타타타타!

기겁을 한 토끼는 언제 그랬냐는 듯 다시 질주하기 시작했다.

"어림없다!"

나는 다시 정조준을 하여 돌멩이를 던졌다.

퍼억!

이번에는 돌멩이가 정확히 토끼의 뒷다리에 명중했다. 토끼는 상당한 충격을 받았는지 그 자리에 쓰러져 조금씩 꿈틀거릴 뿐 도망가지 못했다.

"이 녀석! 어딜 도망가려고!"

나는 재빨리 토끼가 쓰러진 곳으로 달려가 토끼의 두 뒷다리를 낚아채 허공으로 들어 올렸다.

"헉헉! 사형, 잡으셨어요?"

"물론이지."

나는 보란 듯이 토끼를 이명이 앞으로 내밀었다.

"어, 사형! 피가 나요? 상처를 입으신 거예요?"

그 순간 이명은 내가 팔을 내밀자 두 눈을 동그랗게 뜨며 놀란 표정을 지었다.

"응? 어디?"

토끼를 쫓느라 나뭇가지에 긁힌 적이 있어 그곳에서 피가 나다 보다라고 생각했던 나는 팔을 이리저리 훑어보았다.

"아, 이거? 이건 내 상처에서 흘러내린 피가 아니라 이 토끼에게서 흘러나온 피야."

"휴, 다행이네요."

"자, 그럼 이제 토끼도 붙잡았으니 돌아가서 이 녀석을 구워 먹도록 하자."

"그래요, 사형."

이명이는 신이 난 표정으로 힘차게 대답했다.

"응… 한데 사형."

"엉?"

내가 소매에 묻은 피를 나뭇잎에 문지르고 처소로 향하려 하자 한참 동안 토끼를 지켜보고 있던 이명이가 나를 불러 세웠다.

"그거 그냥 놔주면 안 될까요?"

이명이는 어느새 정신을 차리고 도망치려고 몸부림치고 있는 토끼를 가리켰다.

"왜?"

간신히 잡은 것인지라 이해할 수 없던 내가 물었다.

"좀 불쌍해서요. 보아하니 아직 다 크지도 못한 것 같고……."

"그래?"

나는 토끼를 번쩍 들어 올렸다.

아무리 살펴보아도 이미 다 자란 놈이었지만 이명이가 그렇게 말하는데 마땅히 대꾸할 말이 없었다.

"그리고 생각해 보니 오늘 스승님께서 돌아오시는 날인데 괜히 들키기라도 한다면 혼이 날 것도 같고요."

"하하, 그럼 그렇게 하도록 하자."

나중에 한 말은 토끼를 놓아주고 싶어서 한 핑계라는 것을 알았지만 나는 그것을 모른 척하며 그러겠다고 대답했다.

"죄송해요. 괜히 변덕 부려서……."

"아니야. 그럼 잠시만 기다려."

"왜요?"

"다친 놈을 그냥 돌려보낼 수는 없잖아. 간단한 치료라도 해주어야지."

"아……!"

그제야 내 의도를 이해한 이명이 고개를 끄덕였다.

나는 품 안에서 부상을 대비해 가지고 다니는 금창약을 상처가 난 토끼 다리에 발라주고 천을 조금 찢어 그곳을 싸매주었다.

"자, 이제 됐다."

치료를 다 마친 나는 토끼를 땅바닥에 내려놨다.

다다다다!

토끼는 땅바닥에 내려서자마자 뒤도 돌아보지 않고 풀숲으로 뛰어들었다.

"앞으로는 절대 잡히지 말아라."

이명이는 도망치는 토끼에서 손을 흔들었다.

그 모습이 너무나 귀여워 보였던 나는 말없이 미소를 흘렸다.

"자, 이제 그만 돌아가도록 하자. 정신없이 달리다 보니 이렇게 먼 곳까지 와버렸네?"

토끼를 추격하느라 다른 곳에 신경을 쓰지 못했던 나는 상당히 깊은 숲 속까지 들어왔다는 것을 깨닫고 서둘러 이명이를 데리고 발걸음을 재촉했다.

그렇게 몇 걸음이나 갔을까?

크아아아아!

울부짖는 소리와 함께 무엇인가가 우리 쪽으로 달려오는 것이 느껴졌다.

"사, 사형, 이게 무슨 소리죠?"

이명이는 불안한지 내 손을 움켜쥐며 몸을 떨었다.

"서둘러! 어서 도망쳐야 해!"

나는 울부짖는 소리가 누구의 것인지 이내 알아차릴 수 있었다.

그것은 혈랑.

최근 이 근처에 살고 있던 불곰을 쫓아내고 정착한 흉포한 혈랑의 것이었다.

스승님께서는 혹시 모를 혈랑의 위협에 대비해 놈을 먼 곳으로 쫓아보내려 했지만 새끼를 밴 어미가 함께 있어 그렇지 못했다며 항상 혈랑을 조심하라 말씀하셨다.

그것을 잠시 잊어버리고 있던 나는 이곳이 혈랑의 활동 영역이라는 것을 잊어버린 채 들어선 것이었다.

"어서!"

"다, 다리가 안 움직여요!"

나는 이명이를 억지로 끌어보았지만 이미 겁에 질린 이명이는 좀처럼 움직이지 못했다.

쿠아아앙!

다시 한차례의 울음소리가 들려왔다.

거리가 상당히 줄어들었다. 그것은 혈랑의 목표가 다른 짐승들이 아닌 우리라는 것을 의미하고 있었다.

"업혀!"

도저히 이명이 움직일 모습을 보이지 않자 나는 어쩔 수 없이 이명을 들쳐 업고 내달리기 시작했다.

"헉헉!"

이마에서 땀이 흐르고 입에서는 단내가 흘러나왔다.

아직 이명은 작은 체구였지만 그래도 누군가를 업고 산길을 달린다는 것은 나에겐 큰 부담이었다.

그것을 증명이라도 하듯 내 걸음은 점차 느려지고 있었고, 혈랑의 울음소리는 더욱 크게 들려왔다.

"이놈! 그래, 어디 한번 덤벼봐라!"

나는 도망치는 것을 포기하고 허리춤에 있는 목검을 빼 들었다.

이대로라면 필경 얼마 가지 못해 놈에게 따라잡힐 터. 기습이라도 당한다면 업혀 있는 이명이 큰 부상을 당할 수도 있었다.

"이명아, 너는 한곳에 피해 있어. 놈은 내가 상대할게."

"사, 사형……."

이명은 정신을 차리지 못하는 표정으로 사시나무 떨듯 몸을 떨고 있었다.

"걱정하지 마!"

나는 이명이를 안심시키며 목검을 단단히 움켜쥐었다. 놈의 울음소리가 지척에서 들려왔다.

크헝!

마침내 놈이 흉포한 소리를 토하며 내 앞에 모습을 드러냈다.

놈은 마치 먹이를 앞둔 포획자의 모습으로 느긋하게 우리에게 다가왔다.

"마, 맙소사!"

혈랑의 모습을 본 나는 한동안 정신을 차리지 못했다.

이것은 커도 너무 컸다.

얼마 전 산을 내려가 보았던 집채만한 황소도 이 혈랑만큼은 아니었다.

"으……."

땅바닥에 주저앉은 이명 역시 넋이 빠진 채 놈을 멍하니 바라보고 있었다.

"도망쳐!"

나는 큰 소리로 외쳤다.

이놈은 내 힘으론 무리였다.

남은 유일한 방법은 이명이라도 무사하게 도망칠 수 있게 시간을 끄는 것.

"이명아, 어서 도망쳐!"

다시 한 번 외쳤지만 듣지 못한 것인지 아니면 다리에 힘이 풀린 것인지 이명은 일어나지 못하고 있었다.

쿠앙!

그 순간 느릿느릿 다가오던 혈랑이 무엇인가 낌새를 눈치채고 나에게 덮쳐들었다.

두려웠다. 내가 놈을 상대하기로 마음먹을 수 있었던 것은 예전에 보았던 일반 늑대를 생각했기 때문이다. 하지만 혈랑은 그런 늑대들과는 비교조차 할 수 없을 정도로 거대했고, 놈의 눈빛이 오금을 저리게 만들었다.

촤악!

혈랑의 공격을 피하기 위해 몸을 날려 바닥을 굴렀다. 이렇게라도 하지 않고서는 너무나도 거대한 놈의 공격을 마땅히 피할 방법이 없었다.

커허허헝!

공격이 무위로 돌아가자 기분이 나빠진 것인지 혈랑은 더욱 큰 울음을 터뜨리며 재차 나에게 쇄도해 왔다.

치이이익!

그렇게 몇 번이나 땅을 굴렀을까?

마침내 혈랑의 날카로운 발톱이 내 어깨를 스치고 지나갔다.

주르륵.

피가 흘러나왔다. 고통이 느껴졌다. 그리고 두려움이라는 감정이 밀려왔다.

아직 놈은 내가 감당할 수 없는 상대였다.

"으앙! 사형!"

그 순간 한편에서 내 모습을 지켜보고 있던 이명이 울음을 터뜨렸다.

"걱정하지 마! 이 정도로는 끄떡없어!"

나는 이명을 안심시키기 위해 큰 소리로 말했다. 하지만 말한 것과는 달리 나 역시 두려움에 젖어 있었다.

커헝!

일순간이었지만 이명의 울음소리를 들은 혈랑의 흉포한 시선이 나에게서 이명에게로 바뀌었다. 그리고 이명이 있는 곳으로 신형을 돌려세웠다.

내가 계속해서 놈의 공격을 피하자 놈이 목표를 이명으로 바꾼 것이다.

"이놈! 네 상대는 나다!"

어디서 그런 용기가 솟아올랐던 것일까?

나는 죽을힘을 다해 뛰어들며 혈랑에게 목검을 휘둘렀다.

퍽!

하지만 혈랑은 너무나도 쉽게 내 공격을 피하며 나를 거대한 앞발로 후려쳤다.

콰당탕!

엄청난 충격과 함께 내 몸이 뒤로 튕겨져 나갔다.

"크으윽!"

입에서 무엇인가가 흘러나왔다. 피였다. 충격이 내부에까지 미친 것이었다.

일어나고 싶었지만 몸이 말을 듣지 않았다. 흐릿하게 반으로 부러져 있는 목검이 눈에 들어왔다.

그것은 스승님께서 내가 정식으로 본 문에 입문하던 날 만들어주신 선물. 내가 가장 아끼는 물건이었다. 하지만 지금 이 순간 가장 마음이 아픈 것은 그깟 목검 따위가 아니라 혈랑에게서 사제인 이명이를 지켜줄 수 없다는 사실이었다.

'검을……'

몸을 비틀며 부러진 목검이 있는 곳으로 기어갔다.

"이… 놈… 네 상대는 나다……."

사력을 다해 몸을 일으켜 보지만 도무지 힘이 들어가지 않았다.

그나마 목소리라도 낼 수 있는 것이 다행인 것일까?

혈랑은 이명에게 다가가던 것을 중지하고 나에게로 거대한 몸을 돌렸다.

"이명아… 어, 어서 도망쳐……."

조금 전 입은 충격으로 인해 시야가 흐릿해져 가고 있었다.

쿵! 쿵!

놈이 나에게 다가오는 소리가 들려왔다.

그리고 한편에서 와들와들 떨고 있는 이명이 눈에 들어왔다.

'어서 도망쳐……'

더 이상 말이 흘러나오지 않았다.

희미한 어둠이 밀려왔다.

마침내 놈이 내 앞까지 다가온 것이다.

'이명아, 미안하다……'

이명이를 데리고 이곳으로 온 것이 너무나 후회가 되었다.

괜히 토끼를 잡아준다고 하여 이명이까지 위험에 빠뜨리게 한 내 자신이 미웠다.

눈을 감았다.

여기서 죽는구나 하는 생각이 밀려왔다.

그 순간이었다.

"한낱 미물 따위가!"

어디선가 쩌렁쩌렁한 외침 소리가 터져 나왔다.

퍼펑!

크아앙!

그리고 들려온 고통에 겨운 혈랑의 울음소리.

'누구……?'

감았던 눈을 뜨고 장내를 둘러보았다.

"무악 사제!"

그곳에서 보이는 것은 혈랑을 상대로 도를 휘두르며 놈을 몰아붙이고 있는 무악 사제의 모습이었다.

무악 사제는 분노한 표정으로 살기를 내뿜으며 혈랑을 공격하고 있었다.

커허허허헝!

혈랑이 포효를 내지르며 발버둥을 쳤다.

그러나 본 문에서도 스승님을 제외하고는 적수가 없다는 무악 사제의 상대는 아니었다.

혈랑은 얼마 지나지 않아 피를 내뿜으며 커다란 동체를 스르륵 무너뜨렸다.

저벅저벅.

혈랑을 죽인 무악 사제가 도를 집어넣고 나에게로 다가왔다.

"사형, 몸은 좀 어떠십니까?"

산을 올라온 지 벌써 사 년.

과묵한 성격 탓일까?

그동안 나와는 말 한마디 나눈 적이 없었다.

지금 그런 무악 사제가 나를 사형이라 부르며 걱정하는 눈빛으로 바라보고 있었다.

"아, 아무렇지도 않… 나보다는 저기 이명……."

나는 간신히 손을 들어 이명이 있는 곳을 가리키며 말했다.

창피한 모습. 사형이 되어서 지켜주지는 못할망정 오히려 도움을 받았다. 하지만 그런 내 모습보다 걱정이 되는 것은 무엇보다 이명의 안위였다.

"막내 사제는 조금 놀랐을 뿐 다친 것 같지는 않습니다. 그보다는 사형의 부상을 먼저 치료해야겠군요."

힐끗 이명이가 있는 곳을 바라본 무악 사제는 이명이 다친 곳이 없다는 것을 확인한 후 내 몸의 상태를 살폈다.

무악 사제가 내 손목을 잡자 무엇인가 한줄기 따스한 기운이 내 몸속으로 들어왔다.

그 기운은 손목에서 시작하여 팔 전체를 감싼 후 온몸으로 빠르게 퍼져 나갔다.

내부가 뒤틀리던 지독한 고통.

그것이 어느 순간부터 점차 사라지기 시작했다.

"으윽!"

흐릿해졌던 시야가 밝아지고 그토록 힘이 들어가지 않던 팔과 다리에 기력이 돌아왔다.

간신히 몸을 일으켰다.

"아직 치료가 끝나지 않았습니다."

무악 사제는 진정하라는 듯 나를 앉히며 내 어깨에서 흘러내리는 피를 지혈했다.

"여긴 어떻게……?"

나는 궁금하다는 눈빛으로 무악 사제를 올려다보았다.

무악 사제는 연무동에 들어간 지 며칠 되지 않았고, 아직 나오려면 한참은 더 있어야 했다.

"왠지 기분이 이상하여 오늘따라 집중이 되지 않더군요. 스승님께서 돌아오시는 날이기도 하여 나왔습니다."

"그랬구나."

"이제 다 됐습니다."

무악 사제는 더 이상 피가 흘러나오지 않자 나를 일으켜 세웠다.

"저……."

"할 말씀이 있으십니까?"

무악 사제는 내가 머뭇거리자 고개를 갸웃거리며 나를 쳐다보았다.

"고마워."

"……."

무악 사제는 무표정한 얼굴로 나를 주시했다. 그리고 천천히 입을 열었다.

"사형제 간에는 그런 말을 하는 것이 아닙니다."

가슴이 뭉클했다.

그랬다. 우리는 사형제였다.

"스승님께서 돌아오실 시간이군요."

무악 사제는 나를 부축하여 이명이가 있는 곳으로 걸어갔다. 무악 사제는 아직도 일어나지 못하고 있는 이명이를 들쳐 업고 한 팔로는 나를 부축한 채 처소로 향했다.

돌아오는 길.

어깨에 입은 상처에서 지독한 고통이 느껴지고 헛것이 보일 정도로 머리가 어지러웠다.

그래도 마음만은 행복했다.

『검선지로』 2권에 계속…